Liz Czukas
Kopf, Zahl oder Liebe

Liz Czukas

Kopf, Zahl oder Liebe

Aus dem Amerikanischen übersetzt
von Jeannette Bauroth

Loewe

ISBN 978-3-7855-7947-3
1. Auflage 2014

Die Originalausgabe ist erschienen unter
dem Originaltitel *Ask Again Later* bei HarperTeen,
einem Imprint von HarperCollins Publishers.

Aus dem Amerikanischen übersetzt von Jeannette Bauroth
Umschlaggestaltung: Franziska Trotzer unter Verwendung von Bildern
von iStockphoto: Romantic couple © 4x6, Woman holding heart © retrorocket,
Businessmen parting ways © retrorocket
Printed in Germany

www.loewe-verlag.de

Für Peg Grafwallner,
Terry McGinn
und ganz besonders Tim Grandy

TEIL EINS

EINE ENTSCHEIDUNG (F)LIEGT IN DER LUFT

Zwei Wochen vor dem Prom

KAPITEL 1

in dem ich mich vorstelle

Drei Dinge sind mir von meiner Mom geblieben: ihr Ehering, ein Schrank voll genialer Retroklamotten und der schrecklichste Name der Welt. Den Ring bewahre ich in einer Schachtel unterm Bett auf, denn … mal im Ernst, eine Siebzehnjährige mit einem Ehering? Das wäre ziemlich schräg. Ihre Klamotten sind quasi das Fundament meines eigenen Looks. Und meinen Namen werde ich ändern, sobald ich volljährig bin, denn niemand sollte Heart LaCoeur heißen müssen. (Wer nennt denn sein Kind »Herz Herz«?) Mit so einem Namen hält man mich doch sofort für einen Pornostar oder eine Stripperin. Bestenfalls noch für eine Autorin billiger Liebesromane. Dabei bin ich einfach eine Highschool-Schülerin mit einer Schwäche für Musicals und einem völlig ausgelesenen Exemplar von *Das große Buch der Babynamen.* Meine Ausgabe ist praktisch eine Aneinanderreihung von Eselsohren und wimmelt nur so von Markierungen. In weniger als einem Jahr kann ich endlich zum Gericht marschieren und mir aussuchen, wie ich für den Rest meines Lebens heißen möchte. Momentan schwanke ich noch zwischen Audrey, wie Audrey Hepburn, und Brigitte, wie Brigitte Bardot.

Manchmal werde ich gefragt, wie das so ist, wenn man Heart heißt, aber was soll man darauf denn antworten? Was würdest du denn sagen, wenn plötzlich ein Fisch aus einem See springen und dich fragen würde, wie es ist, an der Luft zu atmen? Wir wissen doch gar nicht, wie es ist, anders zu atmen. Mal ganz davon abgesehen, dass jeder erst mal ausflippen würde, wenn ihn ein Fisch aus heiterem Himmel anspricht. Wahrscheinlich würden wir so was sagen wie: »Keine Ahnung. Ganz gut. Wie ist es denn, wenn man durch Kiemen atmet, sprechender Fisch?«

Aber eigentlich geht es in dieser Geschichte nicht um sprechende Fische.

Es geht um den Schulball, den Prom.

Ich hatte bereits eine Verabredung für den Ball, genauer gesagt sogar sieben, weil ich zusammen mit meinen Freunden hingehen wollte. Wir hatten uns auch schon einen Namen gegeben: »Dramafrei-beim-Prom-dabei-Crew«. Wir hatten nämlich vor, den Abend zu genießen, ohne uns wegen der ganzen Klischees verrückt zu machen. Klischees wie: die Jungfräulichkeit auf dem Rücksitz im Auto verlieren oder illegal Bier besorgen. Nein danke. Keine Dates mit Jungs, kein Drama, sondern einfach nur mein fliederfarbenes Vintagewahnsinnskleid tragen – das war meine Vorstellung von einem perfekten Prom.

Bis Ryan alles vermasselte.

KAPITEL 2

in dem ich die erste unerwartete Einladung zum Prom bekomme

Jeder weiß, dass man in Clogs nicht rennen kann, aber ich versuchte es trotzdem. Ich war nämlich bereits viel zu spät dran für die Probe unseres Theaterstücks, und ich wusste aus leidiger Erfahrung, dass unser großer und mächtiger Regisseur, Len Greenwich, mir ungeeignetes Schuhwerk als Ausrede nicht durchgehen lassen würde. Erst auf den letzten fünfzig Metern fiel mir ein, dass ich ohne Schuhe vermutlich viel schneller wäre. Und leiser.

Nahezu geräuschlos zog ich die Tür zum Auditorium auf und warf vorsichtig einen Blick hinein. Zum Glück stand Greenwich gerade mit dem Rücken zu mir auf der Bühne. Ich nutzte die Gelegenheit und huschte zu meinen Freunden in den vorderen Reihen.

»Du kommst zu spät«, flüsterte Lisa, ohne den Blick von der Bühne zu nehmen.

»Ach, echt?« Ich schnitt eine Grimasse und quetschte mich an ihr vorbei auf einen freien Platz.

»Hey, Milz.« Schroeder streckte mir zur Begrüßung die Faust hin, als ich im Sitz neben ihm praktisch zusammenbrach. Er nannte mich nie bei meinem richtigen Namen, sondern immer nach einem anderen inneren Organ. In letzter Zeit waren es meistens »Bauchspeicheldrüse« und »Lunge«. Vielleicht hielt er das für eine Art ausgleichende Gerechtigkeit, weil ich auch nie seinen richtigen Namen benutzte – Chase. Aber jemanden »Schroeder« zu nennen, ist weniger eklig als »Milz«. Außerdem hat er blonde Haare und spielt Klavier, genau wie der Junge aus den Snoopy-Cartoons. Und sein Nachname ist Schaefer – wer könnte da schon widerstehen?

Ich stieß mit der Faust gegen seine. Ein bisschen heftiger als nötig. »Hab ich was verpasst?«

»Greenwich hat die gesamte Show umgestellt. Du bist jetzt die Zweitbesetzung für mich. Hast dir einen schlechten Tag fürs Zuspätkommen ausgesucht.«

Ich bückte mich, um meine Clogs wieder anzuziehen, und rammte Schroeder dabei einen Schuh in die Wade. Ah, diese Genugtuung. Er rieb sich über die getroffene Stelle und blickte mich mürrisch an. »Hast du denn gar nichts bei dem Vortrag über Mobbing gelernt?«

»Absolut nichts.« Ich lächelte unschuldig.

»Also los, die gesamte Besetzung auf die Bühne«, rief Greenwich. »Beeilt euch, wir haben nicht viel Zeit!«

Ich hastete hinter Schroeder in den Mittelgang und krachte dabei in einen Sitz, der sich nicht automatisch hochgeklappt hatte. »Autsch!« Die restliche Strecke konnte ich nur noch humpeln.

»Geschieht dir recht«, flüsterte Schroeder schadenfroh.

Ich schnitt ihm eine Grimasse und hatte den idiotischen Gesichtsausdruck noch nicht wieder normalisiert, als ich hörte, wie jemand meinen Namen flüsterte.

Neben dem Seitenausgang stand Ryan, einer der Bühnentechniker, und hielt einen großen schwarzen Bühnenscheinwerfer an sich gepresst.

Ich versuchte, meine Gesichtszüge in den Normalzustand zu bringen. »*Bonjour*, Ry.« Ryan und ich waren seit drei Jahren im selben Französischkurs und machten immer die mündlichen Übungen zusammen, weil wir uns ganz nett fanden. Außerdem waren wir in etwa auf demselben Sprachniveau – das heißt, wir hielten unser Französisch beide für besser, als es vermutlich tatsächlich war.

Ryan winkte mich zu sich heran. »Sag mal ... Ich wollte dich fragen ... Wollen wir zusammen zum Prom gehen? Also ... als Freunde.« Den letzten Teil hatte er ganz hastig hinzugefügt. Für einen kurzen Moment schien der Scheinwerfer bedenklich zu schwanken. Fast wäre er Ryan aus dem Arm gerutscht.

»Wie?« Ich blickte ihn verwirrt an und hatte Angst um das teure Equipment – und auch um Ryans Füße.

»Ich weiß, es ist ziemlich kurzfristig, aber ich habe gedacht ...«

»Äh ...« Wenn mir jemand dreißig Sekunden früher gesagt hätte, dass Ryan mich vielleicht zum Ball einladen wollte, hätte ich bei demjenigen Fieber gemessen. Und jetzt musste ich diese total überraschende Frage auch noch sofort beantworten. Ryan sah mich erwartungsvoll an.

»Äh ...«

»Wirklich nur als Freunde«, bekräftigte er und schüttelte den Kopf. »Nichts weiter, ehrlich.«

»HEART!«, brüllte Greenwich von der Bühne. »Auf die Bühne, aber plötzlich!«

Ich zuckte zusammen und flüsterte: »Tut mir leid, aber ich muss los.«

»O. k. Sorry.« Ryan sah weg und wurde rot. Mit dem Rücken drückte er den Seiteneingang für die Bühnenmitarbeiter auf und verschwand. Ich sprang auf die Bühne und verlor aus lauter Fluchtbedürfnis dabei sogar fast meinen rechten Clog. Super. Jetzt kam ich mir nicht nur wie ein Trottel, sondern auch noch wie ein Tollpatsch vor.

»Na, schnell noch ein paar Herzen gebrochen, Bauchspeicheldrüse?«, fragte Schroeder, als ich mich neben ihm auf meine Position stellte.

Mir war ganz flau im Magen. »Na, schnell noch Privatgespräche belauscht?« Ich versuchte, gleichgültig zu wirken.

»Nur beobachtet.« Schroeder zuckte mit den Schultern.

»Was war denn da los?«, flüsterte Lisa.

»Ryan hat mich zum Prom eingeladen«, flüsterte ich zurück.

Lisa machte große Augen. »Technik-Ryan? Und? Hast du Ja gesagt?«

»Genau genommen habe ich noch gar nichts gesagt.«

»Also, Leute, von ganz vorne«, brüllte Greenwich. »Und gebt euch zur Abwechslung mal ein bisschen Mühe. Ich habe jetzt schon Kopfschmerzen.«

Für jemanden, dessen größter beruflicher Erfolg die Leitung einer Schultheatergruppe war, fand ich Greenwich gerade ganz schön überheblich.

KAPITEL 3

in dem mein Bruder und ich den Moderator Alex Trebek vernichtend schlagen und ich als Pseudo-Date verpflichtet werde

Mein Bruder Phil zog zu Hause gerade eine Pizza aus dem Ofen. Außerhalb der Footballsaison war Phil für das Abendessen verantwortlich, was in der Regel auf Pizza oder Hamburger hinauslief oder auf alles andere, das sich direkt aus der Gefriertruhe in die Mikrowelle befördern ließ.

»*Oh, là, là. Quel gourmet*«, spottete ich. Ich versuchte, wo möglich, ein wenig Französisch in meinen Alltag einzubauen. Das verlieh meinem Leben einen gewissen *Chic*. Allein das Wort war toll. Phil lachte durch die Nase; sehr französisch.

»Isst Dad mit uns?« Jacke und Rucksack hing ich an den Haken neben der Hintertür.

»Wohl eher nicht.« Unser Dad besaß eine Firma für Teppiche und Bodenbeläge, und ganz egal, wie sehr er sich bemühte, meistens schaffte er es nicht zum Essen nach Hause. Deshalb war er auch zum Experten im Resteaufwärmen geworden.

»Ich mache einen Salat.«

Phil simulierte Würggeräusche, während er in einer Schublade nach dem Pizzaschneider kramte.

»Ich versuche nur, dich vor Skorbut zu schützen, Phil. Du solltest mir dankbar sein.«

»Das haben schon meine Bärchenvitamintabletten übernommen, vielen Dank.«

»Ja, und die lassen dich auch so reif und weltmännisch wirken.«

»Beeil dich. Es ist fast sechs.«

Mein Bruder und ich hatten ein geheimes Laster. Beim Essen schauten wir jeden Abend *Jeopardy!* und *Glücksrad.* Unsere Großmutter hatte sich diese Sendungen immer angesehen, wenn sie nach der Schule auf uns aufpasste. Vielleicht war es einfach nur Gewohnheit, vielleicht Sentimentalität, aber wir waren glühende Fans von Alex und Pat. Wenn sie uns als Team spielen lassen würden, könnten wir *Jeopardy!* garantiert gewinnen.

»Da-da da-da da-da-dah.« Ich sang die Titelmelodie mit, als wir uns auf unsere Stammplätze setzten und Phil das Kommando über die Fernbedienung übernahm. Zufrieden aßen wir uns durch die erste Runde und riefen zwischen den einzelnen Bissen die Antworten.

Also ich machte das so.

Phil hatte die unangenehme Angewohnheit, mit offenem Mund zu reden. Als er sagte: »Übrigens, Amy hat Troy abserviert«, klang es wie »Übliwens, A-y ha Twoi absewit«.

Zum Glück habe ich bereits viel Erfahrung mit seiner Aussprache um große Nahrungsbrocken herum, deshalb konnte ich ihm antworten. »Mist. Wie hat er's verkraftet?« Sein Freund Troy war einer dieser Star-Footballer, die im Prinzip aussahen wie ein Teddybär mit Schulterpads. Er war sehr nett. Einer der wenigen Freunde Phils, die ich tatsächlich mochte. Obwohl mein Bruder und ich altersmäßig nur wenig auseinanderlagen, hatten wir doch völlig unterschiedliche Cliquen.

»Hm.« Er zuckte die Schultern und schluckte den Rest seiner Pizza hinunter. »Jedenfalls hatte er schon Karten für den Prom gekauft, deshalb hab ich ihm gesagt, dass du mit ihm hingehst.«

»Was?« Er hatte das so selbstverständlich gesagt, dass ich zuerst dachte, ich hätte mich verhört.

»Komm schon, für Troy.«

Okay, ich konnte Troy gut leiden, aber ich hatte auch ohne ihn bereits genug Einladungen zum Ball. »Ich kann nicht.«

»Warum nicht?«

»Äh, hallo? Ich will mit meinen Freunden hingehen, schon vergessen?«

»Die siehst du doch dort trotzdem. Aber du kannst doch Troy nicht einfach so hängen lassen.«

»Und wieso bin *ich* jetzt gleich noch mal für ihn verantwortlich?«, fragte ich empört und drehte mich so, dass ich meinen Bruder ansehen konnte.

Phil lehnte sich zurück und verdrehte die Augen. »Es ist ja nicht so, als hättest du ein echtes Date.«

»Doch! Warum tust du bloß immer so, als ob meine Pläne nichts wert sind?«

»Jetzt stell dich nicht an wie ein Mädchen. Du willst mit einer Gruppe hingehen. Das zählt nicht.«

»Zu deiner Information, gerade erst heute Nachmittag hat mich jemand zum Ball eingeladen.«

»Oh.« Das schien ihm die Sprache zu verschlagen, aber nur einen Moment lang. »Du hast doch aber eben gesagt, dass du mit deinen Freunden hingehst.«

»Ja. Ich hab Ryan noch nicht zugesagt. Darum geht es aber auch gar nicht, sondern darum, dass ich zwei gute Gründe gegen deinen Verkupplungsversuch habe.«

»Du hast seine Einladung abgelehnt? Mann, das war aber fies von dir.«

»So war das doch gar nicht.« Ich machte eine abwehrende Handbewegung. »Wir wurden unterbrochen. Ich hab ihm nicht abgesagt oder so.« Glücklicherweise war Ryan am Ende der

Probe bereits an einen dieser mysteriösen Orte verschwunden, an die sich die Bühnentechniker immer absetzen, sodass ich fliehen konnte, ohne ihm eine Antwort geben zu müssen.

»Dann kannst du ihm also immer noch absagen.«

»Nein!«

»Genau so! Das wiederholst du einfach vor Ryan.«

»Das ist nicht witzig, Phil.«

»Soll ich Troy wirklich sagen, dass er so ein armer Wurm ist, dass nicht mal meine kleine Schwester mit ihm zum Ball gehen will? Das gibt ihm den Rest.« Er verzog das Gesicht.

»Selbst wenn ich jetzt mal deine Andeutung ignoriere, dass es armselig ist, mit mir zum Ball zu gehen, bist du trotzdem total unfair. Es gibt noch andere Mädchen. Warum fragst du nicht eine der Cheerleaderinnen oder so? Lass doch Tara jemanden überreden.« Tara war die Freundin meines Bruders.

»Heart. Tu es für mich. Ich hab ihm gesagt, dass du mit ihm hingehst.«

»Und, was kann ich dafür?«

»Ach komm. Du willst es doch auch.« Das war einer seiner Standardsprüche. Den hörte ich jedes Mal, wenn er mich fünf Minuten, bevor er zu Hause sein musste, anrief, damit ich ihn irgendwo abholte.

»Ganz sicher nicht.«

»Dann tu es für Troy.«

»Lass die schmutzigen Tricks.« Laut klappernd stellte ich unser Geschirr übereinander und marschierte in die Küche.

»Du gehst mit ihm hin!«, rief mir Phil hinterher.

»Nein!«

»Doch, du gehst …«, sang er so laut, dass ich ihn auch in der Küche hören würde.

»Nei-ein!«, sang ich als Antwort. Lauter.

KAPITEL 4

über meine ungewürdigte Genialität

Meine einzige Hoffnung war eine Notfallkonferenzschaltung mit Cassidy und Lisa.

»Ryan hat dich zuerst gefragt.« Für Cassidy war die Sache sofort klar.

»Genau genommen hat Phil Troy bereits vorher gesagt, dass ich mit ihm hingehe.«

»Du darfst dich von Phil nicht so herumkommandieren lassen«, sagte Cassidy.

»Du weißt doch, wie er ist.«

Sie war ganz aufgebracht. »Ja. Herrschsüchtig.«

»Und genau genommen haben dich deine Freunde zuerst gefragt«, gab Lisa zu bedenken. Was natürlich stimmte, aber da mich keiner meiner Freunde aus der Dramafrei-beim-Prom-dabei-Crew tatsächlich eingeladen hatte, kam es mir irgendwie unhöflich vor, Ryan und Troy abzusagen.

»Das stimmt.« Ich biss mir auf die Lippen. Ich hasse Situationen, bei denen schon klar ist, dass man mindestens eine Person enttäuschen wird.

»Ach bitte, wir wissen doch alle, dass das nur Plan B ist«, beharrte Cassidy. »Die Promcrew ist wie ein Sicherheitsnetz.«

»Das ist ja wohl die Höhe«, ereiferte sich Lisa.

»Lassen wir mal außen vor, wer mich zuerst gefragt hat.« Wenn sich die beiden nicht endlich auf das eigentliche Problem konzentrierten, würde das nichts werden. »Obwohl ich zugeben muss, dass Phil mich definitiv vorher hätte fragen müssen, tut mir Troy ziemlich leid.«

»Phil darf dich überhaupt nicht so verplanen«, sagte Lisa. »Das Ganze ist nicht dein Problem.«

»Möchtest du denn mit Troy zum Ball gehen?«, fragte Cassidy.

»Keine Ahnung, aber wenn Ryan mich nicht gefragt hätte, hätte ich bestimmt zugesagt. Das heißt doch was, oder?«

»Nein, weil du bereits andere Pläne hast«, unterbrach mich Lisa.

Ich ignorierte sie. Aus jahrelanger Erfahrung wusste ich, dass sie ihren offiziellen Standpunkt bei jeder sich bietenden Gelegenheit wiederholen würde. »Was ist, wenn Ryan nicht nur als Freund mit mir hingehen will? Wenn der Ball für ihn so eine Art Übergang zu mehr sein soll? Weiß er denn nicht, dass ich für so was nicht zu haben bin?«

»Natürlich weiß er das. Du erzählst es ja allen oft genug«, beruhigte mich Cassidy.

»Aber vielleicht glaubt er mir nicht?«

»Deine Bindungsangst ist das reinste Klischee«, sagte Lisa.

»Ich hab keine Bindungsangst!«, protestierte ich, wie immer. Ich hatte keine Bindungsangst. Im Gegenteil, irgendwann wollte ich eine feste Beziehung haben. In ferner Zukunft. Und nicht bevor ich mir einhundertprozentig sicher war, dass ich die richtige Ich-will-den-Rest-meines-Lebens-mit-dir-verbringen-Person gefunden hatte. Das gehörte zu den wenigen Dingen, die ich von meiner Mutter gelernt hatte: Achtzehnjährige konnten solche Entscheidungen nicht treffen. Achtzehnjährige wurden schwanger, und dann gleich noch mal, wenn sie neunzehn sind, und dann flippen sie aus und lassen ihre Kinder zurück für ein Leben voller … was auch immer meine Mutter machte. Von meinen Großeltern wusste ich nur, dass sie immer davon geträumt hatte, Stewardess zu werden.

Cassidy brachte uns zurück zum Thema. »Mit wem willst du hingehen?«

Ich zuckte mit den Schultern. »Keine Ahnung.«

»Genau das ist dein Problem. Du bist immer so unentschlossen.«

»Wieso bin ich unentschlossen, wenn ich etwas nicht weiß? Die Welt ist voller Geheimnisse und Rätsel.«

»Mit wem willst du denn hingehen?«, wiederholte Cassidy.

»Ich …« Ich versuchte, mir den Prom vorzustellen. Als kleines Mädchen, bevor ich gemerkt hatte, dass Romanzen ein Acker voller Landminen waren, hatte ich mir den Ball immer als diese magische, romantische Nacht vorgestellt, bei der ich eine Prinzessin auf ihrem eigenen Ball sein und mit der Liebe meines Lebens tanzen würde. Die Sterne würden über uns strahlen, während wir uns beim letzten Lied küssten – süße Küsse, mit gespitzten Lippen, keine Zungenküsse, weil das die Fantasie eines neunjährigen Mädchens war. Heute weiß ich, dass es einfach nur ein Ball ist. Nicht, dass wir uns falsch verstehen, ich habe mich bei solchen Veranstaltungen bisher immer gut amüsiert, aber sie sind nichts Besonderes. Ein guter Grund, ein schickes Kleid anzuziehen und zu Musik zu tanzen, für die man sich sonst in Grund und Boden schämen würde. Die einzige Romanze, die ich vom Prom erwartete, war die leidenschaftliche Liebe zu meinem Vintagekleid, das ich bei Take Two gefunden hatte.

»Kein Ahnung«, antwortete ich absolut ehrlich.

»Also bitte«, stöhnte Cassidy. »Es ist der letzte Tanz des Abends. Ein langsames Lied. Du stehst auf der Tanzfläche und schaust deinem Date tief in die Augen. Ist es Ryan oder ist es Troy?«

Ich kniff die Augen zusammen und versuchte, mich in die Szene hineinzuversetzen. Leider war das Lied aus der letzten Szene dieses Vampirfilms der erste Song, der mir einfiel. Wo spielte denn mein Gedanken-Prom, im Jahr 2008? Vielleicht hatte mein Ich aus der Mittelstufe immer noch die Kontrolle über alle meine Prom-bezogenen Fantasien. Ich konnte sehen, dass ich jemandem sanft die Hand auf die Schulter gelegt hatte, aber das Gesicht dieses Jemands war total undeutlich. Ich konzentrierte mich und schaffte es, das Bild zwischen Troys braunen, nach oben gestylten Haaren, den blauen Augen und dem breiten Grinsen und Ryans dunklen Haaren, den braunen Augen und seinem Lächeln, für das er nur den halben Mund benutzte, hin- und herspringen zu lassen.

»Es könnte mit beiden ein schöner Abend werden«, erklärte ich schließlich in einem ziemlich nervigen, jammerigen Ton, den ich höchst ungern gebrauche. Ich bin mir relativ sicher, dass Brigitte und Audrey nie gejammert haben.

»Ich geb's auf«, verkündete Lisa. »Am besten sagst du beiden ab und gehst mit der Promcrew, wie es von Anfang an geplant war.«

»Ich bin nach wie vor der Meinung, dass der gewinnt, der zuerst gefragt hat. Das gehört sich einfach so«, beharrte Cassidy.

»Also, Heart, mit wem gehst du hin?«, fragte Lisa.

»Ich kann mich nicht entscheiden!«

»Früher oder später musst du das.« Lisa seufzte ins Telefon, was für den Rest von uns ein lautes Rauschen erzeugte. »Und lieber früher als später, denn das Thema wird schon langsam langweilig.«

»Vielen Dank für eure Unterstützung.« Die beiden würden mir ganz offensichtlich keine Hilfe sein. »Warte!«, rief Cassidy.

»Ich befrage den Magic 8 Ball!« Ich konnte hören, wie sie einen Moment lang herumkramte, und dann: »Aha! Okay … Magic 8 Ball, soll Heart mit Ryan zum Prom gehen?«

»Woher wissen wir, dass du nicht schummelst und uns irgendwas erzählst«, fragte ich.

»Wenn es um den Magic 8 Ball geht, würde ich niemals lügen!« Der dumpfe Klang des Spielzeugs war selbst durch das Telefon zu hören. »Was? Das ist die Antwort? ›Frag später noch mal nach‹? Also echt!«

»Siehst du, selbst deine Wahrsagekugel weiß nicht weiter.«

Auch das ignorierte Cass. »Soll Heart mit Troy zum Prom gehen?« Schüttle, dreh, schüttle. »›Konzentrier dich und versuch es noch einmal.‹ Ich glaub, ich spinne.«

»Ich hab's dir doch gesagt, diese Entscheidung kann man nicht treffen. Selbst Wahrsagekugeln helfen mir da nicht weiter.«

Lisa prustete. »Ich bin schockiert.«

»Ich probiere es später wieder und berichte euch dann morgen das Ergebnis«, versprach Cassidy.

»Wenn's sein muss.« Ich legte mich quer über das Bett, eine Hand auf die Stirn gepresst. Manchmal glaube ich, dass die Stummfilmstars recht hatten. Melodramatik kann sehr selbsttherapeutisch sein.

»Vertraut mir. Die Antwort liegt in den Händen des Schicksals.«

Ich ließ die Zunge heraushängen, als ob sie mich gerade mit ihren Worten vergiftete. Sich mit dem Schicksal zu trösten, bringt nur etwas, wenn man auch an Schicksal glaubt.

KAPITEL 5

über die fragwürdigen hellseherischen Eigenschaften von Spielzeugen

Cassidy und ich haben in der ersten Stunde das gleiche Fach, also rechnete ich mit einem vollständigen Bericht zum Experiment mit dem Magic 8 Ball, sobald ich den Klassenraum betreten würde. Ich hatte mich nicht getäuscht.

»Okay, das hier ist echt bizarr.« Sie schwenkte ein Blatt Papier vor meinem Gesicht herum. »Ich habe den Ball zwanzig Mal zu Ryan und zwanzig Mal zu Troy befragt, und dann das.« Sie strich das Blatt auf ihrem Tisch glatt und deutete auf ein Diagramm. »Genau Gleichstand.«

Sie hatte jede Antwort ordentlich in zwei Spalten eingetragen. Sogar farbcodiert – mit roten, grünen und gelben Punkten neben jeder Antwort.

»Du hast eindeutig zu viel Freizeit«, sagte ich.

»Es war faszinierend!«, behauptete sie. »Schau, die grünen Punkte bedeuten ja, die roten nein und die gelben sind diese blöden, nutzlosen Antworten.«

Ich betrachtete ihr Diagramm. Sie hatte recht. In jeder Spalte gab es sieben grüne Antworten, acht gelbe und fünf rote. »Wow, das ist wirklich schräg.«

»Sag ich doch. Wir brauchen ein neues Hilfsmittel.«

Ich zog die Brauen hoch. »Jetzt sag bloß nicht ein Ouija-Brett.«

»Also bitte.« Sie rollte mit den Augen. »Tarotkarten und dein Horoskop.«

Bevor ich ihr antworten konnte, ließ uns Schroeders Stimme aufschrecken. »Hab ich eine Hausaufgabe verpasst?« Und ehe ich ihn davon abhalten konnte, warf er schon einen Blick über Cassidys Schulter auf ihr Diagramm. »Was ist das?«

»Nichts.« Ich schnappte mir das Blatt und stopfte es in die Tasche an meinem Kleid. Schroeder war der letzte Mensch, den ich die Tabelle sehen lassen wollte. Er würde mich damit aufziehen, und das fehlte mir heute gerade noch. Außerdem gehörte er zur Promcrew, also war ich genau genommen dabei, ihn abzuservieren. Vermutlich würden nicht alle so begeistert von meiner Last-Minute-Planänderung sein wie Cassidy.

»Heart hat zwei Einladungen zum Prom bekommen, und wir überlegen, mit wem sie hingehen soll«, beantwortete Cassidy seine Frage.

Ich schloss einen Moment lang die Augen und kämpfte gegen den Wunsch an, ihr auf den Fuß zu treten. Vielleicht sollte ich die erste Stunde damit verbringen, eine Suchanzeige für eine neue beste Freundin zu schreiben.

»Ich dachte, wir gehen zusammen hin. Wir alle, meine ich.« Schroeder sah mich aus zusammengekniffenen Augen an.

»Ja … vielleicht.« Ich seufzte.

Er legte sich eine Hand auf die Brust. »Heart, das bricht mir das Herz. Du lässt uns sitzen?«

Jetzt fühlte ich mich schuldig. Wunderbar. »Es ist kompliziert.«

»Eigentlich nicht. Abserviererin.« Er grinste, sah aber nicht wirklich belustigt aus.

»So ist das doch gar nicht.« Ich blickte ihn finster an, aber sein Grinsen verschwand nicht. Er schüttelte den Kopf und seufzte.

»Ich sehe schon, du willst nicht mit mir hingehen. Mit uns, meine ich.« Er seufzte erneut. »Dabei wäre das so ein schöner Abend geworden. Mieses Essen, schlechte Musik, dabei zusehen, wie sich die Cheerleaderinnen nach zu viel Boone's Farmwein gegenseitig beim Kotzen die Haare aus dem Gesicht halten …« Noch ein Seufzer.

Ich zog die Augenbrauen hoch. »Wow, du weißt wirklich, wie man ein Mädchen rumkriegt.«

»Muss eine Gabe sein.« Er zuckte mit den Schultern.

»Was meinst du denn, mit wem sie hingehen soll?«, fragte Cassidy. »Mit Ryan von den Bühnentechnikern oder mit Troy, dem Freund ihres Bruders?«

Schroeder zog augenblicklich die Brauen zusammen. »Ryan hat dich eingeladen?«

Meine Wangen brannten. »Hm.«

»Und, gehst du mit ihm zum Ball?«

»Keine Ahnung. Ich weiß nicht, was ich machen soll.«

»Und wer ist gleich noch mal Troy?«

Ich machte eine wegwerfende Handbewegung. »Der Freund meines Bruders. Er hat mir leidgetan. Seine Freundin hat mit ihm Schluss gemacht.«

»Also, mit wem von beiden würdest du hingehen?«, fragte ihn Cassidy.

Er schien einen Moment lang darüber nachzudenken, bevor er mich ansah, und dann wieder Cassidy. »Mit keinem von beiden.«

»Das ist nicht sehr hilfreich.«

»Sollte es auch nicht sein.« Er drehte sich um und ging hinüber zu seinem Platz.

»Ganz klar, diese Entscheidung kann ich unmöglich treffen«, erklärte ich.

»Nach dem Unterricht überprüfe ich dein Horoskop.«

KAPITEL 6

von den überragenden Pommes aus unserer Cafeteria und einer Nahtod-Erfahrung aufgrund besagter Fritten

Keine Ahnung, was an den Pommes in unserer Schulcafeteria so besonders war, aber ich war süchtig nach ihnen und hatte kein Interesse daran, mich mit einem Zwölf-Schritte-Programm von meinem Laster kurieren zu lassen. Ich war gerade ganz auf meine Pommesvorfreude konzentriert, als eine Berührung an meinem Ellbogen mich zusammenzucken ließ. Mit rasendem Herzen drehte ich mich herum. Troy Rafferty lächelte mich an. Allerdings nicht in echt – seine Lippen waren zwar ungefähr in die richtige Position gezogen, aber seine Augen hatten das Memo wohl nicht erhalten. Er sah aus wie ein trauriger Clown mit einem aufgemalten Grinsen. Es war direkt gruselig. »Hey, Heart.«

»Troy!« Ich hielt mir meinen Dollarschein vor die Brust. »Du hast mich erschreckt.«

»Hör mal, ich weiß, dass dir dein Bruder das mit Amy erzählt hat.«

»Ja. Tut mir echt leid für dich.« Ich verzog das Gesicht. Sollte ich ihn jetzt tröstend umarmen oder wäre das zu viel des Guten? Kurz entschlossen klopfte ich ihm auf die Schulter.

»Also, ich weiß, dass das jetzt ein bisschen kurzfristig ist und so, aber wenn du mit mir zum Ball gehen würdest, wäre das ziemlich cool.«

Und die Kandidaten für die begeisterungsloseste Balleinladung sind …

»Oh, ach so.« Es war viel schwerer, Troy persönlich abblitzen zu lassen, als es einfach Phil zu sagen, der als Überbringer der Botschaft jede Strafe verdiente, die mir einfallen würde. Troy hatte mich immer freundlich gegrüßt, wenn er mit den anderen Phil besuchte, und mich auch schon ein- oder zweimal von der Schule heimgefahren, wenn mein Bruder keine Zeit gehabt hatte. Ein durch und durch guter Mensch also.

»Wenn du nicht willst, dann ist das auch okay.« Troy sah auf den Boden und ich hätte schwören können, dass er gleich anfangen würde zu weinen. Der riesige, einen Meter fünfundneunzig große und einhundertfünfzehn Kilo schwere Troy Rafferty war kurz davor, in der Pommesschlange zusammenzubrechen.

Verdammte Amy.

»So ist das ja nicht.« Ich wedelte mit den Händen vor ihm herum, um die potenzielle Tränenflut möglichst am Ausbrechen zu hindern. »Aber mich hat bereits jemand anders gefragt, und …«

»Das ist schon okay«, unterbrach er mich leise. »Vergiss, was ich gesagt habe.« Er wollte gerade gehen, als mein Mitleid den inneren Kampf gewann.

»Troy, warte!« Ich legte ihm die Hand auf den Rücken. »Äh … lass mich mal mit … ihm reden. Dem anderen, meine ich. Ich sag dir dann Bescheid, okay?«

Ein überraschter, erleichterter Ausdruck erschien auf seinem Gesicht. Zum ersten Mal wirkten seine blauen Augen glücklich. Er lächelte und nickte. »Ja, okay. Das wäre super.«

Gut, das war's also. Ich musste Ryan sagen, dass ich nicht mit ihm zum Ball gehen konnte. Troy war ganz offensichtlich ein

Mann in einer Notlage. Außerdem wäre Phil dann nicht sauer auf mich und ich bin immer dafür, jederzeit möglichst viele Menschen glücklich zu machen, besonders Familienmitglieder. Zumindest musste ich mir keine Gedanken darüber machen, dass Troy womöglich nach dem Ball irgendwas von mir erwartete. Und wie hätte ich jemandem absagen sollen, der praktisch kurz vor einem Tränenausbruch stand?

Und da mein Tag geradezu aus einem Teeniefilm der Neunzigerjahre zu stammen schien, lief ich natürlich sofort Ryan in die Arme, kaum dass ich meine Pommes bezahlt hatte.

»Heart!«

»Ryan …« Ich versuchte, meiner Stimme etwas Begeisterung zu verleihen, aber letztendlich kam nur ein komisches, piepsendes Geräusch dabei heraus. Hoffentlich war es ihm nicht aufgefallen.

»Äh, hör mal … wegen des Abschlussballs …« Er sah sich um und berührte mich am Arm. »Hast du mal einen Moment Zeit?«

Mein erster Gedanke war, dass er mich wieder ausladen wollte. Halleluja! Glücklicherweise fiel meine Antwort neutraler aus. »Na klar.«

Ryan führte mich und meine Pommes zu einem abgelegenen Tisch, an dem niemand saß. Vermutlich, weil seine geografische Nachbarschaft zu den Mülleimern für einen dauerhaft klebrigen Fußboden sorgte. Ich fand eine relativ saubere Stelle, auf der ich stehen konnte, und steckte mir ein paar Fritten in den Mund. Gab ja keinen Grund, die kalt werden zu lassen.

»Wir … wir sind doch Freunde, richtig?«

Ich sah ihn verwirrt an. »Na klar. Uns verbindet Französisch. Das ist nicht zu unterschätzen.«

Er lachte nervös. »Ich glaube, ich sollte ehrlich zu dir sein. Ich will nicht, dass du glaubst, ich hätte dich gefragt, weil … dass wir … dass ich …« Frustriert holte er tief Luft und platzte einfach damit heraus. »Ich bin schwul.«

Meine Zunge war wie gelähmt und die Pommes blieben mir im Hals stecken. Ein Keuchen war die Reaktion meiner Lungen auf die plötzlich fehlende Frischluftzufuhr. Meine Augen traten hervor und füllten sich gleichzeitig mit Tränen; ich hustete, wodurch die Fritten wie Patronen aus meinem Mund geschossen kamen. Sie landeten neben dem Mülleimer auf dem Fußboden. Währenddessen hustete ich weiter und versuchte, mich nicht zu übergeben. Ryan schlug mir ein paarmal auf den Rücken, bis ich schließlich tief Luft holen konnte. Schwer atmend griff ich nach seinem Arm und krächzte: »Was?«

»Oh mein Gott, ist alles in Ordnung mit dir?«

»Ja«, hustete ich. »Ich hab mich nur ein bisschen verschluckt.« Ich strich mir über den Hals. »Was hast du gerade gesagt?«

Er lachte nervös. »Ich bin … äh … schwul.«

Ich nickte heftig und bemühte mich um ein Lächeln, obwohl mir die Augen immer noch tränten. »Ja, dann habe ich doch richtig gehört.«

»Bevor du dich verschluckt hast.«

»Ich schwöre, das eine hatte mit dem anderen nichts zu tun.«

»Wirklich?« Er sah mich zweifelnd an. »Für mich hat das eher wie Ursache und Wirkung ausgesehen.«

»Okay, vielleicht hatte es ein bisschen was damit zu tun, aber nicht auf eine geschockte Art, echt nicht.« Mit einem Fingerknöchel wischte ich mir die Tränen unter den Augen weg.

»Bist du sicher?«, erkundigte er sich.

»Absolut.«

»Weil das nämlich die schlimmste Reaktion wäre, die ich mir vorstellen könnte, nachdem ich mich gerade zum ersten Mal geoutet habe.«

Gott sei Dank hatte ich so viel Verstand gehabt, mir nicht

noch mal Pommes in den Mund zu stecken, denn ich hätte mich fast schon wieder verschluckt. »Zum ersten Mal?«

Er lachte erneut nervös. »Äh … ja.«

»*Mon dieu!* Ich … fühle mich geehrt.« Ich schlang ihm meine freie Hand um den Nacken und drückte ihn, so gut ich das mit puddingartigen Muskeln vom Fast-Ersticken und einer Tüte Pommes in der anderen Hand konnte.

Ryan machte ein merkwürdiges Geräusch, irgendwas zwischen einem Lachen und einem Schluchzen. »Danke.«

»Außer mir weiß es also niemand? Nicht mal deine Eltern?«

»Ich glaube, meine Mom ahnt was, aber ich habe nicht mit ihr darüber gesprochen.«

Die erste Person zu sein, der er sich anvertraut hatte, lastete schwer auf mir. Wenn man bedenkt, wie lange wir befreundet waren – ich hatte nie etwas vermutet. Offensichtlich war auf mein Schwulenradar kein Verlass. »Warum ich?«

Er zuckte die Schultern. »Du bist … du bist einfach sehr nett. Und ich weiß, dass du mit niemandem hier aus der Schule gehst, deshalb hab ich gedacht … Keine Ahnung, was ich gedacht hab. Ich musste es mal jemandem sagen. Und vermutlich war ich mir sicher, dass du es nicht weitererzählen würdest. Ich will nicht, dass sich das rumspricht.«

»Okay, danke. Schätze ich.« War das die richtige Antwort?

»Also, wegen des Abschlussballs …«

»Oh.« Wie konnte er nur so schnell wieder auf das Thema umschwenken, nachdem er mir gerade eine so große Sache verkündet hatte?

»Es ist so, ich wollte nicht, dass du denkst, dass ich dich, äh, mag, und es deshalb dann komisch zwischen uns ist oder so.«

Ich lachte, als wäre mir dieser Einfall nie gekommen. Wie albern von ihm, warum hätte ich denn so etwas Abwegiges denken sollen? Gott bewahre!

Ryan war noch nicht fertig. »Ich wollte mit jemandem hingehen, der das nicht überbewerten würde. Und Spaß haben.«

Ich fühlte mich eigenartig wichtig, konnte aber nur nicken.

»Also, gehst du mit mir hin? Obwohl das kein großer romantischer Abend für dich werden wird?«

Ich rollte mit den Augen. »Also bitte. Alle meine Anfragen für den Abend haben nicht das geringste romantische Potenzial.«

Er machte ein langes Gesicht. »Es haben dich auch andere gefragt?«

Wie blöd von mir. »Nein, ich meine, ich wollte eigentlich mit einer Gruppe hingehen. Du weißt schon, Cassidy und Ally und Kim und Schroeder und Dan und Pat und Neel.« Ich nickte zu jedem Namen.

»Oh.« Seine Enttäuschung war regelrecht greifbar.

»Aber das war nicht, also, in Stein gemeißelt oder so.« Abgesehen davon, dass ich mein Ticket bereits bezahlt und mit dem Rest der Crew einen Tisch für acht Personen reserviert hatte.

»Oh« , sagte er wieder, aber diesmal hoffnungsvoller.

Und dann fiel mir Troy ein. Verdammt. Dabei hatte ich doch gerade erst mit ihm gesprochen. Was war nur los mit mir? In den Seifenopern meiner Grandma hatte noch niemand aufgrund einer Nahtod-Erfahrung mit Pommes Amnesie bekommen. »Ich rede mal mit ihnen. Ist das … das macht dir doch nichts aus, oder?«

»Nein.« Er schüttelte den Kopf. »Aber sag ihnen bitte nichts über mich.«

»Natürlich nicht! Hätte ich nie gemacht.«

»Okay. Dann, klar. Sag mir einfach später Bescheid, ja?«

»Super.« *Verzögerungstaktik, dein Name ist Heart LaCoeur.* »Und danke noch mal. Dass du es mir erzählt hast, meine ich.«

»Danke, dass du nicht wirklich aus Schock darüber erstickt bist.«

Ich lachte. »Hey, wir sind Französisch-Kumpel, über so was stehen wir drüber.«

»*Les amis français*«, korrigierte er mich mit erhobenem Zeigefinger.

»*Ah, bien sûr.*«

»Ich seh dich dann später bei der Probe.« Er winkte mir zu und ging hinüber zu dem Platz, an dem er normalerweise saß.

Oh Mann, ich war echt in Schwierigkeiten.

KAPITEL 7

in dem die Götter mich verlassen und ich mich der Stochastik anvertraue

Ich hatte das Gefühl, dass ich die Geduld meiner Freunde bei der Mit-wem-soll-Heart-zum-Ball-gehen-Diskussion bereits überstrapaziert hatte. Ryans Geheimnis durfte ich auch nicht verraten, also blieb mir nichts anderes übrig, als das Problem allein weiterzuwälzen. Cassidys idiotische Liste von ihrer Fragerunde mit dem Magic 8 Ball steckte in meiner Tasche und nützte mir recht wenig. Bisher hatte es auch keinerlei himmlische Zeichen gegeben, um mir bei der Entscheidung zu helfen. Auch wenn ich nicht wirklich welche erwartet hatte, hatte ein kleiner Teil von mir doch auf eine göttliche Fügung gehofft. Dabei wäre mir jegliche Gottheit willkommen gewesen, solange sie eine Antwort für mich gehabt hätte.

Hätte meine Mutter mich bloß Heaven genannt statt Heart …

Obwohl – Gedanke gestrichen.

Ich war einer Entscheidung kein bisschen näher gekommen, als ich mich in den Chemieunterricht schlich und auf meinen Hocker an dem Labortisch kletterte, den ich mir mit Schroeder teilte.

»Alles klar, Zwölffingerdarm?«, fragte er, wobei er den Mund ein kleines bisschen verzog.

»Schroeder.« Ich warf ihm einen abfälligen Blick zu. Obwohl mich sein scheinbar endloses Wissen über innere Organe beeindruckte, musste ich doch den Anschein aufrechterhalten, dass er mir erfolgreich auf die Nerven ging.

Es dauerte ewig, bis er richtig saß, seine Tasche abgestellt und sich aus seinem Kapuzensweater geschält hatte. Im Labor ist es immer total warm. Unter dem Sweatshirt trug er das dunkelgrüne T-Shirt, das wir letzten Herbst für das Theaterstück bekommen hatten. Entweder war er gewachsen oder das T-Shirt war eingegangen, denn es lag viel enger um seinen Bizeps, als ich in Erinnerung hatte. Es ist ja nicht so, dass ich mir Notizen mache, wie genau Schroeders Kleidungsstücke passen, aber er hatte wirklich schöne Arme, deshalb konnte ich einfach nicht anders, ich musste hinschauen. Kommt vermutlich vom Klavierspielen.

»Hör mal«, flüsterte er, womit er meine Aufmerksamkeit wieder auf sein Gesicht zog. »Ich könnte meine kleine Schwester fragen, ob sie dir eins dieser Himmel-und-Hölle-Wahrsagedinger faltet, falls du dich wegen des Proms immer noch nicht entschieden hast.« Er hielt beide Hände hoch und bewegte Zeigefinger und Daumen aufeinander zu, um mir zu zeigen, wovon er gerade redete.

»Ich muss Cassidy unbedingt für ihre große Klappe danken.« Scheinbar hatte sie ihm die ganze Geschichte mit dem Magic 8 Ball erzählt.

Er lachte. »Falls es dich tröstet, sie hat mir auch erzählt, dass es ihre Idee war.«

»Nur wenig.«

»Also, bist du inzwischen vernünftig geworden und gehst wie geplant mit der Promcrew?« Erwartungsvoll zog er die Augenbrauen hoch.

Ich verzog den Mund.

»Also nicht.« Er klang enttäuscht. Und nicht auf diese künstliche Oh-wie-schade-Art, sondern eher so auf die Heart-ich-bin-total-von-dir-enttäuscht-Art.

Seufzend legte ich den Kopf auf den Tisch und verschränkte die Finger im Nacken. »Vielleicht sollte ich lieber gar nicht zum Prom gehen.«

»Das kannst du nicht machen«, entgegnete er sofort.

»Warum nicht?«, fragte ich den kalten Tisch.

»Weil …« Die Pause war lang genug, dass ich ihm durch meine Ponyfransen einen Blick zuwarf. »Dann lässt du das Drama gewinnen!« Er sagte das so, als wäre es ihm gerade eingefallen, und ich drehte meinen Kopf gerade so weit herum, um ihm einen fragenden Blick zuzuwerfen. »Du kannst doch nicht den Prom gewinnen lassen.«

Ich lachte. »Der Prom hat es auf mich abgesehen?« Wahrscheinlich stimmte das sogar. Würde mich nicht wundern.

»Ich mein ja nur, dass du zu Hause sitzen und pausenlos über den Ball nachdenken wirst, wenn du gar nicht hingehst.«

»Ich würde nicht pausenlos darüber nachdenken. Es ist eine blöde Tanzveranstaltung.«

»So …« Mit dem Finger malte er ein weitläufiges, unsichtbares Design auf den Tisch. »Dann bring es einfach hinter dich und entscheide dich für jemanden.«

»So leicht ist das nicht.«

Es klingelte und sofort stand unser Lehrer mit einem quietschenden Marker und seiner Leidenschaft für radioaktive Isotope an der Tafel.

Schroeder beugte sich zu mir herüber. Seine Stimme war gerade leise genug, damit er nicht erwischt wurde, aber laut genug, damit ich merkte, wie genervt er war. »Du machst dir viel zu viele Gedanken. Wirf doch eine Münze oder so. Kopf – du kommst mit uns, Zahl – du kommst immer noch mit uns.«

Das sollte offensichtlich ein Scherz sein, aber irgendwie war es auch logisch. Als wir Kinder waren, hatte mein Vater immer etwas Ähnliches gemacht. Wenn wir uns nicht für eine Eissorte oder so entscheiden konnten, hatte er immer zwei kleine Dinge in die Hand genommen, sie hinter seinem Rücken versteckt und uns wählen lassen. Ich kann quasi heute noch hören, wie er sagt: Das Eincentstück ist Schokolade, das Fünfcentstück Kaugummigeschmack. Welche Seite? Am besten dabei war, dass man sofort wusste, dass man eigentlich lieber die andere Sorte gewollt hatte, wenn er die Hand öffnete und man enttäuscht war. So leicht war das. Geradezu elegant.

Troy wäre Kopf und Ryan wäre Zahl, und dann würde ich eine Münze werfen. Ich würde sofort wissen, ob ich die richtige Entscheidung getroffen hatte, sobald ich das Ergebnis sah, richtig? Ich klopfte mit dem Stift auf meinen Block und überlegte, ob das zu simpel war.

Allerdings würde ich dann immerhin wissen, welche Gefühle ich dabei hätte. Und niemand würde etwas davon erfahren. Ich könnte es jetzt gleich hier machen. Es musste dabei ja nicht zugehen wie beim hochoffiziellen Münzwurf beim Super Bowl. Einfach nur schnell mit dem Daumen gezuckt und mein ganzes Problem könnte in Sekundenschnelle gelöst sein.

Genau. Das war's. Ich durchsuchte meine Taschen. Nichts. Mist.

Ich beugte mich hinüber zu Schroeder und flüsterte: »Hast du mal einen Vierteldollar?«

Er beugte sich erst von mir weg, überprüfte seine rechte Tasche und beugte sich dann in meine Richtung, um in die linke zu greifen. Dabei stieß er mit seinem Kopf gegen meinen. »Entschuldigung«, flüsterte er. »Alles okay?«

Ich rieb mir über die Schläfe und war stark versucht, ihm einen bösen Blick zuzuwerfen, unterdrückte das aber, weil er mir schließlich einen Gefallen tun wollte. Also lächelte ich stattdessen und nickte. Ein gedämpftes Klimpern war nicht zu überhören, und einen Moment später tauchte seine Hand mit ein paar Münzen aus der Tasche auf.

»Kein Vierteldollar«, sagte er. »Aber ich kann dir eine Runde Skee-Ball bei Chuck E. Cheese spendieren.« Er zeigte auf die goldene Wertmarke in seiner Hand.

Ich lachte und presste mir die Hand auf den Mund, um das Geräusch zu unterdrücken. »Warum hast du Wertmarken von Chuck E. Cheese?«

Er warf mir einen Halt-dich-mit-deiner-Meinung-zurück-Blick zu. »Mein Cousin hat am Wochenende dort seinen Geburtstag gefeiert.«

Ich nahm ihm die Wertmarke aus der Hand und stellte dabei fest, wie warm seine Haut war, und das, ohne schwitzig zu sein. Eine seltene Eigenschaft bei Männern. »Danke.«

»Die funktionieren nicht in den Getränkeautomaten, glaub's mir«, sagte er leise und puhlte mit der Fingerspitze ein Zehncentstück aus den Münzen hervor.

»Mir reicht die Marke, danke. Ich geb sie dir gleich zurück.«

Er warf mir einen verwirrten Blick zu, der sich schnell aufklarte, als er sah, wie ich mir die Marke vor den gebeugten Daumen legte. »Du willst doch nicht ernsthaft eine Münze werfen«, zischte er.

»Warum denn nicht?«

»Glaubst du echt, dass das Schicksal dich leiten wird oder so was?«

»Ich glaube nicht an Schicksal. Hier geht es um reine Statistik.«

»Und was bedeutet es? Wenn Chuck E.s Kopf oben liegt, kommst du mit uns, bei Zahl gehst du mit einem der beiden?«

»Nein.« Ich wartete, bis Mr Lenier sich zur Tafel umgedreht hatte, und schnippte die Münze nach oben.

Es stellte sich heraus, dass Wertmarken leichter sind als Vierteldollarstücke, sodass das Ding fast bis zur Decke hochflog. Ich schnappte nach Luft, als es viel zu laut gegen die Tischkante flog, ehe es irgendwo auf dem Boden verschwand.

Mr Lenier drehte sich nach der Lärmquelle um, aber Schroeder und ich hatten unser bestes Pokergesicht aufgesetzt, sodass er sich wieder seinem radioaktiven Zerfall zuwandte.

Nachdem ich einen Moment lang auf Leniers Rücken gestarrt hatte, flüsterte ich: »Wo ist sie hingefallen?« Ich suchte den Boden um meinen Hocker herum ab. Schroeder tat das Gleiche, und bei all der Dreherei und Winderei stieß er noch ein paarmal fast wieder an meinen Kopf. Endlich sah ich etwas Goldenes ein paar Meter entfernt aufblitzen, in der Nähe der Wand. »Da«, deutete ich auf die Stelle.

»Das ist doch hoffentlich nicht dein Ernst«, zischte er.

»Warum denn nicht?«, fragte ich und beugte mich so weit wie möglich auf meinem Hocker vor. Mist, ich konnte immer noch nicht sehen, welche Seite oben lag. »Ist doch egal, womit ich mich entscheide.«

»Hier geht es nicht darum, welchen Film du dir ansehen willst. Das sind Menschen.«

»Sie müssen ja nichts davon erfahren. Außerdem ist es nur eine blöde Münze. Es ist doch nicht so, als ob das Ganze jetzt mein Schicksal kontrolliert.«

Er presste die Augen zusammen. »Also gut. Was liegt denn oben?«

TEIL ZWEI

UND DER GEWINNER IST …

Promabend

KAPITEL 8

in dem ich gründlich von jemandem lächerlich gemacht werde, der nicht mal dabei ist, und über die Beschaffung von Alkohol sinniere

KOPF

Der größte Nachteil als Troys Prom-Date war, dass ich mich nicht mit den anderen bei Ally fertig machen konnte. Rein logistisch wäre das einfach zu aufwendig gewesen. Also war ich allein mit meinem Bruder, der natürlich von den komplexen Vorgängen bei der Vorbereitung einer Tanzveranstaltung keine Ahnung hatte. Auch wenn ich kein Interesse am romantischen Aspekt des Abends hatte, das Glamouröse wollte ich auf jeden Fall voll ausschöpfen.

Es dauerte geschlagene drei Stunden, bis ich mit meiner Frisur fertig war, aber ich hatte es mir nun mal in den Kopf gesetzt, lauter kleine festgesteckte Löckchen zu tragen. Das war schulterstrapazierende Knochenarbeit, und mehr als einmal war ich kurz davor, das Ganze abzublasen. Allerdings wollte ich nicht mein wahres Date für diesen Abend enttäuschen – mein wunderschönes lavendelfarbenes Volantkleid. Es stammte aus den Fünfzigern oder Sechzigern – Lucille bei Take Two war sich da nicht ganz sicher gewesen – und war ein echter Mädchentraum.

Mehrere Lagen durchsichtiger Stoff machten den Rock schön bauschig, und das eng anliegende Oberteil mit dem herzförmigen Ausschnitt war wahnsinnig vorteilhaft. Es passte mir wie angegossen. Das liebe ich so an Klamotten aus den Fünfzigern, die wurden für Menschen mit normalen Kurven gemacht. Ich fühlte mich wie eine echte Granate. Vielleicht war Brigitte doch der richtige Name für mich. Oder Marilyn. Ja! Der kam sofort mit auf die Liste.

Als ich die Treppe hinunterschwebte, um Phil mein Werk vorzuführen, versuchte ich mich an meinem besten Marilyn-Monroe-Schmollmund mit dazu passend geneigtem Kopf und hauchte in ihrem berühmt-berüchtigten rauchigen Tonfall »Na? Wie sehe ich aus?«.

Phil, der sich schon in seinen Smoking geworfen hatte und gerade ein Videospiel spielte, bei dem man offenbar vorwiegend südamerikanische Drogenbosse umbringen musste, schaute kaum auf. »Gut.«

Uh. Schlag ins Wasser. Ich gab meine Marilyn-Pose auf und seufzte. »Toll, danke.«

»Was?«

»Ich habe viel Arbeit in dieses Outfit gesteckt. Du könntest zumindest so tun, als ob es dich interessiert.«

»Aber dann wüsstest du doch, dass ich nur so tue.«

»Das wär mir immer noch lieber als ›gut‹.«

Mit einem übertriebenen Seufzer hielt er sein Spiel an und drehte sich zu mir herum. »Du willst ein altes Kleid zum Prom anziehen?«

»Das ist ein Vintagekleid!«, protestierte ich.

»Von mir aus. Wenn du unbedingt komisch aussehen willst.«

Ich schnappte mir ein Kissen von der Couch, um ihm damit eins überzuziehen.

»Hey! Was soll denn das?« Phil betastete sich den Kopf. Er hatte braune Haare, so wie ich, aber kein Standardbraun, sondern eher so kastanienfarbig, und behandelte seine Frisur genauso wie die meisten anderen Kerle, die ich kannte. In anderen Worten, was mit Shampoo nicht zu richten war, musste ein Basecap übernehmen. Obwohl er geduscht und offenbar irgendein Gel benutzt hatte, konnte ich immer noch die leichte Einbuchtung an seinem Hinterkopf sehen, wo er sonst die Kappe trug.

»Wann kommen die anderen?« Ich warf einen Blick aus dem Wohnzimmerfenster, aber von der Limousine war nichts zu sehen. Phil und seine Freunde ließen alle Prom-Klischees aufleben. Sie hatten sich für den gesamten Abend eine Limousine gemietet, und ich hatte Gerüchte gehört, dass einer der Jungs auch ein Hotelzimmer reserviert hatte.

»Keine Ahnung. Bald.«

Mein Bruder, immer hilfreich.

Eine Reflektion am Ende der Straße lenkte meine Aufmerksamkeit auf ein näher kommendes Auto, aber es war viel zu kastig für eine Limousine. Einen Moment später konnte ich erkennen, dass es der Lieferwagen unseres Dads war. »Der verlorene Vater kehrt zurück«, verkündete ich.

»Okay, Paps.« Phil lachte. »Was hatten wir noch mal wegen der Uhrzeit gesagt?«

Ich grinste. Phil und ich wetteten manchmal, wann unser Vater nach Hause kommen würde.

Der große weiße Lieferwagen rollte in die Einfahrt und kam schlingernd zum Stehen. Er war mit »LACOEUR TEPPICHE UND BODENBELAG« beschriftet. »Da steckt Herz drin.« Oh, wie ich diesen Slogan hasse. Er bezieht sich auf unseren Nachnamen und ist schon das Geschäftsmotto, seit unser Großvater die Firma gegründet hat. Allerdings sollte man doch meinen, dass der Vater einer Tochter namens Heart so viel Anstand hätte, nicht so zu tun, als ob seine Tochter zwischen lauter Teppichen und Bodenbelägen gefangen wäre.

Dad stieg aus und zog sich die Hose hoch, während er auf die Tür zuging.

»Fünf Mäuse, dass er vergessen hat, dass heute Prom ist«, sagte ich.

»Bin dabei.« Phil machte die Videospielkonsole aus und stellte sich wartend neben mich.

»Hallo?«, rief unser Dad, während er durch die Küche hereinkam.

»Hey, Paps«, rief Phil zurück.

Als er in der Tür auftauchte, die die Küche mit dem Flur verbindet, realisierte ich plötzlich zum ersten Mal, wie groß unser Vater eigentlich war. Ein Monster von einem Kerl – einen Meter neunzig groß, ungefähr hundertdrei Kilo schwer, von denen das meiste Gewicht auf seine Schultern verteilt zu sein schien. So sieht man aus, wenn man sein ganzes Leben lang körperlich arbeitet, nehme ich an. Und statt Kniegelenken nur noch rostige Scharniere hat. Als er mich erblickte, blieb er wie angewurzelt stehen. Das hieß wohl, dass mir Phil jetzt fünf Dollar schuldete.

»Wow, du siehst wunderhübsch aus.« Die Müdigkeit in seinem Gesicht war plötzlich wie weggeblasen und er lächelte. Ihm standen fast Tränen in den blauen Augen.

»Dad.« Ich machte eine wegwerfende Handbewegung, aber innerlich freute ich mich wahnsinnig über sein Kompliment.

»Ich hatte Angst, dass ich es nicht mehr rechtzeitig schaffe, ehe ihr abgeholt werdet«, sagte er.

Ich spürte, wie mich Phil in den Rücken stupste. Jetzt schuldete ich ihm wohl fünf Dollar. »Wir sind noch da.«

»Ihr seht toll aus.« Dad kam mit ausgebreiteten Armen auf uns zu, traute sich dann aber doch nicht, mich zu umarmen. »Darf ich dich drücken oder zerknittert dann dein Kleid?«

Ich lachte und machte einen Schritt vorwärts in seine ausgestreckten Arme hinein. »Kein Problem, Daddy.« Mein Vater kam oft zu spät, war meistens müde, wenn er nach Hause kam, und war ein stolzer Handwerker, der gerne Bier trank, auf NASCAR-Rennen stand und für den der Broadway ein absolutes Rätsel war, aber wir mussten uns nie fragen, ob er uns liebte.

»Und, alles bereit für heute Abend?«

»Alles bereit.« Phil klopfte ihm auf die Schulter.

»Braucht ihr Geld oder so?«

»Na ja, wenn du es uns anbietest ...« Phil setzte ein künstlich verschämtes Lächeln auf und streckte die Hand aus.

»Du nun wieder.« Dad rollte mit den Augen und klappte Phils Hand zu. »Ich mache mir eher Sorgen, ob mein kleines Mädchen auch sicher nach Hause kommt.«

»Mach dir keine Sorgen, Dad. Wir schlafen doch alle bei Neel, schon vergessen? Morgen früh kann mich dann jemand heimfahren.« Was Phil und seine Freunde für die Zeit nach dem Prom geplant hatten, wusste ich nicht, aber solange dazu nicht das Überqueren irgendwelcher internationaler Grenzen gehörte, sollte ich es eigentlich problemlos zu Neel schaffen. So wie ich meinen Bruder kannte, würde das Ganze auf eine Party und Bier hinauslaufen. Es dürfte also kein Problem sein, mich nach dem offiziellen Teil still und leise zu verdrücken und mit einem meiner Freunde direkt zu Neel zu fahren.

»Jetzt hätte ich es fast vergessen. Colleen ist heute vorbeigekommen. Sie wollte, dass ich euch etwas gebe. Ich glaube, es liegt im Auto. Wartet mal.« Während unser Vater zur Hintertür ging, tauschten Phil und ich einen skeptischen Blick aus. Unsere Tante Colleen hatte sich lange als die Ersatzmutter gesehen, die wir nicht gebraucht hatten, nachdem unsere eigene weg war. Sie gehörte zu den Frauen, die sich selbst als »fünfundvierzig und fabelhaft« bezeichneten und beharrlich behaupteten, dass wir sie alles fragen könnten – »Und ich meine wirklich alles«. Sie meinte es gut, aber allein der Gedanke, dass sie für Phil und mich etwas Besonderes für den Ball vorbereitet hatte, machte uns Angst.

Zum Glück hörten wir genau in diesem Moment von draußen eine seltsam blökende Version von »Look Away, Dixieland«. Dann gleich noch einmal, diesmal lauter. Ein Blick aus dem Wohnzimmerfenster verriet mir, dass die Limousine da war, offensichtlich mit einer eher ungewöhnlichen Hupe.

»Halleluja. Lass uns verschwinden, bevor Dad Colleens Notfallpäckchen findet«, drängte ich und schnappte meinen Bruder am Handgelenk.

»Nichts wie raus hier.« Phil legte Tempo vor, griff sich die Schachtel mit den Ansteckblumen für seine Freundin aus dem Flur, riss die Haustür auf und zog mich die drei Stufen zum Bürgersteig hinunter, bevor die Limo überhaupt angehalten hatte. »Wir werden abgeholt!«, rief er unserem Vater zu, als könnte jemand die fröhlich hupende Stretchlimousine übersehen, die gerade am Straßenrand hielt.

»Wartet mal!« Dad kam wieder aus dem Truck zum Vorschein, diesmal mit zwei kleinen Zellophantüten in der Hand. Solche, die man von einem Kindergeburtstag mit heimbekommt. Die beiden hier waren in durchsichtigem Pink und mit Herzchen dekoriert.

»Bitte, lass das einen Scherz sein«, murmelte ich.

»Wenn wir jetzt losrennen, holt er uns garantiert nicht ein. Nicht mit seinen kaputten Knien.« Phil warf einen berechnenden Blick auf die Limo.

Mit einem letzten lauten AAAOOOOGAH! der Hupe kam diese endlich zum Stehen. *Super*, dachte ich, *es gibt Variationsmöglichkeiten.* Phils Freund Doug steckte den Kopf durch das Schiebedach und ließ uns seine eigene Variante des Huptons hören. »Jetzt geht's los!«, rief er.

Phil antwortete mit seinem eigenen wolfartigen Geheul und plötzlich spürte ich ein flaues Gefühl im Magen. Ich war gerade dabei, mit ein paar Starsportlern und ihren Freundinnen zum Ball zu gehen. Das war nicht meine Clique, das war nicht mal meine Spezies. Worauf hatte ich mich da bloß eingelassen?

Die hintere Tür wurde geöffnet und ich konnte einen Blick auf farbenfrohe Kleider und eine ganze Menge Beine werfen, bevor mein Sichtfeld vollständig von Troy dominiert wurde, der sich aus den Tiefen des Rücksitzes hervorgekämpft hatte.

»Hey, Leute!« Er grinste. Sein Gesicht war pink. »Heart, du siehst echt hübsch aus.«

»Danke.«

»Hier.« Die Hand meines Dads kam angeschossen, das Tütchen darin. »Von Colleen.«

»Dad …«, protestierte ich schwach. »Kannst du es bitte mit ins Haus nehmen?«

»Sie hat gesagt, das sind alles Sachen, die ihr heute Abend braucht.«

»Böller und Whiskey?«, fragte Phil hoffnungsvoll, nahm das kleine Tütchen und schüttelte es.

»Was?« Troy hatte das ganze Gespräch mit unstetem Blick verfolgt und mich beschlich der Verdacht, dass er vielleicht was getrunken hatte. Das überraschte mich jetzt nicht wirklich, aber für so einen verwirrten, trüben Blick schien es mir doch noch ein bisschen früh zu sein. Es war nicht mal dunkel.

»Oh, warte – ich habe ja ein Sträußchen für dein Handgelenk, Heart.« Er sah zur Limo hinüber, als ob er sich wunderte, wohin die Blumen verschwunden waren.

»Egal, wir müssen los.« Ohne ihm auch nur einen Blick zu gönnen, warf Phil Colleens Tütchen wieder unserem Dad zu. »Ich brauch das nicht, Paps.«

Dad fing Phils Tüte auf und wusste scheinbar nicht, was er

jetzt tun sollte. Ich brachte es nicht übers Herz, ihm meine auch zurückzugeben. Colleen war zwar meistens eine echte Nervensäge, aber ich wollte sie nicht kränken, selbst wenn sie es nie erfahren würde. Leider hatte ich gar keinen geeigneten Platz, um meine Tüte unterzubringen. Meine kleine perlenbestickte Handtasche war gerade groß genug für mein Handy, das Vintagezigarettenetui, das ich als Geldbörse benutzte, und meinen Lipgloss. Offenbar hatten die Designer in der Vergangenheit nicht bedacht, dass Handys viel Platz in Handtaschen brauchten. Man stelle sich das mal vor.

»Muss ich nicht eigentlich ein Foto von euch machen oder so?« Dad klopfte sich auf die Taschen, als ob da plötzlich auf wundersame Weise ein Fotoapparat in einer stecken würde. Da hatte er mehr Chancen auf einen Zollstock.

»Das machen wir bei Tara.« Phils Freundin war die Letzte auf unserer Abholroute.

»Oh. Okay.« Dad hakte sich die Daumen in die Gürtelschlaufen und zuckte mit den Schultern. »Dann müsst ihr wohl los.«

Ich umarmte ihn schnell. »Wir zeigen dir morgen die Bilder.«

»Viel Spaß, meine Süße.« Er küsste mich auf die Schläfe. »Ruf mich an, wenn ich dich abholen soll oder so.«

Ich rollte die Augen, klopfte ihm aber beruhigend auf die Schulter. »Mach dir keine Sorgen, ich pass auf mich auf.«

»Los jetzt!«, rief eine weibliche Stimme aus dem Wageninneren.

Phil klopfte mir auf den Rücken. »Los jetzt, Heart.«

Ich winkte Dad noch einmal zu und folgte Phil in die Limo.

Was danach kam, hätte auch eine Reportage von National Geographic über Paarungsrituale amerikanischer Highschool-Sportler sein können. Es umfasste eine Menge kehliger Grunzlaute, High Fives und Hinterngeklopfe der männlichen Exemplare im Wagen und Quieken und Kichern der weiblichen

Mitglieder der Spezies, begleitet von kokettem Zurechtziehen der farbenfrohen Kleider wie Federn bei exotischen Vögeln. Schon bevor die Tür geschlossen war, hielt jemand Phil einen Flachmann hin, den er dann an mich weiterreichte, während Troy sich in den Sitz quetschte.

»Was ist das?«, fragte ich.

»Ist doch egal, oder?« Eins der Mädchen, Randi, lachte.

Ich schnüffelte an der Öffnung und versuchte, nicht zusammenzuzucken, als meine Augen zu tränen begannen.

»Prost!« Troy grinste.

Ich drückte mir den Flachmann an die Lippen und kippte ihn an, ließ aber nichts in den Mund fließen. Trotzdem brannte mir die Zunge, als ich mir danach die Lippen ableckte. Aus dramaturgischen Gründen zog ich eine Grimasse und reichte die Flasche an Troy weiter.

»Mach vorsichtig, du verträgst nichts«, warnte mich Phil. Er wusste, dass in meiner Clique nicht getrunken wurde. Jedenfalls nicht so viel wie bei ihm und seinen Freunden. Allerdings gab es vermutlich auch irgendwo ein paar Russen, die es nicht schaffen würden, Phil und seine Truppe unter den Tisch zu trinken. Ein Vorteil der Limo war jedoch, dass ich zumindest nicht zu unchristlicher Stunde einen Anruf meines Bruders bekommen würde, dass ich ihn abholen sollte, weil er zu betrunken war, um selbst zu fahren. Nicht, dass das je vorgekommen wäre, natürlich.

»Alles gut«, versicherte ich ihm.

Troy nahm einen tiefen Schluck und reichte die Flasche weiter, bevor er mir eine merkwürdig geometrisch aussehende Schachtel mit einem Sträußchen darin gab. Es bestand aus verschiedenen orangefarbenen Blumen mit schwarzen Bändern – unseren Schulfarben – und einem kleinen Plastikanhänger, der von der Mitte der Schleife hing, so ähnlich wie auf den Kuchen bei Kindergeburtstagen. Ich drehte den weißen Anhänger um. Auf der anderen Seite war ein knurrendes Tigergesicht.

»Cool, oder?«, fragte Troy. »Ich wusste gar nicht, dass die auch Sachen mit Maskottchen haben.«

Ich lächelte schwach. »Ich auch nicht.« Ein Tiger? Er schenkte mir einen Plastiktiger, den ich um mein Handgelenk binden sollte? Ich wollte nicht undankbar rüberkommen, aber echt jetzt. »Danke.«

»Bitte. Go Tigers, oder?« Er strahlte. Tatsächlich. Er war völlig ahnungslos.

Ich streifte mir das Sträußchen über und warf einen verstohlenen Blick auf die Blumen der anderen Mädchen. Ich war die Einzige mit diesem Ungetüm in Schulfarben. Ich presste die Lippen aufeinander, um ein Lachen zu unterdrücken. Vermutlich war das das Risiko, wenn man mit einem großen Schaf wie Troy zum Prom ging. Auf jeden Fall war er aber ein liebenswertes Schaf.

Die Limo fuhr um eine Kurve und schleuderte uns dabei fast alle von den Plätzen. Als ich versuchte, mich wieder richtig hinzusetzen, fiel die kleine Zellophantüte von Tante Colleen auf den Boden.

»Oh, du hast Kaugummi dabei!« Randi schnappte sich die Tüte, bevor ich überhaupt reagieren konnte. »Ich hab meinen vergessen.« Sie öffnete sie und schüttete sich den Inhalt auf den kurzen, bauschigen Rock ihres mandarinefarbenen Kleids.

»Boah, was ist das denn?« Phils Arschlochfreund Doug zog etwas aus dem Haufen in Randis Schoß und hielt es für alle sichtbar hoch. Ein Streifen mit drei Kondomen. »Verdammt, Phil, deine Schwester ist ein böses Mädchen«, gackerte er.

Normalerweise ist es schwer, mich zu blamieren. Klar, meine Ohren werden rot, wenn ich vor vielen Leuten stolpere und hinfalle, aber nie länger als für ein paar Sekunden. Ich glaube, das liegt daran, dass ich seit Jahren in Theaterstücken mitspiele. Wenn man sich so schnell wie möglich vor einer ganzen Gruppe ausziehen muss, weil ein schneller Kostümwechsel ansteht, dann bleibt da keine Zeit für Schamhaftigkeit. Außerdem ist das Mitspielen in einem Theaterstück im Prinzip wie Rollenspiel vor Zuschauern. Da muss man ein dickes Fell haben, damit einem das nicht peinlich ist, richtig?

Aber als Doug mit den Kondomen wie mit einer Siegesflagge herumwedelte, wollte ich sterben. Das verschaffte mir genau das Gegenteil des Rufs, den ich mir während der letzten drei Jahre so sorgfältig aufgebaut hatte. Jetzt war ich nicht nur das Mädchen, das auf den letzten Drücker als Date für Troy verfügbar war, sondern ich hatte offensichtlich auch vor, mit ihm zu schlafen. Drei Mal.

Dieser Moment erniedrigender Peinlichkeit wurde Ihnen präsentiert von Tante Colleen. Die richtige Adresse, wenn eine durchschnittliche Bloßstellung nicht reicht.

»Das sind nicht meine«, krächzte ich, aber über das Gelächter und Gejohle hinweg hörte mich sowieso niemand.

»Mann! Bist du zwölf oder was?« Randi riss Doug die Kondome aus der Hand. »Du bist total kindisch.«

»Was?«, protestierte Doug.

Randi rollte mit den Augen und hielt mir die Kondome hin. »Hier, Heart, pack die weg, damit du die Kinder nicht schockierst.«

»Danke«, sagte ich leise und stopfte sie in meine winzige Handtasche. Ich brauchte die verdammten Dinger nicht, aber mir fiel auch nichts Besseres ein, sie außer Sichtweite zu bringen.

Ich versuchte, Phils Blick einzufangen, aber er lachte gerade über etwas, das jemand gesagt hatte. Der Flachmann hatte inzwischen eine Runde gedreht und war wieder bei ihm gelandet.

Er wollte einen Schluck nehmen und verzog das Gesicht, als nichts mehr rauskam. Dann machte er eine große Show daraus, ihn umgedreht über den Boden zu halten. Nur ein einziger Tropfen klarer Flüssigkeit fiel heraus.

»Weiter geht's!«, verkündete Troy. Er griff in seine Smokingjacke und zauberte daraus eine kleine Glasflasche mit einer braunen Flüssigkeit hervor. Nachdem er den ersten Schluck getrunken hatte, bot er mir die Flasche an. »Hier, bitte.«

Ich täuschte wieder einen Schluck vor und gab sie weiter an Randi, die immer noch den Rest von Tante Colleens Tüte im Schoß liegen hatte. Möglichst unauffällig ließ ich den Blick über die Sachen wandern. Randi hatte sich den Kaugummi genommen, und jetzt waren ein Kirschlipgloss, ein Vierteldollar und ein Zehncentstück übrig – dachte sie wirklich, ich würde heute Abend ein Münztelefon benutzen? –, ein paar Tabletten gegen Sodbrennen, ein Haargummi und ein paar Haarklemmen, ein Streichholzheftchen und drei Pflaster. Widerwillig musste ich zugeben, dass manches eventuell potenziell nützlich sein könnte. Was ich jedoch ihrer Meinung nach mit den Streichhölzern machen sollte, war mir schleierhaft. Gab es vielleicht eine Art Lagerfeuertradition, von der ich nichts wusste? Ich tippte Randi auf die Schulter und deutete auf das Zeug in ihrem Schoß. Sie machte eine Nur-zu-Geste und ich begann, alles in meine Handtasche zu stopfen. Nachdem ich alles verstaut hatte, ging der Verschluss kaum noch zu und sie sah aus wie eine Presswurst.

Plötzlich fuhr die Limo an den Bürgersteig heran. Also mussten wir jetzt bei Tara sein. Auf dem Rasen vor dem Haus standen ein paar Erwachsene und knipsten fröhlich Fotos, während die Limo anhielt. Einen Moment später kam Tara aus dem Haus.

Sie sah wunderschön aus, was bei der Freundin meines Bruders die Regel war. Tara war all das, was Highschool-Mädchen immer sein sollen: Sie hatte genau die richtige Größe, war schlank, blond, mit weißen Zähnen und blauen Augen. Als hätte man sie in einer Fabrik hergestellt. Heute lagen ihre Haare in perfekten Wellen, und die Farbe ihres Kleids war irgendwas zwischen Weiß und Silberfarben. Genau war das nicht festzustellen, so wie es im abendlichen Sonnenschein glitzerte.

Phil sah plötzlich ziemlich attraktiv aus, als er ausstieg, um sie zu begrüßen. Sie nahm das weißsilbrige (und offensichtlich tigerfreie) Sträußchen entgegen, das er in der Hand gehalten hatte, seit wir bei uns losgefahren waren, und dazu einen Kuss auf die Wange. Ihre Eltern winkten uns alle aus der Limo für die obligatorischen Promfotos. Ich stellte fest, dass die Erwachsenen auf dem Rasen die Eltern von einigen der anderen aus unserer Gruppe waren, als sie ihre Kinder riefen und Einzelfotos machten. Ich biss mir auf die Lippe und sah hinüber zu Phil. Hätten wir unseren Dad fragen sollen, ob er herkommt? War er als Einziger nicht hier, um Amateurpaparazzo zu spielen? Wieso kannten offenbar alle anderen diese Prom-Geheimnisse, von denen ich keine Ahnung hatte?

Diesmal spürte Phil, dass ich ihn anstarrte. Ich deutete auf die anderen Eltern und machte ein Gesicht, das hoffentlich ausdrückte: »Haben wir das vermasselt?« Phil rollte nur mit den Augen. Ich fühlte mich trotzdem schuldig. Dad wäre vermutlich gerne hergekommen.

Irgendjemand schnappte mich am Ellbogen und zog mich zu den anderen Mädchen, die schon auf dem Rasen in Pose standen. Wir waren nur zu viert, aber ich war ganz offensichtlich die Außenseiterin. Die glitzernde Tara, die bauschige mandarinefarbene Randi und Olivia in einer paillettenbesetzten, für einen Schönheitswettbewerb geeigneten türkisfarbenen Robe. Und dann ich, in meinem lavendelfarbenen Vintagekleid. Mal ganz abgesehen davon, dass ich die Kleinste war und offensichtlich auch die Einzige, die regelmäßig Nahrung zu sich nahm.

Ich schluckte und wünschte mir, es hätte eine elegante Möglichkeit gegeben, mich vor diesem Mitleids-Date zu drücken, ohne Troy zu kränken oder meinen Bruder zu enttäuschen. Bei meinen Freunden wäre ich nicht die Einzige, die nicht die neueste Prom-Mode von Nordstrom zur Schau tragen würde. Ich wusste zum Beispiel, dass Cassidy heute glitzernde pinke Chucks anziehen würde.

»Komm rüber zu mir, Heart!« Tara hielt mir ihre ausgestreckte Hand entgegen. Ich wusste, dass sie es gut meinte, aber ich fühlte mich trotzdem wie das fünfte Rad am Wagen, als ich ihre Hand nahm und sie mich zwischen sich und Olivia zog.

Die Mütter kommandierten uns eine Zeit lang für die verschiedensten Posen herum, mit und ohne die Jungs. Danach wurden Bilder der einzelnen Pärchen gemacht und ich spürte plötzlich Troys warme Hand auf meiner Taille. Es war ein wunderschöner Abend, bei etwa zwanzig Grad, aber Troy kochte regelrecht in seinem Smoking. Schon jetzt hatte er einen Schweißfilm auf der Stirn, was aber wiederum ganz gut seine vom Alkohol gerötete Nase und die glühenden Wangen überdeckte.

Endlich ließen sie uns ziehen und wir kletterten zurück in die Limo. Dort war es inzwischen ganz schön voll, deshalb landete ein Teil meines Rocks unter Troys Bein, wodurch ich mich überhaupt nicht mehr bewegen konnte. Mehr Flaschen mit Alkohol tauchten auf und wurden herumgereicht. Keine Ahnung, wo sie die alle versteckt gehabt hatten oder wie sie überhaupt an so viel Alkohol gekommen waren. Je näher wir dem Ball kamen, umso schneller wurde getrunken. Trotz meiner Anstrengungen, das Trinken nur vorzutäuschen, landeten aufgrund von mehreren Schlaglöchern doch ein paar Schlucke in meinem Mund. Ich versuchte, das Würgen zu unterdrücken. Es war ja nicht so, dass ich nie vorher Alkohol getrunken hatte, aber definitiv nicht direkt aus der Flasche. Und ganz bestimmt nicht aus Flaschen, die an warmen Körpern versteckt gewesen waren. Bei lauschigen siebenunddreißig Grad brennt Wodka nämlich gleich noch mal so gut.

Schließlich erreichten wir die Stelle, wo wir aussteigen sollten, und kletterten alle auf den Bürgersteig.

»Partytime!«, rief Doug und reckte die Siegesfaust hoch.

»Danke noch mal, dass du mit mir hergekommen bist«, sagte Troy und warf mir einen rührseligen Blick zu. Mit dem Ärmel wischte er sich den Schweiß von der Stirn, aber an seinem Alkoholatem konnte auch der Ärmel nichts ändern.

»Klar doch! Es wird bestimmt ein schöner Abend«, sagte ich in einem offensichtlichen Anfall von Geisteskrankheit.

KAPITEL 9

in dem sich Ryans zuverlässiges Auto als völlig unzuverlässig entpuppt und ich fast von einem psychotischen Serienmörder gekidnappt werde

ZAHL

Mein Dad kennt sich überraschend gut mit Technik aus, wenn man bedenkt, dass er seinen Lebensunterhalt mit dem Verlegen von Teppichböden verdient. Das bedeutet allerdings nicht, dass er Talent zum Fotografieren hat, obwohl er eine vernünftige Digitalkamera besitzt. Die Bilder mit Ryan dauerten also länger als erwartet. Dad überprüfte nach jedem Foto, wie es geworden war, und nie war er zufrieden. Am Ende hatte ich einen Krampf im Rücken, weil ich so lange in derselben Pose stehen musste.

Ich war direkt erleichtert, als ich endlich auf den Beifahrersitz von Ryans altem Jeep sinken konnte.

»Was ist denn da drin?«, fragte Ryan und deutete auf die Zellophantüte in meiner Hand, die mir Dad in letzter Minute mitgegeben hatte.

»Irgendwas von meiner verrückten Tante Colleen«, seufzte ich.

»Verrückt im Sinne von da ist eine menschliche Haarlocke in dieser Tüte?«

Ich musste lachen. »Nein, nicht diese Art von verrückt. Sie will so eine Art Ersatzmutter für mich sein. Leider eine von diesen ›coolen‹, die darauf bestehen, dass man über alles mit ihnen reden kann.«

Ryan grinste. »Also, was ist denn nun in der Tüte?«

»Finden wir's raus.«

Ryan stellte sein Automatikgetriebe wieder in die Parkposition und drehte sich interessiert zu mir.

Ich zeigte ihm alles, was ich hervorzog. »Tabletten gegen Sodbrennen … Kaugummi … Haarklemmen.« Und dann verschluckte ich mich fast, als ich drei Kondome in der Hand hielt. Lachend wedelte ich Ryan damit vor der Nase herum. »Oh, Baby, versprich mir, dass wir die später benutzen, ja?«

»Glaubst du wirklich, dass drei reichen werden?« Er wirkte nachdenklich. »Wir sollten bei Walgreen's vorbeifahren und eine Großpackung kaufen.«

Kichernd drehte ich die Kondome herum, um die Packungsaufschrift zu lesen. »Speziell geformt für maximales Vergnügen. Was soll denn das bedeuten?«

»Das fragst du mich?« Ryan schaltete in den Fahrmodus und fuhr auf die Straße hinaus.

»Colleen ist echt peinlich.« Ich schüttelte den Kopf.

»Ach, ich weiß nicht. Es könnte schlimmer sein.«

»Wie denn?«

»Sie hätte dir ja auch einen Keuschheitsgürtel da reinpacken können.«

Ich grinste. »Oder eine kleine Jesusstatue und eine Broschüre zum Thema Enthaltsamkeit.«

Ryan schnaubte. »So was hätte mir eher meine Tante mitgegeben.«

»Puh.«

»Ja«, bestätigte er. »Du kannst dir also vorstellen, warum ich mich nicht gerade auf das Coming-out bei meiner Verwandtschaft freue.«

Ich sah hinunter auf meinen Schoß, weil mir das Gespräch plötzlich unangenehm war. Ich konnte mir gar nicht vorstellen, wie es ist, wenn dich ein Familienmitglied dafür hasst, wer du bist. »Was ist mit deinen Eltern?«

»Vor der Reaktion meiner Mom habe ich keine Angst. Mein Dad … keine Ahnung. Wahrscheinlich wird er geschockt sein, aber ich denke, wir kommen damit klar.«

»Hmm.« Ich hatte keine Ahnung, was ich darauf antworten sollte. Welchen klugen Ratschlag gab man jemandem, der Angst hatte, von der eigenen Familie ausgegrenzt zu werden? Der Gedanke daran, dass das vielleicht sogar im Bereich des Möglichen lag, machte mich ganz krank. Ich sah auf die orangefarbene Tigerlilie in dem Sträußchen hinab, das Ryan mir mitgebracht hatte, und fummelte an der gelben Schleife darunter herum. Irgendwie war es ihm gelungen, statt eines Handgelenksträußchens mit Gummiband eins zu finden, das auf die gute altmodische Art an meinem Kleid festgesteckt werden musste und jetzt irgendwie schlaff von meiner Brust herunterhing. Ich kam mir blöd vor, dass ich nach dem, was Ryan gerade gesagt hatte, überhaupt über so was nachdachte.

Ich seufzte und blickte geradeaus. »So, ich glaube, ich habe mein Bestes getan, um das Gespräch gleich zu Beginn des Abends so ernst wie möglich zu machen, oder?«

Ryan lachte. »Keine Ahnung, wir könnten auch über die Hungersnot in Afrika oder so reden.«

Ich schlug mir die Hände vors Gesicht und seufzte. »Sorry, ich wollte nicht …«

»Ach, mach dir keine Gedanken.« Er nahm den Blick kurz von der Straße, um mir zuzulächeln. »Um ganz ehrlich zu sein, es ist schön, mal mit jemandem darüber reden zu können.«

Seit sich Ryan vor zwei Wochen mir gegenüber geoutet hatte, trug ich eine Frage mit mir herum. Inzwischen war offiziell der

Punkt erreicht, wo ich sie nicht länger unterdrücken konnte. »Sag mal, hast du schon mal einen Jungen geküsst?«

Ryan machte ein erschrockenes Würggeräusch. »Nur zu, Heart, red bloß nicht um den heißen Brei herum oder so.«

»Tut mir leid, aber ich musste das unbedingt fragen.« Ich ballte die Hände zu Fäusten und drückte sie ihm gegen die Schulter. »Also, hast du?«

»Hast du?«, kam die Frage zurück.

»Einen Jungen? Ja.« Nicht in letzter Zeit, aber das war vermutlich auch nicht die Frage gewesen. »Ein Mädchen? Nein. Also, hast du?«

»Schon mal ein Mädchen geküsst? Ja, in der neunten Klasse.«

Der Jeep machte plötzlich ein gurgelndes Geräusch und begann zu stottern, während der Motor aufheulte.

»Was ist los?« Ich hielt mich seitlich an meinem Sitz fest.

»Keine Ahnung.« Ryan versuchte, etwas mehr Gas zu geben, aber der Jeep fand das nicht besonders witzig. Mit einem Schlag ging er aus und wir hörten nichts mehr außer dem Verkehr um uns herum.

»Äh …«, sagte Ryan.

»Passiert das öfter?«

Er machte eine wegwerfende Handbewegung und versuchte ein paarmal, den Wagen anzulassen. Vermutlich hätte der Jeep darüber gelacht, wenn der Motor noch dazu in der Lage gewesen wäre.

»Und jetzt?« Ich drehte mich um und sah geradewegs in das wütende Gesicht des Fahrers hinter uns. »Du solltest wohl besser die Warnblinkleuchten anmachen.«

Ryan drückte den Knopf und zum Glück erklang gleich darauf das rhythmische Klicken. Zumindest die Notfallsysteme funktionierten also. »Wir sollten wohl von der Straße runter«, schlug er vor. »Kannst du dich hierhin setzen und lenken?«

»Klar.« Ich wollte losprusten, aber es gelang mir, das zu unterdrücken und stattdessen nur zu lächeln, als ich ausstieg und zur Fahrerseite hinüberging. Links vom Jeep fuhren die Autos in großem Bogen vorbei, um die offene Tür zu umgehen. Dabei ließen sie ihre Motoren aufheulen.

»Ja, wir haben ihre Missbilligung erkannt«, rief Ryan einem Auto hinterher. »Vielen Dank für Ihren Input!«

»Ist doch schön, wie alle anhalten, um uns zu helfen, oder?«, fragte ich, während ich mich hinter das Steuer setzte und meine silberfarbenen Riemchenschuhe auszog.

»Ich bin geradezu überwältigt von der Großzügigkeit und Hilfsbereitschaft in dieser Stadt«, stimmte Ryan mir zu. Er hatte seine Smokingjacke und die karierte Weste darunter ausgezogen und die Ärmel aufgerollt.

Zuerst versuchte er, den Jeep allein zu schieben, aber das war nicht allzu erfolgreich. Also stellte ich mich in die Fahrertür, um von dort mitzuschieben, während ich mit einer Hand das Lenkrad festhielt. Eigentlich hätte das Ganze eine Katastrophe sein müssen, aber ich kämpfte immer noch gegen das Lachen an.

Endlich schafften wir es, den Jeep an den Straßenrand zu rollen. Leider standen wir jetzt auf einem Zebrastreifen.

Schließlich musste ich doch kichern und legte meine feuchte Stirn auf den Arm. »Wenn wir ihn hierlassen, wird er wenigstens abgeschleppt.«

Ryan grinste. »Problem gelöst!«

Wir lachten beide und lehnten uns an den Jeep. Jemand hupte, aber nach wie vor hielt niemand an.

»Das gibt's doch nicht«, sagte ich. »Glauben die, wir machen hier Performance Art oder was?«

»Mach mal ein paar Tanzbewegungen«, schlug Ryan vor. »Vielleicht hält dann jemand lang genug an, um uns ein bisschen Kleingeld zuzuwerfen.«

Und dann, weil das Universum uns gut gesinnt war, aber auch nur, wenn es gleichzeitig pervers sein darf, steuerte hinter uns ein Van den Straßenrand an. Die untergehende Sonne spiegelte sich in der Windschutzscheibe, sodass wir überhaupt nicht sehen konnten, wer im Wagen saß. Von außen konnten wir jedoch erkennen, dass es einer dieser großen Lieferwagen war.

Ich klatschte in die Hände. »Super! Endlich hält jemand an, um uns zu helfen, und dann ist es mit Sicherheit ein Serienmörder!«

»Na ja, es ist ja auch Prom.« Obwohl er Witze machte, hörte ich doch die unterschwellige Nervosität in Ryans Stimme.

Der Van hielt an und mein Herz klopfte zum Zerspringen. Vielen Dank, Kinofilme, für die Angst vor unbeschrifteten Kleinlastern. Ich konnte doch nicht einfach dastehen und auf meinen nahenden Tod warten, ohne irgendwas zu tun. Deshalb kletterte ich wieder auf den Fahrersitz und griff nach meiner Handtasche. Wenn die Polizei später meine Leiche fand, sollten zumindest schon die ersten Nummern des Notrufs in mein Handy getippt worden sein.

»Was ist denn los?«, rief eine Stimme – eine *bekannte* Stimme – aus dem Van.

Mein Puls sank schlagartig. Die Stimme gehörte zu Pat, was bedeutete, dass das Serienmörder-Mobil von der Dramafrei-beim-Prom-dabei-Crew bevölkert war.

»Oh mein Gott!« Ich sprang hinaus auf die Straße.

»Ist das …?«, war alles, was Ryan sagen konnte, ehe sich die Türen öffneten und die ganze Promcrew ausstieg.

»Was ist passiert?«, wollte Cassidy wissen. »Heart, du siehst toll aus! Hi, Ryan. Wo sind deine Schuhe? Was ist hier los? Warum seid ihr denn nicht beim Prom?«

»Boah!« Pat hielt eine Hand hoch. »Wie wär's mit jeweils nur einer Frage, Cass?«

»Der Motor ist … abgestorben.« Ryan zuckte mit den Schultern.

»Hier?«, fragte Pat.

Ich deutete auf die etwa fünf Meter entfernte Stelle, von wo wir den Jeep geschoben hatten. »Dort.«

Schroeder tauchte mit hochgezogenen Brauen links hinter mir auf. Er sah … klassisch attraktiv aus, wie der Star aus einem alten Hollywoodfilm. Wer hätte das gedacht. »Und ihr haltet das hier für den perfekten Parkplatz?«

»Ja, passt doch, oder?« Ich stemmte die Hände in die Hüften und blickte mich um. »Lässt sich später bestimmt gut wiederfinden.«

Er ignorierte meine Bemerkung und sah nach unten. »Tun dir nicht die Füße weh?«

»Nicht so sehr, als hätte ich versucht, das Auto in Absatzschuhen zu schieben.« Ich wackelte mit meinen nackten Zehen.

Er verzog das Gesicht, wandte sich aber Ryan zu. »Sollen wir das Mädchen aus der Kreuzung schaffen?«

Ich machte ein empörtes Geräusch. »Äh, wie bitte? Ich bin durchaus in der Lage, selbst woanders hinzugehen.«

»Ruhig, Lunge. Ich rede vom Jeep.«

Ich rollte die Augen. Warum müssen Männer Autos bloß immer als »Mädchen« bezeichnen? Wenn die Ehe zwischen Mann und Auto irgendwann legal wird, wird es auf einen Schlag Millionen verwirrter Frauen geben, deren Männer die Scheidung eingereicht haben.

Aber Schroeder, Ryan und die anderen Jungs standen bereits um den Jeep herum, sodass ich keinen von ihnen mehr effektiv böse anblicken konnte. Die Mädchen blieben bei mir und stellten mir in schneller Folge viele Fragen – hauptsächlich Cassidy und ihre nuklearbetriebenen Stimmbänder. Ich sagte ihnen, was ich wusste, was praktisch nichts war, und ließ sie meine restlichen Sachen aus dem Auto holen.

Innerhalb von Minuten war der Jeep sicher aus dem Verkehr geschafft und wir kletterten alle in den Serienmörder-Van. Wie sich herausstellte, war es der Transporter für eine Kindertagesstätte. Für die Kleinkinduniversität, um genau zu sein. Insgesamt hatte er fünfzehn Sitzplätze, auf der letzten Bank waren drei Kindersitze angebracht und in den Ritzen lagen reichlich Kekskrümel.

»Ist das nobel oder was?«, fragte Ally.

»Wem gehört denn das Auto?«, fragte ich.

»Meine Mom leitet die Kindertagesstätte.« Pat klopfte liebevoll auf das Armaturenbrett. »Sie ist unsere offizielle Transportsponsorin für die Dramafrei-beim-Prom-dabei-Crew.«

»Wow. Dieser Abend wird von Minute zu Minute eleganter.« Ich griff nach einem der vielen Sitzgurte, war mir aber nicht ganz sicher, ob ich von den etwa siebenhundertneunzig im Inneren des Vans den richtigen erwischt hatte.

»Nobel geht die Welt zugrunde«, schnaubte Kim.

Ich wurde in den Rücken gestupst und drehte mich zu Schroeder um. »Alles okay bei dir?« Er wirkte besorgt.

»Ja, alles gut.« Ich sah ihn verwirrt an. »Meine Füße haben ein bisschen was abgekriegt, schätze ich.« Ich hob einen Fuß hoch und inspizierte die schwarzen Flecken, die der Asphalt hinterlassen hatte, und puhlte ein paar Kieselsteine ab. »Iiih.« Ich wette, Audrey Hepburn musste sich niemals mit so was abgeben.

»Dann bist du ja letztendlich doch bei uns gelandet.« Er grinste mich an, und als Zeichen innerer Reife streckte ich ihm die Zunge heraus.

»Tut mir leid, Heart.« Ryans Stimme lenkte meine Aufmerksamkeit wieder zurück in meine eigene Sitzreihe.

Ich machte eine abwehrende Handbewegung. »Kein Problem, ich mach mir nur Sorgen, weil wir dein Auto zurückgelassen haben.«

Er zuckte mit den Schultern. »Zumindest sind wir nicht wirklich von einem Serienmörder gekidnappt worden.«

»Siehst du, und schon sieht das Ganze gleich viel freundlicher aus.«

»Wir sollten uns T-Shirts machen lassen.«

Ich lachte. »Mann, stell dir mal vor, du wirst von einem Serienmörder gekidnappt, während du gerade dein Zumindest-wurde-ich-nicht-von-einem-Serienmörder-gekidnappt-T-Shirt anhast.«

Er brach in lautes, tiefes Lachen aus. »Solange wir nicht am Ende des Abends irgendwo in einem Kofferraum landen, ist das hier also der beste Prom aller Zeiten?«

»Definitiv.«

Ryan klopfte mir aufs Knie. »Wusst ich's doch, dass du genau das richtige Date für den Ball bist.«

»Ahh.« Ich lehnte mich an seine Schulter. »Ich bin halt doch die Beste, stimmt's?«

Als ich erneut an die Schulter geknufft wurde, drehte ich mich wieder zu Schroeder um. »Was ist denn los, Schubsie McSchubs?«

Er fuhr zurück, als hätte ich ihn bedroht. »Sorry, ich dachte nur, dass du die hier vielleicht brauchen kannst.« Er hielt mir eine Packung Feuchttücher hin. »Die lagen hinten.«

Offenbar machte ich mein Bist-du-verrückt-oder-was-Gesicht, denn er rollte mit den Augen. »Für deine Füße.«

»Hat deine Tante dir auch ein Tütchen mitgegeben?«, fragte Ryan und ich kicherte.

»Was?« Schroeder war total verwirrt.

Ich wurde rot und nahm ihm das verknitterte Päckchen

Feuchttücher ab. »Meine Tante hat mir ein paar Sachen für heute Abend eingepackt.«

»Lauter nützliche Dinge.« Ryan hielt die Zellophantüte hoch, die in meinem Schoß gelegen hatte, seit mir die Mädchen meine Sachen gebracht hatten. Die Kondome waren deutlich sichtbar.

Schroeder setzte sich plötzlich aufrecht hin und sah zum Fenster hinaus. Er hatte die Arme verschränkt und ich konnte hören, wie er mit den Absätzen auf den Boden klopfte.

Ich nahm Ryan die Tüte aus der Hand. »Lass meine Verhütungsmittel in Ruhe.«

Ryan kicherte. »Du klingst wie eine kleine alte Dame.«

»Blödmann.« Ich nahm mir ein Feuchttuch und strich ihm damit über die Nase, ehe ich mein Bestes versuchte, den Straßenschmutz von meinen Füßen zu reiben. Denn alle Mädchen wünschen sich, den ersten Teil des Promabends damit zu verbringen, ihre Füße zu waschen. Wie gesagt – nobel geht die Welt zugrunde.

KAPITEL 10

in dem ich mit Wasser attackiert werde und ein noch schlimmeres Modedebakel erlebe als das Tigersträußchen von Troy

KOPF

Der Ballsaal im Gemeindezentrum war viel schöner, als ich erwartet hatte. Obwohl nicht viel dazugehörte, meine Vorstellung von einem Gemeindezentrum zu übertreffen. Ich hatte mir schmutzige Betonfußböden und den Geruch alter Sportsocken vorgestellt. Stattdessen gab es hier richtigen Teppichboden. Im Ballsaal hingen sogar Kronleuchter – warum auch immer. Vermutlich war es also die dreißigminütige Fahrt in die kleinere, aber viel wohlhabendere Stadt südlich von uns wert gewesen.

Trotz meiner Nervosität von vorhin lief alles problemlos ab und wir bekamen den für uns reservierten Tisch zugeteilt. Allerdings musste ich schlucken, als ich die Namen meiner Promcrew-Freunde auf der Liste sah, besonders Ryans Name neben ihrer Tischnummer. Als ich ihm abgesagt hatte, hatte ich ihm gleichzeitig mein Ticket angeboten.

Die Aufsichtspersonen am Eingang hatten entweder nicht gemerkt, dass ich von einer ganzen Limousinenladung voll angetrunkener Zwölftklässler begleitet wurde, oder es war ihnen egal.

Tara bemühte sich redlich, mich in das Gespräch einzubeziehen, während wir uns durch den Ballsaal zwängten, um den uns zugeteilten Tisch Nr. 20 zu finden. Auch Troy kam mir in dem klimatisierten Raum ein wenig nüchterner vor. Vielleicht hatte ich ihn unterschätzt und er hatte wirklich einfach nur in seinem glamourösen Aufzug geschwitzt. Plötzlich musste ich ein Kichern unterdrücken. Kein Wunder, dass man immer sagt, man schwitzt wie ein Affe. Genau so sah Troy in seinem Smoking aus, wie ein schwitzender Gorilla im Frack.

Ich bin ein böser Mensch und werde definitiv in der Hölle schmoren.

Mit zusammengepressten Lippen schwor ich mir, künftig weniger gemein zu sein.

Als mich Troy also fragte, ob er mein Eiswasser trinken könnte, reichte ich es ihm großzügig hinüber. Dehydrierung war ein geringer Preis dafür, nicht von einem total Besoffenen begleitet zu werden, der mindestens doppelt so groß war wie ich.

Nachdem der Schulsprecher eine wunderbar kurze Rede gehalten hatte, wurden die Salate serviert. Unsere Schulverwaltung war der irrigen Annahme erlegen, dass Essen und Tanz im selben Raum zu weniger heimlichem Alkoholgenuss führen würde. Fairerweise muss ich jedoch zugegeben, dass kaum getrunken wurde, solange das Essen auf den Tischen stand – außer auf den Toiletten. Allerdings waren unglaublich viele Leute schon mit einem Blutalkoholspiegel hier aufgetaucht, der durchaus gereicht hätte, um die Führerscheine einzuziehen. Ich glaube, das nennt man die Schlacht gewinnen, aber den Krieg verlieren.

Das Essen war gar nicht so übel und Troy schien viel zu hungrig zu sein, um ständig in die provisorische Bar in der Herrentoilette zu verschwinden. Es war eigentlich sogar sehr angenehm. Zwar wäre ich lieber gestorben, als diesen Fakt meinen Tischpartnern gegenüber zuzugeben, aber ich fühlte mich ziemlich erwachsen, wie ich da von Kellnern in Fliege bedient wurde, ohne dass mein Dad neben mir saß und eine Verwandte im Brautkleid am anderen Ende der Tafel.

Nachdem Olivia und Randi auf die Toilette verschwunden waren, fing Doug an, in seinen Taschen herumzukramen.

»Hier, cool, oder?«, kicherte er, sichtlich stolz auf sich. Ich kniff die Augen zusammen, als er Olivia etwas Kleines auf den Teller legte.

»Was …?« Austin beugte sich vor, um einen besseren Blick darauf werfen zu können, und lachte schallend. »Oh, das ist fantastisch.«

Tara schnalzte mit der Zunge. »Was macht ihr Idioten da?« Sie stand auf, um besser sehen zu können, und quiekte. »Iih! Ist die echt?«

»Nein«, entgegnete Doug lachend.

»Was ist es?«, fragte ich.

»Eine künstliche Kakerlake«, sagte Tara, worauf Troy und Phil in brüllendes Gelächter ausbrachen. »Ihr seid schlimmer als kleine Kinder!«, fuhr sie die Jungs an. »Nimm das da raus.«

»Auf keinen Fall, lass es drin«, sagte Austin und hielt Tara mit der Hand zurück.

»Seid doch nicht so kindisch«, versuchte Tara es noch mal, aber Phil hielt ihr Handgelenk fest.

»Komm schon, T, es ist doch nur ein Spaß.«

Tara presste die Lippen zusammen und sah ihn aus schmalen Augen an.

Ich war unschlüssig, auf welche Seite ich mich schlagen sollte. Einerseits fand ich das Ganze ziemlich witzig, andererseits kam mir Olivia nicht gerade wie der Typ Mädchen vor, der Scherze mit künstlichen Kakerlaken besonders lustig fand. Ich sah hinüber zu Phil, aber dem gefiel das Ganze offenbar. Manchmal ist mein Bruder eine Enttäuschung für den LaCoeur-Genpool.

»Heart, sag ihnen, dass sie kindische Idioten sind«, befahl Tara.

»Äh …« Bevor ich irgendwas sagen konnte, hielt sich Doug den Finger vor den Mund.

»Sie kommen!«, flüsterte er.

Tara setzte sich langsam wieder hin, wobei sie ihm ärgerliche Blicke zuwarf, aber sie ließ die Kakerlake, wo sie war.

Olivia und Randi waren in ihr Gespräch vertieft und bemerkten nichts. Obwohl mein Bruder sie vehement am Ellbogen zog, unternahm Tara einen letzten Versuch. »Olivia, bleib ganz ruhig …«

Die Worte waren totale Atemverschwendung. Olivia nahm die Gabel in die Hand, sah auf ihren Teller, riss angsterfüllt die Augen auf und schrie.

Sie quiekte nicht. Sie kreischte nicht. Sie schrie.

Es war einer dieser Schreie, die einem die Eingeweide umdrehen und von denen Horrorfilmregisseure träumen. Ein echter Schrei, bei dem alle ihre Gliedmaßen gleichzeitig nach vorne in Richtung Teller schossen. Sie schob ihn – und den gesamten Tisch – mit einer Kraft von sich, die man sonst nur von Müttern kennt, die ein Auto von ihrem darunter begrabenen Kind heben.

Natürlich saß ich ihr direkt gegenüber. Aufgrund irgendeines komplizierten physikalischen Vorgangs, den ich im Nachhinein nicht mal mithilfe eines Diagramms erklären könnte, schoben sich alle Teller von mir weg, aber dafür der Tisch direkt in meinen Bauch. Alle Luft wich mir aus der Lunge und ich fiel nach hinten. Da mein Körper offenbar das stumpfe Objekt war, das den Drehmoment des Tischs anhielt, schossen alle Wassergläser und die wassergefüllte Vase aus der Tischmitte auf mich zu, und ein Minitsunami aus eiskaltem Wasser ergoss sich auf den Tisch und in meinen Schoß, wobei er das Oberteil von meinem

Kleid total durchtränkte und sogar ein paar Eiswürfel in meinem Ausschnitt landeten.

Die ganze Zeit über schrie Olivia weiter, wodurch Dougs Versuche zu erklären, dass die Kakerlake künstlich war, völlig untergingen, sogar als er das dumme Ding hochhob und damit vor ihr rumwedelte. »Aus Plastik, siehst du?«, brüllte er dabei.

Ich holte tief Luft und musste gleich darauf husten, weil mein eingeklemmter Bauch protestierte. Phil war der Einzige, der geistesgegenwärtig genug war, den Tisch zurückzuziehen, wodurch Olivia mit einem neuen Schrei nach hinten geschoben wurde, aber sie war mir momentan so was von egal. Wenn ich Luft gekriegt hätte, hätte ich vermutlich selbst den Tisch in ihre Richtung geschoben und gehofft, dass sie darunter begraben wurde, und ihr dann die Plastikkakerlake in die Haare gesteckt. Stattdessen schnappte ich nach Luft, während mein Zwerchfell sein Ding machte, und rückte vom Tisch zurück, um mir die Eiswürfel aus dem Schoß zu klauben.

»Alles okay?«, fragte Troy und klopfte mir auf den Rücken.

Ich stöhnte nur, denn mal ehrlich, was für eine Antwort erwartete er denn auf so eine Frage?

»Oh, Mist«, sagte er plötzlich und sah hinter mich.

»Was?«

»Dein Kleid ist total …«

»Nass?«

»Nein. Aufgeplatzt oder so.«

»Was?« Ich riss die Augen auf und versuchte, mir auf den Rücken zu fassen. Ich wusste sofort, was passiert war. Der Reißverschluss an meinem wunderschönen Vintagekleid hatte sich geteilt. Der Schieber war immer noch oben am Hals, aber von der Taille an aufwärts ging der Reißverschluss schon auseinander. »Oh nein!«

Ich stand auf und hielt mein Kleid mit einer Hand im Rücken zusammen, um das Nötigste zu verdecken, und rannte zur Toilette. Meine protestierende Lunge lief auf Reserve und ich sah Sterne. Trotzdem zwang ich mich weiterzulaufen, ehe ich eine unfreiwillige Oben-ohne-Einlage gab.

In der Damentoilette konnte ich schließlich warten, bis mein Zwerchfell sich erholt hatte, und holte zum ersten Mal tief Luft, seit man mir den Tisch in den Bauch gerammt hatte. Die Sterne verschwanden und ich lehnte mich erleichtert an den Waschtisch. Die Bewegung erhöhte den Druck auf den kaputten Reißverschluss und ich spürte, wie der Stoff weiter nachgab. Ich richtete mich auf und versuchte, mir im Spiegel über die Schulter zu sehen, und stöhnte, als ich das ganze Ausmaß des Schadens erkannte. Die bekannte Reißverschlusskrankheit. Als erfahrene Vintagekleidungskäuferin kannte ich die Gefahr bei Klamotten aus zweiter Hand und das Risiko für die Reißverschlusskrankheit bestand immer. Im Laufe der Zeit werden die Zähne schwächer und greifen nicht mehr so fest ineinander. Ein bisschen zu viel Druck an der richtigen Stelle, und zack, zeigt man sich der Welt in seiner ganzen Nacktheit.

»Verdammt! Verdammt! Verdammt!«, murmelte ich und ließ die Schultern fallen. Was ein Fehler war. Nur meine gute Haltung hatte den Rest des Reißverschlusses am Leben gehalten. Ich konnte zusehen, wie die Zähne bis hoch zum Schieber auseinanderglitten, der erfahrungsgemäß nun aus dieser Position nicht mehr wegzubewegen war.

Ich hörte, wie eine Toilette gespült wurde, und dann erschien Ally. In ihrem kurzen schwarz-weißen Kleid sah sie total ballfähig aus.

»Oh mein Gott, Heart. Was ist passiert?«

Über mein Reißverschlussproblem hatte ich fast vergessen, dass die Vorderseite meines Kleids total durchnässt war. »Frag nicht«, jammerte ich, während mir das eiskalte Wasser vom

Saum tropfte und eine Pfütze auf dem Boden bildete. Irgendwo in der Nabelgegend schmolz gerade ein Eiswürfel.

»Kann ich dir helfen?« Ally riss bereits ein braunes Rechteck nach dem anderen aus dem Papierhandtuchhalter. Die steifen Dinger hatten kaum Saugkraft. »Hier.« Sie hielt mir eine Handvoll Tücher hin und begann gleichzeitig, mit einem eigenen Bündel an meinem tropfnassen Saum herumzudrücken.

»Ich mache mir mehr Sorgen über meine Rückansicht.« Ich deutete mir über die Schulter. Ally ging um mich herum und keuchte auf. »Ja«, stimmte ich ihr zu. »Probier doch mal, ob du den Schieber nach unten ziehen kannst. Vielleicht geht es dann wieder.«

Es folgte ein minutenlanger Kampf, bevor Ally loslief, um Hilfe zu holen. Ich rührte mich derweil nicht vom Fleck und fragte mich, ob Olivia wohl noch schrie. Doug war ein blöder Idiot. Ich hasste diesen Typ.

Während ich auf Ally und die anderen wartete, kamen ein paar Mädchen, die ich nicht besonders gut kannte, herein und gingen alle zusammen in die Behindertentoilette. Keine Ahnung, ob sie mich nicht gesehen hatten oder es ihnen einfach egal war, aber sie bemühten sich kein bisschen, leise zu sein, während sie irgendwas herumgehen ließen.

»Habt ihr gesehen, wie sich Olivia aufgeführt hat? Die macht doch alles für ein bisschen Aufmerksamkeit.«

»Echt, die ist so lächerlich.«

»Überhaupt, wieso ist die denn für den Prom-Hofstaat nominiert?«

»Doch nur, weil sie mit Austin zusammen ist.«

»Genau.«

Olivia war jetzt nicht direkt meine Busenfreundin, aber mir glühten die Ohren vor Wut, als ich mit anhören musste, wie die Mädchen über sie herzogen.

»Und habt ihr das Kleid von Tara Jansen gesehen? Hallo, du bist nicht für einen Oscar nominiert!«

»Aber echt.«

»Die hält sich für so toll.«

»Nala war vorhin hier im Klo und hat gehört, wie sich jemand übergeben hat, und dann ist Tara rausgekommen und hat sich den Mund ausgespült. Die hat doch Bulimie.«

»Boah, wie eklig.«

»Hat sie nicht.« Die Worte waren raus, bevor ich überhaupt wusste, dass ich was sagen wollte.

In der Behindertentoilette wurde es plötzlich still. Dann hörte ich, wie der Riegel zurückgeschoben wurde. Zwei der Mädchen gingen direkt zum Ausgang, aber eine sah mich ärgerlich an. »Das war ein Privatgespräch.«

Ich schüttelte den Kopf. »Ganz sicher nicht, bei der Lautstärke.«

»Kümmre dich um deine eigenen Angelegenheiten.«

»Ernsthaft?« Mein nasses, kaputtes Kleid hatte meine Toleranzgrenze für Bekloppttheit drastisch gesenkt. »Ich klatsche jedenfalls nicht in der Toilette über Leute, die ich nicht mal kenne.«

Sie starrte mich an und drehte sich um, um auch hinauszugehen, wobei sie fast Ally und die anderen umrannte, die gerade hereinkamen.

»Boah!« Ally wich aus.

»Aus dem Weg«, zickte Miss Mieser Charakter.

Ally sah zu mir herüber, nachdem sich die Tür hinter der Ziege geschlossen hatte. »Was hab ich ihr denn getan?«

»Nichts.« Ich rollte mit den Augen. »Ich glaube, die hat ihren Stringtanga falsch rum an.« Es war weder meine noch Allys Zeit wert, das Ganze wieder aufzuwärmen. Das würde ich nicht mal Tara oder Olivia erzählen. Wahrscheinlich hatten die beiden in den letzten vier Jahren sowieso genug Klatsch über sich gehört. Man wird keine nach maßgefertigter Perfektion aussehende Zwölftklässlerin, ohne sich Neider zu machen.

Außerdem hatte ich genug eigene Probleme. Wie zum Beispiel meinen nackten Rücken.

Ally hatte eine Elftklässlerin namens Becca aufgetrieben, die in unserer Theatergruppe für die Kostüme zuständig war. In mir keimte zarte Hoffnung auf. Wenn jemand mein Kleid wieder richten konnte, dann Becca. Ich hatte sie schon Kostümwunder vollbringen sehen. Als Len Greenwich ihr letztes Jahr sagte, dass sie das gesamte Ensemble für *A Chorus Line* mit zweihundertfünfzig Dollar ausstatten müsste, hatte sie ihm sogar noch Wechselgeld zurückgegeben. Siebenunddreißig Cent, wenn ich mich nicht irre.

Während die Mädchen mit meinem Kleid kämpften, kam Cassidy herein. Bisher hatten wir lediglich erreicht, dass Becca und Ally inzwischen wunde Finger hatten und ich ein paar Schläge auf den Hinterkopf abbekommen hatte, wenn sie mit ihren Fingern vom Reißverschluss abgerutscht waren.

»Können wir es nicht einfach zusammenstecken?«, fragte Cassidy.

»Womit denn?«, fragte Becca. »Oder hast du ein paar Sicherheitsnadeln dabei?«

Ich dachte kurz an meine blöde Tüte von Tante Colleen. Die Frau hatte mir Streichhölzer eingepackt, aber in ihrem Beutel der Peinlichkeit hatte sich nicht eine einzige Sicherheitsnadel befunden. Ich hatte von Becca schon sehr kreative Reparaturen bei beschädigten Kostümen mitten in der Vorstellung gesehen, aber meine Haarklemmen und der Lipgloss wären hier vermutlich keine Hilfe.

Ally zog los, um ein paar Sicherheitsnadeln aufzutreiben, und sie war so lange weg, dass ich Angst hatte, sie hätte mich vergessen. Becca ging an ihren Tisch zurück, versprach mir aber wiederzukommen, sobald die Sicherheitsnadeln da wären. Glücklicherweise blieb wenigstens Cassidy bei mir.

»Wie läuft denn dein Date mit Troy so?«, fragte sie.

»Glaub mir, das ist definitiv kein echtes Date.« Ich rollte mit den Augen.

»Wobei du ein Date vermutlich nicht mal erkennen würdest, wenn es beschildert wäre.« Cass hievte sich auf den Waschtisch und ließ ihre glitzernden pinkfarbenen Converse schwingen wie ein kleines Mädchen.

»Als er mich mit der Limo abgeholt hat, war er schon betrunken.« Ich seufzte. »Danach bin ich von einem Tisch angegriffen worden, hab eine Dusche aus Wasser und Eiswürfeln abbekommen und mein Kleid zerrissen. Klingt das für dich nach einem Date?«

Sie grinste. »Klingt genau wie ein paar der Dates, die ich hatte.«

Ich stützte die Ellbogen neben ihr auf den Waschtisch auf. »Und genau das ist der Grund dafür, dass ich mich nicht mit Jungs verabrede.«

Sie rollte nur mit den Augen.

Plötzlich hörten wir ein leises Klopfen an der Tür. »Heart, bist du da drin?«

Cass und ich tauschten einen Blick. Das war eine Männerstimme. Und zwar definitiv nicht die von Troy. »Ja?«, rief ich.

»Kannst du rauskommen? Wir reparieren dein Kleid.«

Einen Moment später kamen Cassidy und ich aus der Toilette, wobei sie mir das Kleid am Rücken zusammenhielt. Es war Tim, einer der Bühnentechniker, der geklopft hatte. Er war nicht allein, Ryan war bei ihm. Sofort wurde ich von Schuldgefühlen übermannt. Obwohl er sehr verständnisvoll gewesen war, als ich ihm für Troy abgesagt hatte, fühlte ich mich deswegen total mies. Und hier war er nun, um mich in meiner ganzen entblößten, feuchten Herrlichkeit zu sehen. Fantastisch.

»Habt ihr Sicherheitsnadeln aufgetrieben?«, fragte Cassidy.

»Nein. Was Besseres.« Tim hielt eine Rolle Panzertape hoch und zog den Anfang mit einem geräuschvollen Rrrrrrriiiipppp ab.

»Klebeband?«

»Wie heißt es in der Werbung so schön, es hält alles zusammen«, verkündete Tim.

»Ich will aber kein Panzertape am Rücken!« Das hier war ganz bestimmt kein Brigitte-Bardot-Moment. Nicht mal ein Lucille-Ball-Moment. Es war einfach nur traurig.

»Keine Angst, wir haben einen Plan«, versicherte mir Ryan. »Vertrau uns.«

»Lass sie es doch wenigstens versuchen, Heart. Du kannst nicht den ganzen Abend im Klo verbringen«, sagte Cassidy.

Die machten wohl Witze. Ich starrte sie alle miteinander eine Minute lang an, aber niemand lachte. Seufzend drehte ich mich um, um ihnen das Problem zu zeigen. »Also gut.«

Am Ende hatte ich eine dicke Schicht Klebeband auf dem Rücken, das aus Sicherheitsgründen auch noch quer verlaufend geklebt geworden war. Die glatte Seite des Panzertapes lag auf meiner Haut an, sodass die leimbedeckte Seite zur Innenseite meines Kleids zeigte. Weil das Ganze so klebrig war, schafften sie es natürlich nicht, beide Kleidseiten gleichmäßig nebeneinander anzuordnen, wodurch ein dünner, klebriger Streifen in der Mitte übrig blieb, aber insgesamt war das Ganze nicht übel. Die Jungs wollten sicherheitshalber ein paar lange Streifen um meinen ganzen Oberkörper ziehen, aber das lehnte ich vehement ab.

»Danke, Leute!« Ich drückte alle Beteiligten fest an mich. »Ich weiß gar nicht, was ich ohne euch gemacht hätte.«

»Allen Elft- und Zwölftklässlern deinen nackten Körper gezeigt?«, schlug Ryan vor.

»So in etwa.«

»Ups!«, sagte Cassidy, als wir unsere Umarmung beendeten. »Etwas von dem Schleierkraut aus meinem Sträußchen klebt an deinem Klebeband.« Ihr Sträußchen bestand aus einer einzelnen gelben Rose, die von Schleierkraut umgeben war. Allys Mom hatte versprochen gehabt, alle Sträußchen für die Drama-frei-beim-Prom-dabei-Crew zu machen. Gelbe Rosen als Zeichen der Freundschaft. Sie waren unaufdringlich. Geschmackvoll. Und ohne Plastiktiger.

»Ist mir inzwischen auch egal.« Ich wedelte mit der Hand herum, wodurch der blöde Plastiktiger an meiner Hand auf und ab hüpfte.

»Oh. Na dann … hier.« Sie zupfte noch ein paar mehr ab und klebte sie mir auf den Rücken.

Ich lachte. »Danke.«

»Alles klar. Gehen wir jetzt zurück an unsere Tische?«, fragte Tim.

»Ja!«, riefen Cassidy und ich gemeinsam. Ich hatte keine Ahnung, wie lange wir bereits in der Damentoilette herumsaßen.

Wir gingen zusammen den Flur zum Ballsaal hinunter und lachten über die Möglichkeiten, mit denen wir anhand von Tims Panzertape den Prom noch aufmotzen konnten. Als wir die Tür erreichten, gingen die anderen zur anderen Seite des Raums, wo die Promcrew und alle meine Freunde saßen. Ich ging stattdessen wieder hinüber zu Tisch 20.

Vielleicht hatten Schroeder und Lisa recht. Ich hätte mit meinen Freunden kommen sollen, so wie ich es ursprünglich geplant hatte.

KAPITEL 11

in dem ich zu Performance Art werde und Ryan doofe Sachen sagt, die gar nicht wahr sein können

ZAHL

»Das Panzertape gibt dem ganzen Outfit erst das gewisse Etwas«, versicherte mir Ryan.

»Ich habe eine tolle Idee!« Ally kam mit einem Tempo auf mich zu. Wir können das hier in den Spalt stecken, um das Klebeband zu verdecken.«

Sie war so stolz auf ihre Idee, dass ich lachen musste. »Genau, weil das so viel besser aussieht.«

Der Reißverschluss an meinem Kleid hatte den Geist aufgegeben, als wir aus dem Kindertagesstätten-Van geklettert waren. Wir waren noch nicht mal im Ballsaal und ich hatte bereits schwarze Füße vom Anschieben eines liegen gebliebenen Autos und hatte mich fast dem gesamten Parkplatz nackt gezeigt. Zum Glück konnte man nur meinen bloßen Rücken sehen und der Schieber hing oben fest, sonst wäre aus meinem trägerlosen Kleid innerhalb von Sekunden ein Rock geworden.

Meine Freunde lachten sich kaputt. Im Prinzip war es schon lustig, allerdings fand ich es deutlich weniger witzig als sie, dass mein Rücken und mein BH gerade zur Schau gestellt wurden. Das Ganze wurde nur von der Reparatur mit Klebeband getoppt, die Ryan gerade mit seinem Bühnentechnikerkumpel Tim ausgeführt hatte. Tim war unmittelbar nach uns angekommen und hatte ein paar Autos weiter geparkt. Er gehörte zu den Leuten, die nirgendwo ohne eine Rolle Panzertape hingehen. Solche Jungs sind die stillen Helden unserer Zeit.

»Vielleicht funktioniert es ja.« Cassidy lenkte meine Aufmerksamkeit wieder auf Allys Vorschlag.

»Bin ich denn noch nicht lächerlich genug?«, fragte ich.

»Nein«, sagten die beiden im Chor.

Ich konnte nicht anders, ich musste lachen. »Ihr seid verrückt. Ich stecke mir bestimmt nicht kiloweise Papiertaschentücher auf den Rücken, sonst sehe ich aus wie ein aufrecht laufender Mullbeutel.«

»Hier.« Schroeder unterbrach uns und hielt mir seine Smokingjacke hin. »Dann können wir wenigstens erst mal reingehen, okay?«

»Ein echter Gentleman.« Besonders erfreut klang Ally aber nicht.

»Ein echter Spaßverderber«, wurde sie von Cassidy korrigiert.

»Na los, Niere, zieh es an.« Schroeder hielt mir immer noch die Jacke hin.

Es war lieb gemeint, aber ich schüttelte den Kopf. »Ist schon okay. Es ist ja nicht so, als ob ich mein tolles Klebeband den ganzen Abend verstecken könnte.«

»Oh.« Er hielt die Jacke nach wie vor in der Hand und sah aus, als hätte man die Batterien aus ihm herausgenommen.

»Trotzdem danke.« Ich lächelte ihn dankbar an und lief hinüber zu Ryan, um ihn unterzuhaken.

»Kann's losgehen?«, fragte Ryan.

»Ja.« Ich nickte. »Ich werde mich bemühen, dich nicht noch mehr zu blamieren.«

Er lachte. »Du blamierst mich doch nicht.«

»Ich werde das perfekteste schwulentaugliche Date aller Schulbälle sein«, flüsterte ich.

Nervös sah Ryan sich um. »Könntest du das bitte nicht so laut sagen?«

»Hab ich doch gar nicht!«

»Dann lass es am besten ganz, okay?«

Ich tat so, als ob ich mir einen Reißverschluss über die Lippen zog und den Schlüssel wegwarf. »Verschwiegenheit ist mein zweiter Vorname.«

»Eher meiner, denke ich.« Er lächelte verschmitzt.

»Meinetwegen.« Ich tat seine Wortklauberei mit einem lässigen Winken ab.

Mein Bruder und seine Clique standen am Eingang vor uns. Er sah zu mir herüber und deutete mit dem Daumen auf Troy, der mit hängenden Schultern und traurigem Gesicht ohne weibliche Begleitung dastand.

»Deine Schuld«, formte er mit den Lippen. Dann grinste er und klopfte Troy auf den Rücken. »Mach dir keine Gedanken, Mann. Ohne Date kannst du besser die Mädchen anbaggern.«

»Sei nicht so widerlich«, sagte Tara, Phils Freundin.

Hinter mir hörte ich Cassidy schnauben. »Ignorier ihn einfach«, flüsterte sie.

Ich versuchte es, aber ich entspannte mich erst, als Phil im Ballsaal verschwand.

Am Eingang gab man uns zwei kleine Platzkarten mit unseren Namen darauf, umgeben von Palmen. Wir wurden an Tisch 3 geschickt. Ein schneller Blick auf Cassidys Karte zeigte mir, dass meine Freunde an Tisch 4 saßen. Perfekt. Endlich klappte mal was.

Das Ballmotto »Strand im Mondschein« war überall erkennbar, aber trotzdem nicht übertrieben. Auf den Tischen standen flache Vasen mit Schwimmkerzen über einem Bett aus Muscheln und um den Raum herum waren Papierlaternen aufgehängt. Abgesehen von ein paar Palmen, zu denen man vermutlich bei einem Strandthema vertraglich verpflichtet ist, war der Gesamteindruck der Dekoration subtil, fast geschmackvoll. Na ja, so geschmackvoll wie eine Dekoration mit künstlichen Palmen halt sein kann. Wir saßen mit ein paar anderen Bühnentechnikern und deren Dates zusammen an einem Tisch, darunter auch Tim. Eins der Mädchen kannte ich überhaupt nicht, aber die anderen beiden gut genug, um sie zu begrüßen.

Kurz nachdem ich mich hingesetzt hatte, bekam ich schon den ersten Stups in den Rücken. Ich drehte mich um. Ally grinste mich an. »Über Muscheln hast du nichts gesagt.«

»Was?« Ich versuchte, mir auf den Rücken zu sehen, was natürlich nicht klappte. Weil ich keine Schleiereule bin. Und mit meiner Hand nach hinten zu fummeln, half mir auch nicht wirklich weiter. Ich stieß Ryan an und verpflichtete ihn zum Nachsehen.

»Eine dieser kleinen Muscheln aus der Vase klebt hinten auf deinem Klebeband.« Er hielt Daumen und Zeigefinger etwa einen Zentimeter auseinander, um mir die Muschelgröße anzuzeigen.

»Toll.« Ich seufzte.

Bevor ich das vollständig verdauen konnte, hatte ich vier weitere Muscheln am Rücken kleben, dank der schnellen Reaktionen von Cassidy, Pat und Neel. »Ihr seid echt blöd«, sagte ich zu Neel, der dummerweise der Letzte war.

»Wir sorgen doch nur dafür, dass du noch hübscher aussiehst«, rief Ally vom Nachbartisch herüber.

Ich rollte mit den Augen, beschloss aber, es gut sein zu lassen. Aus zwei verschiedenen Gründen. Erst einmal würde es die anderen noch mehr anstacheln, wenn ich wütend wurde, und zweitens war es eigentlich ziemlich witzig. Okay, es war sogar sehr witzig. Wenn eine meiner Freundinnen mit aus dem Kleid rausguckendem Panzertape hier sitzen würde, wäre ich die Erste, die ein paar Handvoll Glitter darauf verteilen würde. Ich stand auf und setzte mich auf den freien Platz zwischen Neel und Schroeder.

»Okay, gut. Aber vier Muscheln reichen nicht. Was habt ihr noch zu bieten?«

Allys Augen leuchteten auf und ihre Hand wanderte sofort in die Vase mit den Schwimmkerzen, um noch mehr der kleinen Muscheln vom Boden zu fischen. Kim zupfte ein Blütenblatt von ihrer gelben Rose, griff um Neel herum und klebte es mir mitten auf den Rücken. Ich stand auf, damit alle gut an mich herankamen, und während der nächsten paar Minuten hörte ich Gekicher, das ab und zu vom Druck auf meinen kaputten Reißverschluss unterbrochen wurde.

»Das war's!«, verkündete Cassidy nach einer Weile. »Kein Platz mehr.«

Ich fasste vorsichtig auf meinen Rücken. Unter meinen Fingerspitzen spürte ich eine Menge Muscheln, Blütenteile und Papierstücke. Wahrscheinlich sah mein Rücken aus wie der Fußboden in einem Kino, aber ich musste trotzdem lachen.

»Du siehst fantastisch aus«, versicherte mir Ally.

»Danke, Leute.« Nachdem ich mich für ein paar Handyfotos in Positur geworfen hatte, erklärte ich, dass ich lieber zurück zu Ryan gehen sollte.

»Entschuldigt bitte«, sagte ich, als ich an den Tisch zurückkehrte. »Wie findet ihr's?«

»Äh, atemberaubend.« Ryan beugte sich zu mir herüber, um meinen Kleiderschmuck besser betrachten zu können. Er lachte leise. »Oh, Mann ...«

»Was denn?«

»Chase«, sagte er, als ob das alles erklärte. Wie immer musste ich erst einen Moment lang nachdenken, bis ich merkte, dass er Schroeder meinte.

»Was ist denn mit ihm?« Ich versuchte erneut meinen Eulenblick, aber leider schaffte ich es auch diesmal nicht, meinen Kopf um hundertachtzig Grad zu drehen. Warum probierte ich das eigentlich immer wieder?

»Er hat dir seinen Namen aufgedrückt. Von seiner Platzkarte.«

»Echt?« Noch mehr erfolgloses Kopfdrehen von meiner Seite. »Der Idiot.«

»Gut, dass er kein Date dabeihat. Die wäre sicher eifersüchtig.«

»Bitte.« Ich rollte mit den Augen. »Der hält das einfach für witzig.«

»Ja, vielleicht.« Ryan neigte den Kopf.

»Was soll das denn jetzt heißen?«

»Gar nichts.«

Das war ganz offensichtlich gelogen. Ich zeigte mit dem Finger auf ihn. »Böses Prom-Date.«

»Ich sag doch nur, dass manche Männer eine komische Art zu flirten haben.« Ryan strich mit dem Finger über den Rand seines Wasserglases, bis ein Ton erklang.

»Schroeder flirtet doch nicht mit mir!« Ich sah hinüber zu dem anderen Tisch und fing zufällig seinen Blick auf. Wir sahen beide schnell weg.

»Vielleicht ...«

»Das würde ich doch merken.« Abweisend verschränkte ich die Arme vor der Brust, obwohl aus einem geheimen Versteck in meinem Bauch kleine Schmetterlinge gekrochen kamen.

»Wenn du das sagst.«

Ich wurde nervös. »Ist auch egal. Ich habe kein Interesse an Dates.«

»Warum denn eigentlich nicht?«

Ich seufzte und war sehr froh, dass die anderen Techniker uns offenbar keine Beachtung schenkten. »Ich will nicht so enden wie meine Mutter.«

Ryan öffnete und schloss den Mund ein paarmal hintereinander wie ein Fisch. Diese Reaktion kannte ich schon. Niemand weiß so recht, wie er die Fragen über meine Mutter formulieren soll. Er entschloss sich schließlich für: »Wo ist denn deine Mom?«

»Keine Ahnung.« Ich zuckte mit den Schultern. »Sie hat uns sofort nach meiner Geburt verlassen. Seither habe ich sie nicht wiedergesehen.«

»Warum?« Ryan zwinkerte. »Entschuldige, das geht mich nichts an.«

Ich lachte leise. »Also bitte, das ist ja wohl das Mindeste, was ich im Gegenzug für deine … Ehrlichkeit tun kann.« Ich warf einen vorsichtigen Blick über den Tisch hinweg, aber es interessierte sich nach wie vor niemand für unser Gespräch. »Bei meiner Geburt war sie erst neunzehn. Achtzehn bei Phil. Ich schätze, sie hatte andere Pläne für ihr Leben.«

»Hast du je darüber nachgedacht, nach ihr zu suchen?«

»Nein.« Ich lehnte mich zurück und spürte dabei die Erhebungen meiner Rückendekoration durch die dicke Schicht Panzertape auf dem Rücken. »Warum soll ich jemanden suchen, der mich nicht will?«

»Aber bist du denn nicht neugierig?« Er sah mich an, als wäre ich ein Objektträger unter dem Mikroskop.

»Eigentlich nicht. Vielleicht auf eine eher abstrakte Weise, aber ich habe überhaupt keine Erinnerungen an sie. Also konnte ich sie auch nie vermissen. Es waren schon immer nur mein Dad, Phil und ich. Und die berühmt-berüchtigte Tante Colleen.«

Er grinste. »Ach ja, die mit den Kondomen.«

»Genau die. Auf jeden Fall will ich nicht den gleichen Fehler machen wie meine Mutter. Und da ist es einfacher, Beziehungen von vorneherein auszuschließen und mir keine Gedanken darüber machen zu müssen.«

»Und was machst du, wenn dir jemand gefällt?«, fragte er.

»Es ist doch völlig normal, für jemanden zu schwärmen und trotzdem nichts in diese Richtung zu unternehmen.« Ryan sah nicht überzeugt aus, also erklärte ich es ihm genauer. »Schwärmen kostet nichts. Wer schwärmt denn nicht für Captain Jack Sparrow, zum Beispiel? Niemand.«

»Und hier in der realen Welt, wo der Rest von uns lebt?« Er neigte den Kopf.

»Es ist egal, ob wir über die reale oder eine fiktive Welt reden«, beharrte ich. »Für jemanden zu schwärmen, ist das Beste, wenn man jemanden mag. Und außerdem total ungefährlich. Man kann sich seinen Fantasien hingeben und spart sich trotzdem das ganze Er-liebt-mich-er-liebt-mich-nicht-Drama. Also nur das Positive ohne das Negative, das einen nachts vor Kummer nicht schlafen lässt.«

Ryan nickte langsam und ich glaubte schon, dass ich endlich jemanden gefunden hatte, der mich verstand. Dann sagte er: »Du weißt, dass das verrückt ist, oder?«

»Ich hoffe, mit verrückt meinst du genial.«

Er lachte. »Und was ist, wenn jemand dich mag?«

Jetzt spürte ich wieder das nervöse Flattern im Magen und ich merkte, wie ich rot wurde. »Das kommt eher nicht vor.« Ich schaffte es, nicht zu Tisch 4 hinüberzusehen, obwohl ich mir sicher war, dass Schroeder meine Verlegenheit sogar vom Nachbartisch aus spüren konnte.

»Ich glaube, du bist eine große Lügnerin, Heart LaCoeur.«

»Hey, das ist Mobbing!«

Gerade in diesem Augenblick gellte ein durchdringender Schrei vom anderen Ende des Raums zu uns rüber.

»Was ist denn da los?« Ryan war schneller aufgesprungen als ich, aber es dauerte nicht lange, bis die meisten Ballbesucher nachsahen, was dort drüben los war. Ich konnte über die ganzen Köpfe hinweg nicht besonders viel sehen, aber wie eine Art Nachwelle drangen einzelne Wortfetzen durch den Raum.

»Olivia Riggs … irgendwas in ihrem Essen … Drama-Queen … kann sie endlich mal damit aufhören? Raus hier … egal … oh, bitte … dummer Scherz … vergesst es …«

Und dann sah ich Olivia Riggs, die in ihrer paillettenbesetzten türkisfarbenen Robe aussah wie die Schönheitskönigin, die sie war, wie sie von Randi Martinez zum Ausgang des Saals begleitet wurde. Beide schnatterten wie wütende Hühner und warfen giftige Blicke über die Schulter.

»Cheerleaderdrama«, verkündete Pat vom Nachbartisch.

»Wahrscheinlich ist ihr ein Fingernagel abgebrochen«, vermutete Ally.

Innerhalb einer Minute hatten sich alle wieder hingesetzt und waren in die eigenen Gespräche vertieft.

Auf Zehenspitzen schlich ich mich fort, um nach meinem Bruder zu sehen. Ich fand ihn schließlich an dem Tisch, von dem Olivia und Randi gerade weggestürmt waren. Er lachte sich schlapp, während Tara genervt aussah. Als sie mich bemerkte, rollte sie mit den Augen. Ich fragte mich, wie es gewesen wäre, wenn ich bei der Aktion eben neben Troy gesessen hätte. Es sah so aus, als hätte ich noch mal Glück gehabt. Da hast du's, Chuck E. Cheese.

KAPITEL 12

in dem Troy seinen primitiven Instinkten nachgibt und ich zum Unfallopfer auf der Tanzfläche werde

KOPF

Als ich endlich von meiner Kleidreparatur-Odyssee in der Toilette zurückkam, trug Olivia einen selbstgefälligen Gesichtsausdruck zur Schau. Abgesehen davon strahlte sie wieder Schönheitsköniginnenwürde aus.

»Alles okay, Heart?«, fragte Troy. Er hatte inzwischen noch rötere Wangen. Oh, oh.

»Ja, alles gut.« Ich lächelte ihn an und setzte mich. Schließlich war es nicht seine Schuld, dass ich mit Wasser übergossen worden und mein Reißverschluss kaputtgegangen war.

»Ratet mal, wer gerade reingekommen ist«, befahl Olivia.

»Äh …« Ein schneller Scan unserer unmittelbaren Umgebung gab keinen Aufschluss. »Der Weihnachtsmann?«

Olivias hübscher Mund verzog sich zu einem hässlichen Grinsen. »Amy.«

Keine Ahnung, ob sie damit mich treffen wollte oder Troy, aber mir persönlich war die Exfreundin meines Mitleid-Dates total egal. »Aha«, sagte ich.

Troy zu meiner Rechten war jedoch nicht ganz so unbeeindruckt von dieser Nachricht. Er fiel in sich zusammen und brach erneut in Schweiß aus. Der Junge sollte echt mal einen Arzt aufsuchen. So ein Transpirationsproblem ist doch nicht normal.

»Mit wem ist sie hier?«, fragte er.

»Kenne ich nicht.« Während sie das sagte, inspizierte Olivia ihre Fingernägel, so als könnte man nicht von ihr erwarten, dass sie noch einmal hinsah. Das Mädchen war vermutlich in ihrer Kindheit zu wenig in den Arm genommen worden.

»Wo ist sie?« Troy war halb aufgestanden und starrte zum Eingang hinüber. Ich auch. Aus Solidarität? Keine Ahnung. Er sah sie jedoch vor mir und fiel niedergeschlagen auf seinen Stuhl zurück. »Ich kenne ihn auch nicht.«

»Das ist wahrscheinlich bloß ihr Cousin oder so«, sagte Phil.

»Lahm.« Ich verzog das Gesicht. War Phil nicht dafür verantwortlich, dass Troy und ich ein genauso lahmes Date hatten? Ich warf ihm einen tödlichen Blick zu, aber er wich ihm aus. Warum kann man seinen Bruder nicht dann durch gezielte Psychokinese umbringen, wenn man es wirklich braucht?

»Soll ich rübergehen und mit ihr reden?« Troy schickte sich an, erneut aufzustehen.

»Nein!« Alle am Tisch waren sich darin einig.

»Auf keinen Fall, Mann«, sagte Doug. »Sei doch kein Wichser.«

Ich zuckte erneut zusammen. Das W-Wort ließ mich immer würgen. Ich denke gerne, dass mich das eher erhaben als unreif wirken lässt, wie mein Bruder bereits des Öfteren behauptet hat. Brigitte hat ganz sicher nie das W-Wort benutzt.

»Ich käm schon damit klar.« Troys Blick verfolgte Amy und ihren Begleiter zwischen den Tischen entlang. »Ich wäre ganz cool.«

»Nein, wärst du nicht«, versicherte ihm Phil und griff über Tara hinweg, um ihm auf die Schulter zu klopfen.

»Ich muss mal aufs Klo.« Troy stand auf und ging scheinbar tatsächlich in Richtung Ausgang statt in Richtung Ex, aber Tara stieß meinen Bruder trotzdem mit dem Ellbogen in die Seite.

»Geh mit ihm«, sagte sie.

»Nur Mädchen gehen gemeinsam aufs Klo.« Was totaler Blödsinn war, denn ich hatte gesehen, wie Phil mit mindestens zwei anderen Jungs an diesem Abend ins Männerklo verschwunden war. Gut, das waren alkoholbedingte Trips gewesen, aber trotzdem. Mein Bruder stellte sich einfach an. Absichtlich.

Tara war genauso genervt, wie ich an ihrer Stelle gewesen wäre. »Prima. Dann bist du schuld, wenn er rüber zu Amy geht, sobald er zurück ist.«

Phil murmelte irgendwas, aber garantiert nichts Nettes, und ging seinem Freund nach. Ich biss mir auf die Lippe und sah Tara an. »Meinst du, er kommt damit klar?«

»Sicher.« Sie machte eine abwehrende Handbewegung. »Phil gibt ihm was zu trinken, dann beruhigt er sich schon.«

»Oh.« Troy brauchte ganz bestimmt noch mehr Alkohol. Ich versuchte, mich am Rand meines Panzertapeverbands zu kratzen. Direkt unter meinem Schulterblatt war ein kleiner Knubbel, der mich inzwischen ganz verrückt machte. Und um ehrlich zu sein, durch das dicke Band auf meinem Rücken schwitzte ich unheimlich.

Neben mir erschien ein Kellner und räumte meinen Teller ab. Hoffnungsvoll sah ich zu ihm auf. Dessert war immer besser als kein Dessert. Und nach dem Essen konnte ich mit meinen Freunden auf die Tanzfläche verschwinden und musste mir keine Sorgen mehr um Troy machen. Dann hätte ich meine Hauptarbeit als Date gemacht. Wenn er wollte, würde ich zu ein paar langsamen Songs mit ihm tanzen, ein paar Fotos vor dem Hintergrund mit dem Sonnenuntergang machen lassen und dann wäre ich frei.

Als Phil und Troy endlich zurückkamen, hatte ich meinen Nachtisch schon fast aufgegessen. Troy hatte sich inzwischen die Jacke ausgezogen, was ihm scheinbar einen kühleren Kopf verschafft hatte, wenn ich mal von seiner Gesichtsfarbe ausging. Aber die Veranstaltung in der Toilette hatte definitiv nicht dazu beigetragen, dass er einen Alkoholtest bestehen würde. Mit einem Krachen ließ er sich auf den Stuhl neben meinem fallen. Phil klopfte ihm auf die Schulter und beugte sich dann zu mir herunter.

»Behalt ihn im Auge, okay? In ein paar Minuten spürt er keine Schmerzen mehr, aber wir können nicht riskieren, dass wir seinetwegen alle rausgeschmissen werden.«

»Wieso sollten wir denn seinetwegen alle rausgeschmissen werden?«

»Werden wir ja nicht, wenn du gut auf ihn aufpasst.«

»Phil!«, zischte ich, aber er war schon wieder auf dem Weg zu seinem Platz neben Tara.

»Guuuuuuuuuuuuuten Abend!« Die Stimme des DJs machte alle weiteren Versuche, die Aufmerksamkeit meines Bruders auf mich zu lenken, zunichte. Wahrscheinlich kam die Tatsache, dass Phil mich ignorierte, noch erschwerend hinzu. Der DJ machte ein großes Brimborium um den ersten Tanz, aber er redete so schnell, als wäre er ein Auktionator. Allerdings zeigten seine Worte Wirkung, denn sobald er den neuesten Hit aufgelegt hatte, war die Tanzfläche rammelvoll.

»Komm mit.« Troy stand wacklig auf und klopfte mir auf die Schulter. »Zeigen wir Amy, dass ich sie nicht brauche.«

Was vermutlich die romantischste Aufforderung zum Tanzen ist, die je ein Mädchen bekommen hat, stimmt's? Trotzdem nahm ich Troys Hand, nach einem kurzen, schwankenden Moment, weil das Panzertape am Stuhl festgeklebt war.

Ich ließ mich von ihm auf die Tanzfläche führen. Dort machte er Bewegungen, die sicherlich bei irgendeinem verschollenen Amazonasstamm zum Kriegstanz gehören. Eine mysteriöse Anzahl von Ellbogen war daran beteiligt, und ein Gesichtsausdruck, der vermutlich sexy wirken sollte, aber eher als schmerzverzogen durchging. Nicht, dass ich jetzt wollte, dass Troy auf mich sexy wirkt, aber alles weniger qualvoll Wirkende wäre mir lieber gewesen.

Ich scannte die Tanzfläche in der Hoffnung auf meine Freunde. Das hier mussten sie unbedingt sehen. Und am besten gleich dokumentieren.

Endlich konnte ich auf der gegenüberliegenden Seite von Troys Getrampel Schroeder ausmachen. Ich deutete mit dem Kopf auf Troy und grinste. Schroeder lächelte mich an, ehe er Troys Kriegstanzstil imitierte. Ich lachte und zeigte ihm ein paar tolle Discobewegungen. Er antwortete mit ein paar John-Travolta-Gesten *à* la *Saturday Night Fever*. Ich tat so, als wollte ich ihn ausbuhen, obwohl ich mir das Geräusch selbst sparte. Über die hämmernden Bässe hinweg hätte man es sowieso nicht gehört.

Ein paar andere Promcrew-Mitglieder tauchten neben Schroeder auf und machten bei unserem tanzflächenübergreifenden Wettbewerb mit. Ich versuchte, Troy im Auge zu behalten, aber er war so auf Amy und ihr Date fixiert, als hätten seine Augen eine Art eingebautes Exfreundinnen-Suchsystem. Ich war offensichtlich nur eine Requisite in seinem erfolglosen Spiel.

Auf der anderen Seite der Tanzfläche machte Ally gerade die Einkaufswagen-Tanzbewegung, also antwortete ich mit dem Rasenmäher, was sie vor Lachen fast zusammenbrechen ließ. Gerade, als ich wieder einmal an meinem imaginären Rasenmäher das Startkabel ziehen wollte, machte Troy eine seiner Ellbogenschwungbewegungen – genau in meinen Hinterkopf.

Ich würde gerne sagen, dass ich das hingenommen habe wie

ein Profi und einfach weitergemacht habe, als ob das alles zur Choreografie gehören würde, aber das wäre leider gelogen. Stattdessen war ich so schnell auf allen vieren, als hätte man mich auf den Boden teleportiert. Sofort trat jemand auf meine linke Hand, jemand anders trat mir in die Wade und die Smokinghose irgendeines Kerls landete in meinem Mund. Und dann war ich plötzlich so schnell wieder oben, wie ich vorher unten gewesen war.

Troy hatte tatsächlich so viel Geistesgegenwart besessen, mir zu helfen. Ich war geschockt. Aber ich hatte auch Schmerzen, weil er mich an den Oberarmen nach oben gezogen hatte. Zum zweiten Mal an diesem Abend sah ich Sterne.

»Alles okay?«, brüllte er mir ins Ohr.

»Ja, prima«, grunzte ich und kreiste mit den Schultern. »Danke.«

»Du hast ja echt viel Pech heute Abend. Du solltest besser aufpassen.«

Ich starrte ihn an. Eine Hand hatte ich auf die Stelle an meinem Kopf gelegt, an der er mich mit dem Ellbogen getroffen hatte, mit der anderen rieb ich mir über die Schulter. Nicht zu reden davon, dass ich von meinem unfreiwilligen Bad beim Abendessen immer noch bis auf die Unterwäsche nass war und mein Kleid von Klebeband zusammengehalten wurde. Ja, da hatte er recht. Ganz sicher war ich diejenige, die in Zukunft vorsichtiger sein musste.

»Oh mein Gott, Heart!« Lisas Stimme verkündete ihre Ankunft schon eine Sekunde bevor sie mir die Hand auf den Rücken legte. »Ich hab gesehen, wie du hingefallen bist. Ist alles okay?«

»Alles gut.« Ich lächelte Troy an, aber Lisa zeigte ich mein genervtes Gesicht und deutete auf mein ahnungsloses Date. »Dafür wird Phil mir büßen«, flüsterte ich.

Lisa zog die Augenbrauen hoch und beugte sich vor, damit sie mir ins Ohr flüstern konnte. »Ich hab dir gleich gesagt, dass du lieber beim ursprünglichen Plan bleiben sollst.«

»Ich weiß, ich weiß.«

Dann landete eine weitere Hand auf meinem Rücken, und als ich mich umdrehte, blickte ich in Schroeders besorgtes Gesicht. »Was ist passiert? Geht es dir gut?«, fragte er.

»Ja, alles gut«, sagte ich und sah nach unten. »Offenbar bin ich heute Abend sehr anfällig für Unfälle.«

»Sie hat was auf die Rübe gekriegt«, erklärte ihm Lisa.

»Dann holen wir am besten Eis für deinen Kopf.« Er fasste mich am Ellbogen und wollte mit mir von der Tanzfläche gehen, aber ich blieb stehen.

»Nicht nötig, es geht mir wirklich gut.«

Forschend sah er mich aus seinen braunen Augen an. »Bist du sicher?«

Ich lächelte. »Ganz sicher. Außerdem muss ich Troy im Auge behalten.« Ich warf einen Blick über meine Schulter und stellte fest, dass er es geschafft hatte, sich von mir weg- und näher an Amy heranzumanövrieren. »Verdammt.«

»Warum?«, fragte Schroeder.

»Weil er betrunken ist.« Ich rollte mit den Augen. »Und Amy ist mit irgendeinem merkwürdigen Typen hier aufgetaucht.«

»Lass ihn doch.« Schroeder drückte meinen Ellbogen. »Er ist nicht dein Problem.«

»Phil würde mich umbringen. Und ich will nicht rausgeschmissen werden.«

Er öffnete erneut den Mund, schüttelte den Kopf und schloss ihn dann, ohne etwas gesagt zu haben.

Inzwischen wurde ein langsames Lied gespielt und ich sah mich nach Troy um. Er starrte weiter Richtung Amy – natürlich –, aber plötzlich riss er sich von ihrem Anblick los und schien jemanden zu suchen – ich nahm an, mich. Ich sah wieder zu Schroeder, der immer noch meinen Ellbogen festhielt.

»Ich muss …«, sagte ich genau zur selben Zeit wie er »Möchtest du …?«.

Ich schüttelte den Kopf. »Tut mir leid. Wir sehen uns später.«

»Sicher.« Er nickte und ließ meinen Arm los.

Während ich mich zu Troy durchkämpfte, zwickte mich Lisa in den Arm: »Du bist echt blöd.«

»Ich hab's kapiert, okay.« Ich rollte mit den Augen. »Lass mich los.«

»Das hat nichts mit …«, sagte sie, wurde aber von Troy unterbrochen.

»Sie sieht mich nicht einmal an.« Seine Augen glänzten.

»Mach dir nichts draus«, sagte ich. »Vergiss sie. Lass uns tanzen.«

KAPITEL 13

in dem sich Ryan als schreckliches Date herausstellt und alle die wunderbare Welt der Gruppentänze kennenlernen

ZAHL

Ryan zum Tanzen zu überreden, war so ähnlich, wie eine verängstigte Katze unter dem Bett hervorzulocken. Mit einem Stück Truthahn als Köder hätte ich wahrscheinlich bessere Chancen gehabt.

»Wieso gehst du zum Prom und willst dann den ganzen Abend am Tisch sitzen?«, fragte ich ihn.

»Es heißt Prom, das ist die Kurzform von Promenieren. Und das heißt Gehen. Und gegangen bin ich schon, nämlich in den Saal. Also besteht keine Verpflichtung mehr zu tanzen.«

»Natürlich besteht diese Verpflichtung! Das wird quasi vorausgesetzt.«

»Ich fühle mich aber nicht an solche gesellschaftlichen Verpflichtungen gebunden.«

»Ah!«, stöhnte ich. »Du bist der schlimmste Schwule, den ich kenne!«

Er riss die Augen auf. »Hörst du wohl auf damit!«

Ich warf einen Blick auf die leeren Plätze um uns herum. »Niemand hat mich gehört.«

»Ich dachte, du würdest das Ganze cool angehen.«

»Und ich dachte, du würdest mit mir tanzen.« Ich nahm meine Platzkarte und warf sie nach ihm. »Außerdem helfe ich dir nur dabei, dich mit deiner Sexualität zu arrangieren.«

»Erstens: Ich habe mich bereits wunderbar mit meiner Sexualität arrangiert. Zweitens: Du wolltest doch kein großes Drama daraus machen, und drittens: klassisches Vorurteil Schwulen gegenüber.« Während er redete, hielt er jeweils einen Finger hoch, um mir seine Aufzählung zu verdeutlichen.

»Okay, okay, es tut mir leid.« Ich nahm seine Hand zwischen meine. »Du hast recht, ich benehme mich wie ein schlechtes Date. Aber du auch.«

»Wieso?« Er breitete die Arme aus, die Handflächen nach oben. Künstlichste Unschuldsbeteuerung aller Zeiten.

»Weil du nicht mit mir tanzen willst«, jammerte ich. Audrey und Brigitte, bitte verzeiht mir die fehlende Raffinesse.

»Ich tanze aber nicht gerne.«

Ich beugte mich zu ihm hinüber, damit uns niemand hören konnte. »Wie willst du denn jemals einen netten Jungen kennenlernen, wenn du nicht tanzt?«

Er wurde rot und warf mir dann einen überlegenen Blick zu. »Dir ist klar, dass das so ähnlich ist, wie von einer Nonne Beziehungsratschläge anzunehmen, oder?«

»Dass ich mich nicht mit Jungs verabrede, heißt nicht, dass ich nicht weiß, wie es geht.«

Ryan schnaufte. »Schon klar.«

»Ich habe es mir nämlich so ausgesucht.«

»Red dir das nur weiter fleißig ein.«

»Ach, halt den Mund. Komm, wir tanzen.« Ich stand auf und zog ihn an den Händen. Und obwohl er größer war als ich, bekam ich ihn in den Stand, was eigentlich einer Einwilligung zum Tanzen von seiner Seite aus gleichkam. Immerhin musste er ja ein bisschen mitgeholfen haben, oder?

Er stöhnte den ganzen Weg zur Tanzfläche und ließ die Füße schleifen, als ob ich ihn zum Zahnarzt schleppen wollte, aber ich konnte sehen, dass er einfach eine Show abzog. Er würde mir noch dankbar sein. Gern geschehen, Ryan.

»Los doch, genieß das Leben. Es tut auch nicht weh, versprochen.« Ich warf ihm einen kessen Blick zu und begann mit einem leichten Zweierschritt. Er bewegte sich überhaupt nicht und überließ mir die ganze Arbeit. Sein Handgelenk lag lasch in meinem Griff. »Ry-yan«, jammerte ich, ging in die Knie und ließ meinen Kopf kapitulierend zurückfallen. »Du bist mein Untergang. Deinetwegen weinen jetzt die Götter des Tanzes.«

Er lachte und begann, sich in der Rolle des Spielverderbers zu gefallen. »Das hier *ist* mein Tanzen.«

»Kannst du zumindest mal anders gucken? Du siehst aus, als ob du auf deine Hinrichtung wartest.«

Plötzlich setzte er ein schmalziges Grinsen auf, schüttelte meine Hände ab und fing an, wie wild herumzuhüpfen, wobei er die Beine unkontrolliert herumwarf. Er sah absolut lächerlich aus, aber ich klatschte und feuerte ihn an, als wäre er Channing Tatum und würde hier nur für mich strippen. »Ja, Baby! Wow! Komm, beweg deinen Hintern!«

Er brach lachend zusammen und das kitschige Grinsen verwandelte sich in ein echtes Lächeln.

»Siehst du, es macht dir sogar Spaß!« Ich schlang ihm einen Arm um den Hals und begann mit einem Cancan, den er aber auf keinen Fall mitmachen wollte.

Glücklicherweise waren jedoch Ally und Cassidy in der Nähe und die lassen niemals eine gute Cancan-Reihe aus. Kurz danach standen alle Promcrew-Mädels mit verschränkten Armen nebeneinander und warfen die Beine so hoch, wie es ging. Irgendwann gab Ryan nach und machte sehr halbherzig mit, aber er konnte zumindest darüber lachen.

Der DJ war gut, das musste man ihm lassen. Sobald er gesehen hatte, dass wir einen Gruppentanz angefangen hatten, legte er einen neuen Song auf, zu dem man bestimmte Bewegungen machen musste. Ich konnte mich zwar zuerst nicht an die Schritte erinnern, aber Lisa hatte die Moves drauf und übernahm nur zu gern die Führung. Ryan versuchte zu fliehen, aber ich erwischte ihn am Arm und hielt ihn zurück, sodass er sich neben mir durch die Choreografie kämpfen musste. Sein Hinternwackeln war der Brüller.

Jedes Mal, wenn wir die Neunzig-Grad-Drehung machten, die zu dem Tanz gehörte, sahen wir, dass noch mehr Leute mitmachten. Ein tolles Gefühl! Einmal sah ich Tara, Olivia und die anderen Mädchen, wie sie echt abtanzten. Sie machten sogar bestimmte Handbewegungen zu dem Song. Mein Bruder sah lächelnd vom Rand der Tanzfläche aus zu. Bei der nächsten Drehung musste ich darüber lachen, wie die Leute, die dachten, sie wären im Hintergrund sicher, plötzlich nach vorne gedrängt wurden. Wieder eine Drehung, und ich durfte erneut Ryans schreckliche Hüftdrehung miterleben, aber zumindest schien er sich jetzt zu entspannen und das Ganze zu genießen. Die letzten neunzig Grad zeigten mir die meisten meiner Freunde – die Theatergeeks, die Dramafrei-beim-Prom-dabei-Crew, die Bühnentechniker, die ihre Schüchternheit überwunden hatten und jetzt mitmischten. Cassidy warf mir über die linke Schulter hinweg einen Blick zu und zeigte mir einen extra Powackler, als sie meinen Blick auffing. Wir drehten uns erneut und Ryan beugte sich vor, um mir über die Musik hinweg etwas ins Ohr zu brüllen. »Ich tanze, bist du jetzt glücklich?«

»Ekstatisch.« Ich grinste ihn an und der Song endete.

»Jetzt musst du mir einen Gefallen tun.«

»Aber nicht, wenn es etwas mit Wiederhinsetzen zu tun hat.«

»Ich setze mich wieder hin.« Ich wollte gerade protestieren, als er die Hand hob. »Nur ich. Das ist der Gefallen. Tanz mit jemand anderem.«

Ich schüttelte lachend den Kopf. »So eine schlechte Verabredung bin ich, ja?«

»Ja. Und jetzt los. Tanz mit jemandem, der tatsächlich Spaß dran hat.« Er fasste mich an den Schultern, drehte mich und schubste mich dann gegen die nächste Person, die mit dem Rücken zu uns stand. Ich sah gerade noch blonde Haare und ein schwarzes Smokingjackett, ehe ich in ihn hineinkrachte. Es war Schroeder, der mich mit einer halben Drehung auffing.

»Tut mir leid«, keuchte ich.

»Du scheinst heute Abend sehr anfällig für Unfälle zu sein«, sagte er.

Ich hatte ein merkwürdiges Gefühl von Déjà-vu, das ich schnell abschüttelte. »Scheint so.«

Schroeder warf einen Blick über meinen Kopf hinweg. »Wo ist denn dein Date?«

»Der braucht eine Pause. Offensichtlich habe ich ihn fix und fertig gemacht.« Ich zwinkerte ihm zu.

»Also hast du es stattdessen mit einem Bodycheck bei mir versucht?«

Wir hatten beide unbewusst angefangen, uns zum Rhythmus zu bewegen, und inzwischen tanzten wir. Schroeder legte mir den Arm um die Taille, als sich ein anderes Pärchen hinter uns vorbeidrückte. »Ich muss ja schließlich aufpassen, dass du nicht alle anderen umrennst«, erklärte er.

Ich streckte ihm die Zunge raus.

»Du bist so hübsch, wenn du das machst.« Er zog im Gegenzug eine Grimasse, bei der er die Oberlippe einrollte und schielte.

»Wir sollten zu Prom-King und -Queen gewählt werden.« Ich zog die Backen ein und machte einen Fischmund.

Er imitierte meinen Fischmund und wir machten Fischgeräusche, bis wir lachen mussten. Wir tanzten noch eine Weile und versuchten, wieder unsere Fischmünder zu machen, aber das klappte nicht, weil wir immerzu lachen mussten. Dann kam der glorreiche Moment, wo wir beide es tatsächlich schafften, gleichzeitig die Fischgrimasse zu ziehen. Meine Augen leuchteten triumphierend, aber ich traute mich nicht, auch nur einen Gesichtsmuskel zu bewegen, damit meine Fischigkeit nicht verloren ging. Schroeder hielt die linke Hand hoch, damit ich ihm fünf geben konnte, und ich haute kräftig zu. Er griff nach meiner Hand und drehte mich herum wie eine Tanzfigur. So zusammengepresst waren unsere Fischmünder nur wenige Zentimeter voneinander entfernt, und das war einfach zu viel. Ich knickte zuerst ein und lachte atemlos, aber er schaffte es ein paar Sekunden länger, nicht zu lachen, und ich stand nahe genug bei ihm, um sein Gelächter zu hören und auch zu fühlen.

Ryans Mutmaßungen beim Abendessen fielen mir wieder ein und mein Herz fing an zu klopfen – eine von mir nicht autorisierte Eigenmächtigkeit. Ich stellte fest, dass ich Schroeder gerade ein bisschen zu lang in die Augen sah. Braun. Ein ganz normales Braun, aber das gefiel mir. Meine waren auch braun. Nicht außergewöhnlich violett wie die von Elizabeth Taylor oder leuchtend grün, damit ich wie ein Filmstar aussah. Einfach braun. Das war eine freundliche Farbe.

Oh Gott, ich starrte ihm immer noch in die Augen. Ich blinzelte heftig, vergaß aber, dabei wegzusehen, deshalb sah ich geradewegs wieder hinein, sobald ich meine Augen öffnete. Freundliche braune Augen, die meinen Magen ganz unruhig machten.

»Ich … ähm«, fing ich an und wusste gar nicht, was ich eigentlich sagen wollte.

»Und jetzt möchte unser Schülersprecher ein paar Worte sagen.« Die Ankündigung des DJs gab mir einen weiteren Grund zu blinzeln, aber diesmal dachte ich daran, danach wegzusehen. Die Musik wurde leiser gedreht und dann ausgemacht, während alle ihre Aufmerksamkeit der Bühne zuwandten. An der Seite standen der Direktor und sein Stellvertreter und legten strassbesetzte Kronen bereit, und ich erkannte, was los war.

Jetzt würden gleich Prom-King und Prom-Queen gekürt.

Schroeder ließ die Arme sinken, murmelte: »Wir sehen uns später«, und verschwand.

Was hatte er denn plötzlich?

KAPITEL 14

in dem mich Troy für ein Leben im Adel verlässt und ich die Kunst der tanzbasierten Diplomatie lerne

KOPF

Ich konnte mich gar nicht mehr daran erinnern, wer für den Prom-Hofstaat nominiert worden war, und noch weniger daran, für wen ich gestimmt hatte. Dinge dieser Art ließen mich normalerweise kalt. Vielleicht hätte ich mich mehr dafür interessieren sollen, weil mein Bruder ja ein Football spielender Zwölftklässler war, aber es war mir trotzdem ziemlich egal.

Als der Schülersprecher jetzt auf die Bühne kam, um den Prom-Hofstaat zu verkünden, war ich deshalb nur genervt, dass die Musik abgedreht wurde und ich nicht mehr tanzen konnte. Troy war bereits vor einer ganzen Weile wieder aufs Klo verschwunden, sodass ich endlich mit meinen Freunden zusammen sein konnte, was letztendlich das Einzige war, worauf ich mich gefreut hatte.

»Das wird bestimmt gleich lustig«, murmelte Kim und verschränkte die Arme.

»Ist Bethany nicht auch nominiert?«, fragte Cassidy.

»Ach ja, stimmt.« Kim legte die Hände um den Mund und rief: »BETH-A-NY!«

Bethany hatte beim letzten Theaterstück im Herbst mitgespielt, aber weil sie behauptete, keinen einzigen Ton zu treffen, war sie nicht beim Musical dabei. Sie war in der zwölften Klasse und eines der nettesten Mädchen, das ich kannte. Eigentlich war es schockierend, dass sie es auf den Stimmzettel geschafft hatte, wenn ich jetzt so darüber nachdachte.

Eine leichte Panik ergriff mich, als ich mir eine Reihe von Szenarien vorstellte, bei denen jemand Bethany einen üblen Streich gespielt hatte, um sie am Ende mit Schweineblut zu übergießen oder so. Aber Bethany stand nicht am unteren Ende der gesellschaftlichen Leiter, wo sie ein leichtes Ziel gewesen wäre. Soweit ich wusste, war sie auch nicht in der Lage, allein durch die Kraft ihrer Gedanken ein Feuer auszulösen. Was bedeutete, dass ich gerade völlig grundlos ausflippte. Vermutlich.

Fünf Mädchen und fünf Jungs würden aufgerufen werden. Drei Prinzessinnen, die Elftklässlerinnen-Queen, die Zwölftklässlerinnen-Queen und die entsprechenden Positionen bei den Jungs. Die Nominierten wurden genannt und gebeten, auf die Bühne zu kommen. Jede Person an unserem Tisch außer mir wurde aufgerufen. Natürlich hatte ich gewusst, dass ich nicht nominiert war, und ich legte ehrlich gesagt auch überhaupt keinen Wert darauf. Trotzdem war es schon schwer, sich nicht wie ein Versager zu fühlen, wenn man die Einzige von acht Personen war, die sich nicht auf den langen Weg zur Bühne machen durfte. Besonders, als Troy aufgerufen wurde. Der Junge war ganz offiziell mein Date und ich blieb beim gemeinen Volk zurück.

»Ich bin so was wie das Zimmermädchen für die Prom-Queen«, flüsterte ich Cassidy zu. Sie klopfte mir tröstend auf den Rücken und ich musste ihre Hand ruckartig fortziehen, weil sie auf dem Panzertape kleben geblieben war.

»Sorry«, sagte ich.

Sie schüttelte den Kopf und lächelte mich aufmunternd an.

»Ich glaube, langsam sammelt sich dort genug Zeug an und es klebt weniger. Jedenfalls war es diesmal leichter, wieder loszukommen.«

Kopfschüttelnd rollte ich die Augen gen Himmel. »Mein Leben ist ein einziger Witz.«

»Können wir das Ganze endlich hinter uns bringen?«, fragte Kim laut genug, um sich ein paar böse Blicke von den Leuten um uns herum zuzuziehen.

»Neidisch oder was?«, fragte jemand neben uns schnippisch. Ich glaube, es war eins der Mädchen, die vorhin in der Toilette gelästert hatten. Vielleicht sollten wir ja doch Schweineblut und Feuer nicht ausschließen, wenn die hier alle so drauf waren wie Fräulein Zickenalarm. Kaum zu glauben, dass solche Highschool-Klischees tatsächlich existierten, aber hier war der lebende Beweis, live und in Farbe. Echt jetzt, es ging doch nur um die Prom-Queen. Ich war mir ziemlich sicher, dass niemand vorzeitig zum Medizinstudium zugelassen wurde, weil er mal die beliebteste Person auf der Highschool war.

Als die Kandidatinnen aufgerufen wurden, war gleich der zweite Name Amy Byers. Troys Ex. Und obwohl Troy heute Abend nicht gerade das Date gewesen war, von dem ich in schlaflosen Nächten geträumt hatte, tat er mir doch leid, weil er oben auf der Bühne stehen und zusehen musste, wie Amy ins Scheinwerferlicht trat. Selbst vom hinteren Teil der Tanzfläche aus, wo ich stand, konnte ich sehen, wie er schon wieder in Schweiß ausbrach.

»Der arme Kerl.« Cassidy legte sich die Hand auf die Brust.

»Ich weiß. Mir tut er auch leid, der große Softie.«

Auf der Bühne nahm Olivia Amys Hand und vervollständigte so die Reihe der Möchtegern-Königinnen. Ein Anfall von abgrundtiefer Abneigung durchzuckte mich, bis mir einfiel, dass Olivia daran gewöhnt war, mit Todfeindinnen Händchen zu halten, während sie auf die Verteilung der Krönchen wartete. Das Mädchen machte bei Schönheitswettbewerben mit, seit sie sechs Monate alt gewesen war. Von den Mädchen auf der Bühne wünschte ich eigentlich nur Tara und Bethany, dass sie zur Ballkönigin gewählt werden würden.

Zur Überraschung von … äh … niemandem war es jedoch eine klare Sache für die Cheerleader und das Football Team. Olivia und Tara gehörten zwar streng genommen zum Dance Team, aber das war Wortklauberei. Olivia wurde zur Königin gewählt und nahm die Krone mit einem breiten Schönheitswettbewerbslächeln und geübtem Winken entgegen. Austin wurde natürlich ihr König. Wer hätte das gedacht …

»Bäh, ich glaub, ich muss mich übergeben!« Kim machte auch gleich die entsprechende Geste.

»Ach, ich weiß nicht«, entgegnete Neel mit geneigtem Kopf wie ein Laborant, der eine Versuchsratte beobachtet. »Zumindest ist sie ein Profi. Habt ihr dieses Winken gesehen?« Er hielt die Hand hoch und machte Olivia nach. »Wenn schon eine Prom-Queen, dann lieber gleich einen Profi, oder?«

»Nicht schlecht«, sagte ich anerkennend. »Vielleicht hast du ja Chancen bei der Wahl zur Miss USA.«

»Ne, ich will Olivia nicht mit meinen ganzen Siegen deprimieren.«

»Das ist sehr großzügig von dir.«

»Ich bin eben ein echter Menschenfreund.« Er nickte.

»Ich sehe den Friedensnobelpreis in deiner Zukunft.« Pat klopfte Neel auf die Schulter.

Jetzt übernahm wieder der DJ die Regie und tröstete meine Trommelfelle mit seiner sanften, geschulten Stimme nach der Quälerei durch Mikrofonrückkopplungen und Direktor Moss. »Und jetzt bitten wir darum, dass alle die Tanzfläche für den ersten Tanz von King und Queen räumen!«

Alle rückten so weit wie möglich nach hinten, wodurch die sowieso schon kleinen Lücken zwischen den einzelnen Personen noch enger wurden. Ich stand zwischen einem Tisch und Kims Rückseite, wobei ich den Kopf zur Seite neigen musste, damit mir die Federn in ihrem Kopfschmuck nicht ins Gesicht hingen. Trotzdem streiften sie jedes Mal meinen Hals, wenn sie sich vorreckte, um auf die Tanzfläche sehen zu können. Ich drehte und wand mich, bis mich jemand an der Hüfte berührte.

»Mach einen Schritt nach hinten.« Es war Schroeder, der mich in eine kleine Nische vor sich lotste.

»Danke.« Ich ging rückwärts und schüttelte mich am ganzen Körper, um das kribbelige Gefühl von Kims Federn loszuwerden.

»Du hast ausgesehen, als ob du gleich verrückt wirst.« Sein Atem kitzelte mich an der Stelle am Hals, wo mich die Federn berührt hatten, und ich erschauerte. Im Gegensatz zu mir war er nicht nach hinten gerückt, sodass jeder Zentimeter von mir sich seiner Nähe nur zu genau bewusst war. Wenn ich eingebaute Bewegungsmelder gehabt hätte, würde ich inzwischen aussehen wie der Eiffelturm bei Nacht.

Ich trat von einem Fuß auf den anderen und versuchte, auf bequeme und möglichst natürlich aussehende Weise etwas Abstand zu Schroeder zu halten und trotzdem die Tanzfläche sehen zu können. Gleich würde sich der Rest des Hofstaats zu King und Queen gesellen und ich wollte keinesfalls verpassen, wie sich mein Supersportler-Bruder auf der Tanzfläche zum Trottel machte.

»Musst du Phil ab jetzt Prinz Philip nennen?«, fragte Schroeder.

Ich grinste und drehte mich zu ihm herum. »Das verlangt er jetzt schon.«

»Und das glaub ich dir sogar.«

»Es liegt nicht im Bereich des Unmöglichen, stimmt's?«

Er lachte und machte einen Schritt auf mich zu, als sich wieder jemand an uns vorbeiquetschte, und legte mir die Hände an die Hüften. »Ganz schön warm hier drin.«

»Nicht, wenn man mit Eiswasser gebadet hat. Mir ist schön kühl.« Ich klopfte mit der Hand auf das Oberteil meines Kleides. Außen war es fast trocken, aber auf meiner Haut war es definitiv noch nass. »Mal abgesehen von den Stellen, an denen ich von Klebeband bedeckt bin.«

»Das sieht man gar nicht«, sagte er. »Du siehst trotzdem sehr hübsch aus.« Dann sah er nach unten und ließ meine Hüften los. »Jedenfalls für jemanden namens Niere.«

Ich stieß ihm den Ellbogen in die Seite. »Halt die Klappe.«

Das Lied war vorbei und die Leute klatschten halbherzig, während der DJ seinen üblichen Spruch abließ, dass sich jetzt alle dem Hofstaat auf der Tanzfläche anschließen sollten. Noch ein langsamer Song. Keine Ahnung warum, vielleicht rufen Plastikkronen romantische Gefühle hervor.

»Willst du tanzen?«, fragte Schroeder.

»Klar«, antwortete ich.

Da die Tanzfläche bereits ziemlich überfüllt war und die Kellner hektisch versuchten, so schnell wie möglich die restlichen Tische wegzuräumen, drehte ich mich einfach zu Schroeder um. Wir nahmen Tanzhaltung ein. Ich glaube, das gefällt mir an den Highschool-Jungs, die Theater spielen, am besten – sie tanzen alle auf die altmodische Art, nicht so tollpatschig wie die Jungs auf der Middle School.

»Hoffentlich bleibst du nicht so sehr an meinem Kleid hängen«, sagte ich, als er mir die rechte Hand auf den Rücken legte.

»Das Risiko gehe ich ein.«

Schroeder war ein guter Tänzer. Das wusste ich eigentlich schon von dem Stück im letzten Jahr, bei dem wir Partner gewesen waren, aber wie gut hatte ich vergessen, bis er seine Finger von meinem Kleid losriss, um mich unter seinem Arm durchzudrehen. Ich lächelte ihn an und mir fiel wieder ein, wie sehr ich mich damals immer auf die Proben gefreut hatte.

»Genau so hätte es sein sollen«, sagte er.

»Was?«

»Der Prom. Du solltest doch mein Date sein.«

Ich wurde rot und war froh, dass die Zimmerwärme und die drehenden Lichter auf der Tanzfläche das überdeckten. »Ach ja? Und was ist mit deinen anderen sechs Verabredungen?«

Er lächelte. »Wir waren Ticketpartner.«

Die Promtickets waren billiger, wenn man sie paarweise kaufte (äh, tolle Bestätigung des Klischees, dass irgendwas mit einem nicht stimmt, wenn man auf der Highschool Single ist. Danke, Schulverwaltung!), deshalb hatten sich die acht Mitglieder der Promcrew paarweise zusammengetan. Ich hatte mein Ticket zwar selbst bezahlt, aber er hatte recht, wir waren Partner gewesen. Und fürs Protokoll, ich hatte das nicht entschieden.

»Das tut mir leid. Bist du ohne mich ganz einsam und traurig?«

»Ne, wir haben doch dafür Ryan adoptiert.« Er zog die Augenbrauen hoch. »Erinnerst du dich an ihn? Deine abgelehnte Einladung.«

Ich blickte ihn finster an. »Du tust ja so, als wäre ich … keine Ahnung, eine Aufreißerin.«

»Ich mach doch nur Spaß. Alles gut.« Er führte mich mit der rechten Hand erneut in eine Drehung unter seinem Arm hindurch.

Als ich wieder vor ihm stand, fragte ich ihn ärgerlich: »Also darfst du dich einfach über mich lustig machen und drehst mich jedes Mal weg, wenn ich dich damit konfrontiere?«

»Im Prinzip schon, ja.« Er führte mich erneut in eine Drehung, diesmal sogar mit ein paar Umdrehungen extra.

»Das nervt.«

Er grinste. »Ich nenne es gern alternative Konfliktlösung. Du wirst sehen, das wird sich auch in der internationalen Diplomatie durchsetzen.«

Und natürlich musste ich lachen. Er war ein Meister im kunstvollen Ausweichen. Wenn er dir keine klare Antwort geben wollte, bekamst du keine.

Schroeder schaffte es, uns durch die Menge zu einem weniger gedrängten Platz auf der Tanzfläche zu manövrieren, sodass wir mehr machen konnten als nur ein paar Drehungen unter dem Arm hindurch. Er ließ mich am ausgestreckten Arm entlangdrehen und dann wieder in die umgekehrte Tanzposition zurück. Endlich konnte mein Vintagekleid zeigen, was in ihm steckte; es schwang um meine Beine und gab mir das Gefühl, ich wäre Ginger Rogers.

Ich lachte, während Schroeder mich durch eine Figur mit verdrehtem Arm wirbelte, die ich allein nie hinkriegen würde. »Gott, wie ich das Tanzen mit dir liebe!«

Sein Griff lockerte sich, sodass mein Arm abrutschte, und ein paar Schritte lang war er völlig aus dem Rhythmus. Mit einem Kopfschütteln und rotem Gesicht murmelte er: »Sorry.«

Ich schüttelte den Kopf und lachte noch mehr. »So viel zu Ginger Rogers und Fred Astaire.«

»Meine Schuld.« Er hatte plötzlich einen ruhigeren Standardtanzschritt drauf. Keine athletischen Einlagen mehr und Augenkontakt schien er auch vermeiden zu wollen.

Als das Lied vorbei war, legte der DJ einen hämmernden Beat auf, der von ein paar Mädchen mit wildem Gekreische begrüßt wurde. Schroeder rollte mit den Augen. »Das ist mein Stichwort. Den lasse ich aus.«

»Oh.« Ganz unverhofft hatte er mich losgelassen und ich vermisste seine warme Hand an meiner Taille. »Äh, okay.«

Er drehte sich um und konnte gerade noch einen Zusammenstoß mit Cassidy, Lisa und Ally verhindern, die eben auf der Suche nach mir auf die Tanzfläche gestürmt kamen. Ich ließ mich von ihnen mitreißen und tanzte mit, aber mein Blick verfolgte Schroeder, der die Tanzfläche verlassen hatte. Irgendwie hatte ich das Gefühl, etwas falsch gemacht zu haben.

KAPITEL 15

in dem Ryan und ich über die schändlichen Motive von Profifotografen diskutieren und Schroeder das unangenehme Hobby, ein Blödmann zu sein, für sich entdeckt

ZAHL

Die Schlange für die offiziellen Promfotos war immer noch sehr lang, aber Ryan bestand darauf. Vermutlich wollte er bloß vermeiden, dass er wieder tanzen musste, aber ich wollte auch Fotos machen lassen, deshalb behielt ich meinen Verdacht für mich. Die Fotografen standen hinter schwarzen Vorhängen, sodass wir nicht sehen konnten, was dahinter passierte. Wahrscheinlich, damit ihnen niemand ins Bild lief oder hinter ihrem Rücken komische Grimassen machte. Allerdings bekam man so den Eindruck, dass hinter den Vorhängen etwas Schlimmeres vor sich ging als nur Foto-Shootings. »Was denkst du, was machen die dort hinten?«, fragte ich Ryan.

»Fotos?« Es klang, als wäre er sich nicht ganz sicher.

»Alles wirkt so geheimnisvoll. Vielleicht muss man da drin einen Vertrag mit Satan unterschreiben oder so.«

»Vielleicht nehmen sie ja Fingerabdrücke und DNA-Proben«, mutmaßte er. »Du weißt schon, weil sie angeblich später die Bilder zuordnen müssen.«

Ich kicherte. »Vielleicht zeigen sie vor den Fotos noch ein Aufklärungsvideo.«

»Dann brauchst du ihnen nur deine Kondome zu zeigen, damit wir das Video überspringen können.«

Ich lachte und Ryan stellte sich auf die Zehenspitzen, als ob er so über die Vorhänge hinwegsehen könnte. »Nein«, verkündete er dann, »nur langweilige Fotos.«

»Hast du eigentlich einen schönen Abend?«

»Ja.« Er lächelte mich an. »Mal abgesehen davon, dass mein Auto hinüber ist.«

»Und mein Reißverschluss kaputtgegangen.« Ich drehte mich um, damit er die Collage sehen konnte, die die anderen auf meinem Rücken gebastelt hatten.

»Versteh mich nicht falsch, aber über mein Auto mache ich mir mehr Sorgen.«

»Hey, jetzt bin ich gekränkt.« Ich tat so, als wäre ich sauer.

»Also los, wer ist bereit für zauberhafte Fotos?«, hörten wir Neels Stimme am Ende der Schlange, wo sich gerade die gesamte Promcrew versammelte.

»Hallo!« Ryan winkte ihnen über die beiden Paare zwischen uns und ihnen hinweg zu.

»Hey!«, rief Cassidy. »Super Timing! Wir haben euch schon gesucht. Heart, du kommst mit auf das Mädchenfoto.«

Das machte mich ganz glücklich. »Echt?«

»Na klar! Hey, kommt doch her zu uns!« Sie winkte uns hektisch zu sich. Cass war eine ziemlich lebhafte Person, aber heute Abend war sie auf Turbo. Hoffentlich gab es ringsum genug Ausrufezeichen für sie.

Ich sah zu Ryan hinüber. »Ist das okay?«

»Klar.« Er nahm meine Hand und wir verließen die Schlange. Die beiden Paare hinter uns rückten auf und wir stellten uns zu der Gruppe am Ende.

»Wo sind Lisa und Marcus?«, fragte ich. »Ich wollte ein Foto von uns dreien.«

Cassidy lachte. »Ich glaube nicht, dass Lisa ihn heute Abend überhaupt von der Tanzfläche bekommt.« Sie imitierte den geschmeidigen Tanzstil von Marcus. Der Junge hielt sich für eine Kombination aus Justin Timberlake und Usher.

»Da könntest du recht haben.« Ich stieß Ryan mit dem Ellbogen an. »Von Marcus könntest du dir eine Scheibe abschneiden.«

Er lachte. »Schon klar.«

»Er hasst tanzen«, erklärte ich Cassidy.

Sie keuchte und wich gespielt geschockt zurück, die Hand auf die Brust gepresst. Hinter vorgehaltener Hand, aber laut flüsternd, fragte sie Ally: »Vielleicht sieht uns der Außerirdische nicht, wenn wir uns nicht bewegen.«

Ally lachte, aber flüsterte genauso laut zurück: »Meinst du, er weiß, dass wir über ihn reden?«

»Vielleicht können wir ihn mit unseren tollen Tanzkünsten verscheuchen«, zischte Cassidy.

»Hauptsache, wir machen ihn nicht sauer.« Ally schüttelte den Kopf und streckte Cass die Hand entgegen, als ob sie sie aufhalten wollte.

»Na, amüsiert ihr euch gut?«, fragte Ryan.

»Ungemein«, versicherte ihm Ally.

»Worüber redet ihr denn da?« Neel schob den Kopf zwischen Ally und Cassidy durch.

Das Gefrotzel ging eine ganze Weile so weiter und ich lachte immerzu. Obwohl ich echt froh war, dass ich Ryans Einladung angenommen hatte, fühlte ich mich doch gleichzeitig schuldig, dass ich meine Freunde im Stich gelassen hatte. Ich war unheimlich erleichtert, dass sie mir das offensichtlich nicht übel nahmen. Vielleicht hätte ich einfach einen neunten Stuhl für Ryan an den Promcrew-Tisch stellen lassen sollen. Andererseits hatte er bereits mit Tim und den anderen Bühnentechnikern ausgemacht, dass sie zusammensitzen wollten, deshalb hätte das nicht geklappt. Ich schätze, so war es für alle die beste Lösung.

Hinter den Mädchen standen Dan, Pat und Schroeder und waren in irgendwas auf Pats Handy vertieft.

»Was macht ihr denn da?«, fragte ich.

»Wir checken die Baseballergebnisse.« Pat hielt mir das Handy hin, auf dem man eine Art Diagramm mit verwirrenden Statistiken sehen konnte.

»Das ist ein Baseballspiel?«

»Das nennt man Spielbericht, du Dummie«, erklärte Dan.

Mein Wissen über Sport war so ziemlich mit der Zuordnung der Bälle zu den verschiedenen Sportarten erschöpft, obwohl ich auch schon mal einen Volleyball mit einem Fußball verwechselt habe, weil sie ähnlich aussahen. »Wenn ihr das sagt.«

»Wie steht's denn?« Ryan schubste mich ein bisschen näher an die Jungs ran, damit er auch was sehen konnte.

Ich wollte ihm gerade wieder sagen, dass er der schlimmste Schwule aller Zeiten war, aber mir fiel gerade noch rechtzeitig ein, dass die anderen um uns herumstanden. Diese Geheimniskrämerei war überhaupt nichts für mich.

»Die Nächsten!«, rief der Lehrer, der als Aufsicht für die Schlange eingeteilt war, und Ryan nahm meine Hand.

»Los geht's.«

Wir schlüpften hinter die mysteriösen Vorhänge und fanden dort ein gigantisch vergrößertes Foto von einem Strand bei Sonnenuntergang mit einem handgemalten Schild, auf dem »Moonlit Beach« stand.

»Stellt euch auf die Markierungen.« Die Fotografin und ihre Assistentin kommandierten uns eine Weile herum und positionierten uns in die traditionelle Pose, bei der Ryan leicht versetzt hinter mir stand, die Hände auf meine Taille gelegt. Es war gekünstelt und total unnatürlich. Als sie uns aufforderte zu lächeln, musste ich lachen.

»Tut mir leid, tut mir leid! Gleich geht's wieder.« Ich versuchte, mich zusammenzureißen, aber das Ganze war einfach so steif und unbequem. »Müssen wir uns so hinstellen?«

Ich konnte sehen, dass ich der Fotografin zunehmend auf die Nerven ging. Als ob man was verschüttet und dann beobachtet, wie es auf den Rand der Arbeitsplatte zuläuft. »Das ist eine klassische Pose.«

»Eben.« Ich schüttelte Ryans Hände ab und drehte mich zu ihm um. »Ich komme mir blöd vor, du nicht?«

»Was willst du denn?«, fragte er argwöhnisch.

»Hm ...« Ich probierte ein paar andere Posen aus, aber nichts kam mir richtig vor.

»Da draußen warten noch mehr Schüler«, sagte die Fotografin.

»Okay, okay.« Ich schnappte mir Ryans Hand und zwang ihn in eine übertriebene Tangopose, bei der ich meine Wange an seine presste. »Wie wäre es hiermit?«

»Von mir aus.« Sie drückte auf den Auslöser und Blitze zuckten professionell um uns herum. »Bitte nach rechts rausgehen.«

»Nein, halt! Wir wollen ein Gruppenfoto mit den Leuten nach uns.«

Sie seufzte gereizt. »Dann geht bitte rüber auf die rechte Seite.«

Die Promcrew quetschte sich herein. Der Bereich hinter den Vorhängen war jetzt eindeutig maximal belegt. Der Gesichtsausdruck der mürrischen Fotografin sprach Bände – sie war nicht allzu angetan von der Situation.

»Warum nimmt jemand einen Auftrag beim Prom an, wenn er nichts mit Menschen zu tun haben will?«, flüsterte ich Ryan zu.

»Da bin ich überfragt.«

Die Promcrew war offenbar entschlossen, ihre Fotozeit maximal auszunutzen. Neel übernahm das Kommando und arrangierte alle gruppenweise für die Fotos. Die Jungs, die Mädchen ohne mich, die Mädchen mit mir, jedes Ticketpartnerpaar zusammen. Bis Schroeder dran war.

»Ich habe keine Partnerin«, sagte er.

»Ach komm, Heart steht doch gleich dort drüben.« Ally zeigte auf mich.

»Sie ist aber nicht mit mir hier.« Er sah hinüber zu Ryan.

»Ach, du liebe Zeit, jetzt stell dich nicht so an!«, rief Cassidy.

»Sie gehört nicht zur Promcrew.« Schroeder zuckte mit den Schultern.

Das war mir so peinlich, dass ich rot wurde.

»Du wirst dich doch hoffentlich nicht allein auf das Foto stellen?«, fragte Neel. »Sie steht doch dort drüben. Heart, komm mal her.«

»Ich … ich … will nicht …« Es war klar, dass Schroeder mich nicht dabeihaben wollte. Als wäre ein Kraftfeld um ihn herum.

»Siehst du?« Schroeder zuckte wieder mit den Schultern. Sein Ton war zwar locker, aber seine Haltung ließ klar erkennen, dass er der Meinung war, dass ich ihn sitzen gelassen hatte und dass er darüber nicht besonders glücklich war.

»Mir macht das nichts aus«, sagte Ryan. »Kein Problem.«

»Schon gut.« Schroeder ging von dem mit Klebeband auf dem Boden markierten X vor dem Fotohintergrund herunter. »Ich brauche keine Erinnerung daran, dass ich der Einzige ohne Date bin.«

»Ich war nicht dein Date«, sagte ich automatisch und bedauerte meine Worte sofort. In meinem Kopf hatte es eher spöttisch statt so gemein geklungen, wie es jetzt rausgekommen war.

Allerdings sprang er gar nicht darauf an. Verschränkte nur die Arme.

»Sind wir hier fertig?«, fragte die Fotografin eisig.

»Nein!«, rief Ally. »Gruppenfoto! Mit allen! Auch du, Heart.«

»Ich weiß nicht, ob …«

»Jetzt komm, du machst mich fix und fertig.« Neel schnappte mich am Arm und zog mich ins Bild. Ich fiel mehr oder weniger gegen ihn, als die Kamera blitzte.

»Ausgang nach rechts. Die Nächsten bitte«, rief die Fotografin.

Ich hakte Ryan unter und zog ihn hinaus in die Lobby. »Na los«, sagte ich, »ich will noch mal tanzen.«

Er stöhnte. »Nicht schon wieder.«

»Bitte?« Ich presste die Lippen zusammen.

»Was ist denn los?«, fragte er.

»Du warst doch eben dabei.« Ich deutete mit dem Kopf in Richtung Fotobereich.

Ryan sah mich verständnisvoll an. »Chase?«

»Hm.« Meine Wangen glühten. Vor Verlegenheit, Schuldgefühlen und Ärger. Wer wusste schon, was sich da für eine emotionale Mischung zusammenbraute?

»Ich sag's dir …« Ryan sah sich nach der Promcrew um, die gerade hinter dem Vorhang vorkam, »er flirtet mit dir. Ich glaub, er mag dich.«

Ich holte tief Luft und zitterte, bevor ich es unterdrücken konnte. Dann verzog ich das Gesicht und murrte: »Dann hat er aber eine merkwürdige Art, das zu zeigen. Können wir jetzt bitte wieder tanzen?«

»Muss das sein?«

Ich sah hinüber zu meinen Freunden. Es kam mir vor, als lägen ganze Footballfelder zwischen uns statt nur ein paar Meter. »Gerade jetzt? Ja.«

»Na gut. Aber das ist das letzte Mal.«

»Mal sehen.«

KAPITEL 16

in dem Troy offensichtlich vergisst, wer ich bin, und ich meine Flucht plane

KOPF

Troy war inzwischen hoffnungslos besoffen. Er konnte kaum noch Augenkontakt halten, hatte aber dafür das Stadium erreicht, in dem er sich für den Coolsten im ganzen Saal hielt. Phil war stolz auf sich.

»Siehst du, ich hab dir doch gesagt, dass er Amy vergisst.«

»Er steht kurz davor, entweder ohnmächtig zu werden oder auf dem Tisch zu tanzen. Keins von beiden ist eine besonders gute Idee.« Ich sah Tara und meinen Bruder ärgerlich an, die gerade eine kleine Pause machten und zufrieden auf zwei Stühlen neben der Tanzfläche saßen. Taras Prinzessinnenkrone war verrutscht, aber irgendwie sah es nach Absicht und Hey-mir-doch-egal-was-andere-von-mir-denken an ihr aus. Und genau deshalb sind alle auf die hübschen Mädchen neidisch und ziehen in der Toilette über sie her.

»Deswegen sollst du ja auch auf ihn aufpassen.«

»Er ist *dein* Freund«, erinnerte ich ihn.

»Aber wenn er rausgeschmissen wird, fliegst du gleich mit«, sagte Phil.

»Das ist doch Quatsch.«

Er zuckte mit den Schultern. »Willst du es darauf ankommen lassen?«

»Momentan kann ich dich echt nicht ausstehen.« Ich stand auf und ging hinüber zu Troy, der genau vor einem Lautsprecher stand und wie ein Wahnsinniger lachte.

Ich schnappte mir das große Schaf am Handgelenk und zog ihn sanft in die Mitte der Tanzfläche. Die Aufsichtspersonen standen alle außen herum, also dachte ich mir, es wäre am besten, wenn wir viele andere Schüler als Puffer dazwischen hätten.

»Heart!«, brüllte er und warf die Arme um mich. Sein Gewicht ließ mich schwanken. »Da bist du ja! Wo warst du denn?«

»Hier«, sagte ich und zog ihn immer noch am Handgelenk. Aus den Augenwinkeln sah ich, dass zwei Lehrer in der Ecke auf ihn aufmerksam geworden waren. »Los, du musst mit mir mitkommen.«

»Für dich mach ich doch alles, Heart.« Er grinste und stolperte über die eigenen Füße, während wir uns an ein paar Leuten vorbeiquetschten. »Meine herzige Heartie-Heart.«

Ich runzelte die Stirn. Mein Name war auch so schon schlimm genug, ohne dass er einen komischen Singsang daraus machte.

»Der Ball ist fast vorbei«, sagte ich fröhlich und deutete auf mein hässliches Tigersträußchen, als wäre es eine Uhr.

»Ja, dann können wir endlich richtig Party machen«, jubelte er.

Mir rutschte das Herz in die Hose. Ich war davon ausgegangen, dass ich Troy nach Hause bringen und ihn Schlag Mitternacht durch seine Haustür schieben würde.

»Na, das sehen wir dann.« Ich tat mein Bestes, um Begeisterung vorzutäuschen. Hoffentlich fiel er darauf rein und kooperierte mit meiner schwungvollen Taktik.

Plötzlich zog er mich zu sich heran und legte mir die Arme

um die Taille. Allein das Gewicht der beiden Arme war genug, um mich gegen sein verschwitztes Hemd zu pressen. Und ausgerechnet jetzt, da mein Kleid endlich langsam trocknete.

»Keine Ahnung, wie ich den Abend ohne dich überstanden hätte.« Seine Stimme war belegt.

Ich versuchte, mich loszumachen, aber das schien ihm gar nicht aufzufallen, deshalb konzentrierte ich mich darauf, mit beiden Füßen auf dem Boden zu bleiben.

»Ich mein das ernst, Heart. Du weißt nicht, wie es ist, wenn einem Amy das Herz herausreißt und darauf rumtrampelt. Ich konnte mir gar nicht vorstellen, mit jemand anderem zum Prom zu gehen. Schließlich ist es mein Abschlussball! Das soll doch angeblich der schönste Abend meines Lebens sein und sie hat das einfach kaputt gemacht.«

»Ach komm, ich bin sicher, dass es noch wichtigere …«

Er ließ mich gar nicht ausreden. »Aber als du gesagt hast, dass du mit mir herkommst, da hab ich es gewusst. Dass alles wieder gut wird.«

»Äh …« Ich fragte mich, was ich getan hatte, außer in einem Kleid aufzutauchen und ihm keine zu verpassen, weil er mir ein Sträußchen mit einem fauchenden Tiger gekauft hatte.

»Du warst immer nett zu mir, Heart. Weißt du das eigentlich? Immer.«

Jetzt wurde ich langsam panisch. Nur ein ganz kleines bisschen, aber das Gefühl war auf jeden Fall da. Ich empfing lauter schlechte Signale von ihm. Signale, dass er offenbar auf bestimmte Ideen gekommen war. Ich wand mich so gut es ging aus seiner Umarmung und schenkte ihm mein bestes kumpelhaftes Lächeln. »Ah, danke, Troy. Dafür sind *Freunde* doch da.« Das Wort Freunde betonte ich ganz besonders. Wenn ich es gekonnt hätte, hätte ich ihm in die Schulter geknufft und ihn Kumpel genannt.

Er zog mich ein bisschen näher zu sich heran und verschränkte die Hände hinter meinem Rücken. Troys Finger waren jetzt in unangenehmer Nähe zu meinem Hintern und ich war sehr dankbar dafür, dass mein Kleid aus so vielen Stofflagen bestand. Ein eingebauter Po-Puffer. Vielleicht haben die Mädchen aus genau diesem Grund damals solche fluffigen Kleider getragen. Männer wissen einfach nicht, was Nein bedeutet.

Um seine Schulter herum (denn darüber hinwegsehen konnte ich ganz bestimmt nicht) konnte ich die Umrisse von Amy und ihrem Date ausmachen, die ganz in unserer Nähe tanzten. Zum Glück stand Troy mit dem Gesicht in die andere Richtung, denn Amy und ihr geheimnisvoller Freund waren gerade sehr ineinander vertieft. *Sehr* vertieft. Als Troy also anfing, uns als Teil seines begrenzten Tanzrepertoires zu rotieren, machte ich mich steif und versuchte, die Drehung zu verhindern.

Wenig überraschend klappte das natürlich nicht. Ich konnte ganz genau sagen, wann er sie entdeckt hatte, denn er zog scharf den Atem ein und schwang mich herum, bis er sie nicht mehr sehen konnte.

»Ob sie weiß, dass ich sie gesehen habe?«, fragte er.

»Keine Ahnung.« Ich spähte wieder um seine Schulter herum und sah, wie Amy sich enger an ihren Begleiter presste und schnell zu uns herübersah. »Ja, ich glaub schon.«

»Wie kann sie mir das nur antun?«

»Mach dir keine Gedanken.« Ich schüttelte den Kopf. »Wen interessiert schon, was die blöde Amy Byers denkt? Du machst bald deinen Schulabschluss und dann wirst du ein viel netteres Mädchen als sie kennenlernen.«

Sein großes Teddybärengesicht war ganz eingefallen, aber er schien mir tatsächlich zuzuhören. »Glaubst du das wirklich?«

»Das weiß ich.« Ich klopfte ihm auf die Schulter. »Du bist ein toller Typ, Troy. Du hast etwas Besseres verdient.«

Es schien mir angebracht, ihm dabei in die Augen zu sehen, aber ich merkte sofort, dass ich einen Fehler gemacht hatte. Er war so groß, dass ich den Kopf ganz weit zurücklegen musste, was mein gesamtes Gesicht in eine gefährliche Position brachte.

Es gab keine Fluchtmöglichkeit, als er mir einen feuchten, alkoholgeschwängerten Kuss verpasste.

Seine Zunge fühlte sich in meinem Mund an, als ob ein Fisch auf dem Dock herumhüpft, aber warm statt kalt. Ich versuchte, mich aus seiner Umklammerung zu befreien und meinen Kopf wegzudrehen, aber er drehte sich einfach mit mir. Schließlich ballte ich die Hände zu Fäusten und presste sie ihm gegen die Brust. Er stolperte zurück und wirkte verwirrt.

»Was ist denn los?«, fragte er.

Ich wischte mir mit dem Handrücken über den Mund und versuchte, mich nicht zu schütteln und das *IIIIH!* zu unterdrücken, das mir auf der Zunge lag. Stattdessen schüttelte ich nur den Kopf und hielt meine andere Hand als stummes Stoppzeichen hoch.

»Ich bin nicht … nein«, sagte ich. »Das wird nichts mit uns, verstanden?« Ich zeigte auf ihn und mich. »Freunde, okay? Weiter nichts.«

»Ich dachte …«, begann er.

»Ich weiß, aber nein.« Ich schüttelte wieder den Kopf. »Tut mir leid, aber nein.«

»Heart …«

»Ich muss mal einen Moment allein sein.« Ich drehte mich um und schlängelte mich durch die Menge, bis ich Phil und Tara gefunden hatte, die unter der Discokugel tanzten.

»Phil! Ich mach da nicht mehr mit.« Ich wischte mir noch mal über den Mund und schüttelte mich. »Troy hat mich gerade geküsst. Ich will nach Hause.«

»Echt?« Phil brach in lautes Lachen aus. »Das ist ja klasse.«

»Es war *nicht* klasse!« Ich schlug ihm auf den Arm. Kräftig. »Wieso soll das bitte klasse sein?«

»Das bedeutet, dass er langsam über Amy hinwegkommt.«

»Er hat es genau vor Amys Augen gemacht.«

»Trotzdem.« Mein Bruder zuckte mit den Schultern. Tara hatte zumindest so viel Anstand, die Stirn zu runzeln.

»Nichts trotzdem. Ich bin hier fertig. Ich will nach Hause.«

»Du übertreibst total. Es war doch nur ein Kuss.«

»Den ich nicht gewollt hab.«

»Jetzt stell dich nicht so an.«

»Ich stell mich nicht an. Ich will nach Hause.«

»Jetzt reg dich doch nicht so auf. Du versaust uns den Prom.«

»*Ich* versau euch den Prom? Willst du mich veräppeln?«

»Heart. Das war nur ein Kuss. Keine große Sache.«

Ich ballte die Hände zu Fäusten und spürte, wie sich meine Fingernägel in die Handflächen gruben. »Interessierst du dich überhaupt für mich? Ich bin deine Schwester!«

»Ja, und Troy ist mein Freund. Er tut niemandem was. Wahrscheinlich hat er gedacht, dass du das auch willst.«

»Phil!« Tara protestierte schwach, aber ich hatte durchaus bemerkt, dass sie immer noch mit ihm tanzte.

Mein Kinn fing an zu zittern, und ich wusste, dass ich schnell wegmusste, bevor ich aus Wut in Tränen ausbrach. Ich drehte mich um und rannte in Richtung Toilette. Bloß weg, ehe jemand sah, dass ich weinte.

Aber dann stieß ich genau vor den Türen zum Saal auf Cassidy und Ally, die in zwei Ohrensesseln neben dem falschen Strand saßen, vor dem den ganzen Abend über die Fotos gemacht worden waren.

Ally hatte ihre Schuhe ausgezogen und einen Fuß hochgelegt. Sie rieb sich eine Stelle am Knöchel, aber sobald sie mich sah, ließ sie ihren Fuß fallen. »Was ist denn los?«

Woraufhin ich in Tränen ausbrach.

»Oh mein Gott, was ist passiert?« Cassidy sprang auf und legte mir den Arm um die Schultern.

Nach ein paar zittrigen Atemzügen und ständigem Augengewische erzählte ich ihnen schließlich, was vorgefallen war.

»Sei mir nicht böse, Heart, aber dein Bruder ist manchmal ein echtes Ekel«, sagte Cassidy, als ich fertig war.

Instinktiv wollte ich ihn verteidigen. »Er macht nur Spaß. Das ist seine Art von Humor.«

Ally schüttelte den Kopf. »Ich glaube nicht, dass das noch Spaß ist.«

Ich schüttelte den Kopf. »Egal. So ist er halt.«

»Du meinst ein Ekel?«, fragte Cassidy.

»Nein.« Ich spürte schon wieder neue Tränen kommen, deshalb verdrehte ich die Augen Richtung Decke und zwang mich, nicht zu blinzeln. »Was soll's. Ich ... Es war bisher ein schwieriger Abend.«

»Das tut mir echt leid für dich.« Ally machte ein trauriges Gesicht. »Wenn dir das irgendwie hilft, meine Füße bringen mich um.«

Ich lachte, auf eine tränenerstickte Art, und blinzelte endlich. Eine Träne lief mir die linke Wange hinunter und ich wischte sie müde ab. »Nicht wirklich.«

»Doch, echt. Schau mal.« Sie streckte ihren Fuß hoch und zeigte mir drei Blasen nebeneinander an ihrer Ferse und eine weitere neben ihrem kleinen Zeh.

Ich starrte sie an. »Ich hatte gerade den ekligsten Kuss aller Zeiten.«

Cassidy lachte und rieb mir beruhigend über den Rücken. »Ich glaub dir ja, dass es schlimm war, aber bestimmt nicht so schlimm.«

»Doch, wirklich! Troy hat mir einfach seine Zunge in den

Mund gesteckt. Als ob man von einem Schäferhund geküsst wird.«

»Troy hat dich geküsst?«, hörte ich plötzlich Schroeders Stimme hinter mir.

War ja klar.

Ich drehte mich zu ihm um und schüttelte den Kopf. »Eher misshandelt.«

»Ist alles okay?« Er griff in meine Richtung, konnte sich aber scheinbar nicht für einen Landeplatz für seine Hand entscheiden.

»Ja, alles gut.« Ich schniefte und wischte mir über die Augen. »Es war einfach nur eklig. Ich werde mir jetzt den Mund mit Seife ausspülen gehen oder so.« Mit energischen Schritten machte ich mich auf den Weg zum Klo. Ich hatte gar nicht gemerkt, dass Schroeder mir gefolgt war, bis er mich am Arm berührte.

»Hey«, sagte er. »Geht es dir wirklich gut?«

Ich versuchte zu nicken, aber meine Augen brannten schon wieder. Ich wusste, dass ich gleich weinen würde. Ich sah nach unten und drückte mir die Fingerspitzen unter dic Augen.

»Boah, äh – okay.« Er legte mir die Hand auf die Schulter. »Hat er dir wehgetan?«

»Nein«, brachte ich heraus und wischte mir ärgerlich über die Augen. »Es ist alles okay, wirklich.«

»So kommst du mir aber gar nicht vor.«

»Verdammt«, flüsterte ich und ballte die Hände zu Fäusten. Ich wollte tief Luft holen, damit die Tränen endlich aufhörten, aber natürlich klappte das nicht.

»Komm mal her.« Schroeder zog mich vorsichtig zu sich heran, bis er mich in die Arme nehmen konnte, mein Gesicht an sein Hemd gepresst. Zuerst ließ ich meine Arme einfach hängen, weil ich mich nicht dem Selbstmitleid und der Wut hingeben wollte, aber als er mit den Fingerspitzen auf genau die richtigen Muskeln in meinem verspannten Nacken drückte, gab ich schließlich nach und legte ihm die Arme um die Taille.

»Erzählst du mir, was passiert ist?«, fragte er, nachdem ich nur noch minimal schniefte.

Also erzählte ich ihm alles über Troy und Phils wenig hilfreiche Reaktion danach. Als ich über Phil sprach, pressten sich seine Finger ein kleines bisschen stärker in meinen Nacken.

»Das ist nicht gerade die feine Art«, sagte er. »Warum ist er denn so ein …«

»Blödmann?«, schlug ich vor.

»Ich schätze, so kann man das sagen.«

»Keine Ahnung.« Ich drehte den Kopf und legte meine Wange an sein Hemd. »Er trinkt schon den ganzen Abend Alkohol.«

»Hmm.«

Ich wusste nicht genau, was er damit meinte, aber weil ich sowieso nicht mehr darüber reden wollte, ließ ich es darauf beruhen. Es war viel leichter, die Augen zuzumachen. Jetzt gerade hatte ich das Gefühl, dass alles gut war. Das letzte Mal hatte ich mich so gefühlt, als ich vor ein paar Stunden begonnen hatte, mir die Haare aufzudrehen.

»Glaubst du, dass Troy versuchen wird …« Er beendete den Satz nicht, aber ich wusste auch so, was er fragen wollte.

»Um Gottes willen, hoffentlich nicht.« Ich seufzte und lehnte mich noch ein bisschen mehr an ihn. »Wenn ich Glück habe, wird er sowieso bald ohnmächtig.«

Schroeder lachte leise und der Klang vibrierte von seiner Brust durch mich hindurch. »Du hast scheinbar einen echt blöden Abend, oder?«

»Ich hatte schönere.« Ich seufzte noch mal. »Vielleicht sollte ich einfach meinen Dad anrufen, damit er mich abholt.«

»Warum kommst du nicht nach dem Ball mit uns?«, fragte er.

»Vielleicht hast du es noch nicht gehört, aber wir haben für heute Abend eine tolle Limousine.«

Ich legte den Kopf in den Nacken und sah ihn verwirrt an. Ich hatte keine Ahnung, wie die anderen hergekommen waren.

»Es ist ein Transportvan von einer Kindertagesstätte mit fünfzehn Sitzplätzen.« Er nickte selbstgefällig. »Oh ja.«

Aus irgendeinem Grund war ich nicht überrascht. So als hätte ich bereits gewusst, was er sagen wollte, aber sein Gesichtsausdruck brachte mich zum Lachen. »Ach, da käme ich mir direkt vor wie zu Hause. Mein Dad fährt auch so einen.«

»Siehst du? Das muss Schicksal sein.«

»Ich glaube nicht an Schicksal.« Die Antwort kam automatisch. Das war meine Standardantwort, seit ich beschlossen hatte, dass meine Gene mütterlicherseits und mein Pornostarname nicht meine Zukunft bestimmen würden.

»Warum nicht?«

»Ich mag die Vorstellung nicht, dass alles außerhalb meiner Kontrolle liegen soll. Die eigenen Entscheidungen sollten den einzigen Einfluss auf das eigene Leben haben.«

»Da bleibt aber nicht viel Platz für Überraschungen. Oder Magie.«

Ich löste mich sanft aus seiner Umarmung und lächelte ihn an. »Du glaubst an Magie?«

Er sah mich an, als wäre ich irre. »Du nicht?«

Lachend schüttelte ich den Kopf. »Du bist schon ein komischer Typ, Schroeder.«

»Okay.« Er zuckte mit den Schultern. »Komm einfach mit uns.«

»Eigentlich klingt das perfekt.« Ich presste mir einen Moment lang die Handflächen auf die Wangen. »Dann sag ich schnell Phil, dass er den Rest des Abends Troys Date sein kann.«

»Gut.« Er grinste. »Geht es dir jetzt besser?«

»Noch nicht ganz.« Wir standen nicht allzu weit von der Toilette entfernt, deshalb machte ich mich los und ging hinüber zum Wasserspender. Obwohl er mir zusah, spülte ich mir den Mund drei Mal aus, ehe ich zufrieden war. Allerdings sehr ladylike. Audrey wäre stolz auf mich gewesen.

»Besser?«, fragte er, als ich mich wieder aufrichtete.

»Ein bisschen.« Aus Mangel an besseren Alternativen wischte ich mir mit den Fingerspitzen über den Mund.

»So schlimm, ja?« Schroeder lächelte leicht, aber er schien von etwas auf dem Fußboden abgelenkt, deshalb konnte ich seinen Gesichtsausdruck nicht genau erkennen.

»Stell dir vor, dass dir jemand einen in Spülwasser und Wodka getränkten Küchenschwamm in den Mund steckt. Aber vorher noch anderthalb Minuten in die Mikrowelle.«

Er zuckte zurück. »Das ist sehr, äh, anschaulich.«

»Wenn er das die letzten sechs Monate mit Amy gemacht hat, dann überrascht es mich nicht, dass sie ihn verlassen hat.« Ich schüttelte mich.

»Wow, das ist aber brutale Kritik.«

»Ja, aber es war wirklich so schlimm.«

Er kniff die Augen zusammen und zögerte zweimal, ehe er endlich damit rausrückte. »Weißt du überhaupt, wie viel Überwindung es kostet, ein Mädchen tatsächlich zu küssen?«

Ich rollte mit den Augen. »Glaub mir, da war nicht viel Überwindung dabei. Auch keinerlei Hirnaktivität.«

»Das weißt du doch gar nicht.«

»Ich war dabei.«

»Ich sag ja nur, dass es nicht so leicht ist. Man macht sich als Mann total verwundbar.«

»Läufst du denn herum und küsst haufenweise Mädchen, die vielleicht gar nicht geküsst werden wollen?« Ich zog die Augenbrauen hoch. »Ich glaube, das nennt man sexuelle Belästigung.«

»Glaub mir, bei einigen Mädchen ist das echt schwer einzuschätzen.«

»Also ich bin mir hundertprozentig sicher, dass ich Troy lauter Küss-mich-bloß-nicht-Signale geschickt habe. Ich fühle mich an der ganzen Sache völlig unschuldig.« Zur Bestätigung wischte ich mir mit dem Handrücken noch mal über den Mund.

»Ja, das Signal hast du echt gut drauf.« Schroeder seufzte und sah den Flur hinunter.

Er wirkte verärgert, oder vielleicht traurig. Also stieß ich ihn mit dem Ellbogen an. »Na los, gehen wir zurück in den Ballsaal.«

»Bist du sicher?«

»Ja. Ich gehe Troy einfach für den Rest des Abends aus dem Weg. Kein Problem.«

»Wie ein Prom-Ninja.« Er lächelte angespannt.

Erleichtert grinste ich. »Und dann kannst du mich in deinem Tagesstättentransporter entführen und vor dem bösen Troll retten.«

Er verbeugte sich leicht. »Ist bereits so gut wie erledigt.«

KAPITEL 17

in dem ich alle möglichen Gefühle habe, was allein Ryans Schuld ist

ZAHL

Ryan hielt Wort – er tanzte nicht mehr. Glücklicherweise waren die Mädels gern bereit, seinen Platz einzunehmen. Der DJ hatte inzwischen einen nahezu reinen Dancebeat aufgelegt und mischte die neuesten Hits zu einer Endlosschleife, die meine Ausdauer auf eine echte Probe stellte.

Ich hatte wahnsinnig viel Spaß.

Meine Schuhe hatte ich schon vor Stunden ausgezogen und meine Füße waren inzwischen vermutlich genauso schwarz wie vorhin, als ich Ryan geholfen hatte, den Jeep wegzuschieben, aber es war mir egal. Die meisten Mädchen waren inzwischen barfuß. Ryan und ein paar andere Promcrew-Mitglieder hatten sich mit Freude bereit erklärt, den wachsenden Stapel von High Heels und Handtaschen zu bewachen. Wir hatten alles unter einen Tisch geschoben, an dem nun die Mauerblümchen sitzen und so tun konnten, als hätten sie eine wichtige Aufgabe und deshalb einen guten Grund, nicht zu tanzen.

Ab und zu tanzte ich hinüber zu Ryan und fasste ihn bei den Händen, während er auf seinem Stuhl sitzen blieb. Er ließ sich das alles gefallen, schob die Zähne zu einem grässlichen Überbiss vor und schwang sich auf dem Stuhl hin und her, aber er stand nicht auf.

Ich war eine geraume Zeit immer zwischen verschiedenen Gruppen hin und her gewechselt und hatte mit jedem getanzt, der willig war, selbst mit Phil und Tara. Troy, mein verschmähtes Mitleids-Date, saß am Rand der Tanzfläche herum, aber als ich ihm anbot, mit ihm zu tanzen, schüttelte er nur den Kopf.

»Nein, ist schon gut«, sagte er. »Meine Füße bringen mich in diesen Schuhen noch um.«

»Meine auch.« Ich hielt den nackten Fuß hoch und wackelte mit den Zehen.

Er lachte. »Das ist witzig.«

»Kommst du zurecht?«, fragte ich und legte ihm kurz die Hand auf die Schulter. Ich fühlte mich ein bisschen schuldig, weil ich ihm abgesagt hatte.

»Ja, es ist nicht so schlimm.« Er sah zu mir auf, mit rotem und verschwitztem Gesicht. Im Ballsaal war es warm. »Meine Freund… Amy ist mit jemand anderem hier.«

Ich runzelte die Stirn. »Ja, ich hab's gehört.« Tara hatte mir das vorhin erzählt, als wir uns in der Toilette begegnet waren. »Das tut mir leid.«

»Ich weiß nicht mal, wer der Typ ist.«

»Bestimmt ist er ein echter Idiot.«

Troy lachte. »Ich wette, da hast du recht.« Plötzlich verschwand jedoch das Lachen aus seinem Gesicht. »Da ist sie.« Er sah an mir vorbei.

»Wo?« Ich drehte mich um und suchte die Tanzfläche nach Amy Byers ab. Es war nicht besonders schwierig, sie zu finden. Sie tanzte so eng mit einem großen dunkelhaarigen Kerl, dass Troy sie unmöglich übersehen konnte. Ich sah wieder zu ihm hinüber. »Mann, dem bist du doch total überlegen.«

»Meinst du, ich soll ihm eine reinhauen?«

»Nein!« Ich schüttelte entschieden den Kopf. »Ich meine ja bloß.«

Er sah mit zusammengekniffenen Augen zu dem tanzenden Pärchen hinüber. »Du hast recht. Den könnte ich glatt auf die Tanzfläche nageln.«

»Aber das machst du nicht wirklich, oder?« Ich sah ihn mahnend an.

»Ne …« Sehr überzeugend klang das nicht.

Ich kramte meine beste Lehrerstimme raus. »Troy …«

Er lächelte. »Schon gut.«

Puh – Gefahr abgewehrt. Was hatte ich mir denn nur dabei gedacht, einem großen Bären wie Troy zu sagen, er wäre seinem Feind über? »Pass auf«, versprach ich ihm, »wenn es sich ergibt, trete ich ihm für dich vors Schienbein.«

Er lächelte. »Du bist echt nett, Heart.«

»Und dabei wollte ich eigentlich fies rüberkommen.«

»Danke.«

»Kein Problem.« Ich beugte mich vor, um ihn kurz zu umarmen. Dabei wehte mir seine Alkoholfahne entgegen. Zum Glück war er mit der Limo unterwegs. Ich richtete mich wieder auf und hielt die Fäuste hoch wie eine Boxerin. »Ich zeig's ihm, wenn ich kann. Versprochen.«

Plötzlich wurde eins meiner Lieblingslieder aufgelegt, und ich sprang hoch, um in der Menge nach meinen Freunden zu suchen. Kims federnverzierte Hochsteckfrisur war nicht zu übersehen. Ich verabschiedete mich schnell von Troy und drängelte mich zu den Mädels durch, um die Tanzfläche glühen zu lassen.

Über uns drehte sich die Lichtanlage des DJs und schickte farbige Lichtfetzen im ganzen Raum herum. Am Eingang drehte sich eine kleine Discokugel, aber im Vergleich zu den bunten Lichtern war ihre Wirkung minimal. Ich drehte mich mit den Lichtern und ließ die Menschen in meinem Sichtfeld zu bunten

Klecksen verschwimmen. Als mir schwindlig wurde, musste ich mich an Allys Arm festhalten.

Sie lachte mich an. »Geschmeidig!«, schrie sie über die laute Musik hinweg.

Als ich wieder klar sehen konnte, ließ mir der Blick über ihre Schulter das Herz in die Hose rutschen. Dort tanzte Schroeder mit einer Zwölftklässlerin aus dem Orchester. Ihr Name war Kathryn und sie war auf eine ernste, stipendiumgewinnende Art wunderschön. Sie hatte glänzende dunkelblonde Haare und die Art von Profil, wie man sie aus klassischen Gemälden kennt.

Sie tanzten enger als er und ich vorhin. Nicht in klassischer Tanzhaltung, sondern als wären sie in einem Klub. Er hatte ihr die Hände auf die Hüften gelegt und sie ihm die Arme über die Schultern. Und sie sahen gut zusammen aus, stellte ich mit zusammengeschnürter Brust fest. Sie bewegte sich aufreizend und geschmeidig wie eine sexy Ballerina und er konnte seine Hüften auf eine Art und Weise schwingen, die sich die meisten Highschool-Jungs nie getraut hätten.

»Was ist denn los?« Ally blickte mich prüfend an, und ich merkte, dass ich mich regelrecht in ihre Schulter gekrallt hatte. »Ist dir schlecht oder so?«

Ich riss meinen Blick von Schroeder und Kathryn los und sah in Allys besorgtes Gesicht. »Sorry.« Ich ließ ihre Schulter los. »Alles gut.«

»Willst du dich hinsetzen?«

Ungefragt suchte mein Blick wieder Schroeder, und ich sah, wie er sich zu Kathryn runterbeugte und ihr etwas ins Ohr flüsterte. Sie warf den Kopf zurück und lachte. Ich spürte einen Kloß im Hals.

»Ich mach mal …« Mit der Hand zeigte ich vage irgendwohin, während ich mit Ally sprach, aber ich konnte meinen Blick einfach nicht von Kathryns wiegenden Hüften reißen. »Ich …«

»Geh.« Ally gab mir einen sanften Stoß. »Du musst dich mal ausruhen.«

Ich nickte und ging hinüber zu dem Tisch, an dem ich meine Schuhe zurückgelassen hatte. Als ich fast ein anderes Paar umrannte, schaffte ich es endlich, den Blick von Schroeder und Kathryn zu nehmen.

»Ich habe ein Hühnchen mit dir zu rupfen, Mister«, rief ich schon von Weitem, bevor ich den Tisch erreicht hatte, an dem Ryan gerade allein Wache hielt.

»Wenn das was mit Tanzen zu tun hat, kannst du es gleich lassen. Ich komme noch mal mit, versprochen.« Ryan hielt beide Hände abwehrend hoch.

»Nein. Es geht um …« Ich verzog das Gesicht und stampfte frustriert mit dem Fuß auf, während ich nach den richtigen Worten suchte. »Du bist schuld, dass ich jetzt über manche Dinge nachdenke.«

»Was?«

Ich ließ mich auf den Stuhl neben ihm fallen und verschränkte die Arme. »Alles war super, und dann hast du den Mist über Schroeder erzählt, und jetzt bin ich … ich … Mann!«

Ryan presste die Zeigefinger zusammen, drehte sie gegeneinander und machte Kussgeräusche.

»Oh mein Gott, bist du zehn oder was?« Ich stieß ihm mit dem Ellbogen in die Rippen.

Er lachte. »Du denkst also darüber nach?«

»Ich fühle sogar was! Verdammt, Ryan! Gefühle! So was steht nicht auf meinem Plan.«

»Du hast gesagt, du magst andere Menschen nicht.«

»Dich mag ich jedenfalls gerade nicht besonders!«

Er grinste absolut reuelos. Warum nur genießen wir es so, andere leiden zu sehen?

»Was ist denn passiert?«, fragte er.

Ich seufzte. »Also, zuerst haben wir einfach getanzt, aber dann war da … ich weiß nicht … so eine Sache.«

»Was mit küssen?« Er drehte wieder die Finger gegeneinander und zog das Wort küssen in die Länge wie Kaugummi.

»Nein! So eine … Augensache.«

»Oh nein! Bloß keine Augensache!« Er keuchte und legte sich die Hand aufs Herz. »Hoffentlich hast du dich richtig geschützt.«

Ich musste unweigerlich lachen. »Halt die Klappe. Da war was, okay?«

»Und?«

»Und während der Fotos hat er sich so komisch benommen und jetzt frage ich mich, ob das vielleicht was mit mir zu tun hat.«

»Und?«

»Und du bist echt ätzend, weil du mich erst drauf gebracht hast. Du bist das schlimmste Prom-Date aller Zeiten, obwohl ich da erst noch mal bei Guinness nachfragen muss, aber das krieg ich schon raus.«

»Ich bin an gar nichts schuld. Diese ›Gefühle‹«, – er machte mit den Fingern Anführungszeichen in der Luft, »hattest du schon längst, bevor ich auf der Bildfläche erschienen bin.«

»Das stimmt doch überhaupt nicht.« Ich zog ihn an seinem Jackettaufschlag. »Es war alles okay, Schroeder und ich waren nur Freunde …«

»Schon klar, deshalb bist du auch die Einzige, die einen Spitznamen für ihn hat«, unterbrach er mich.

»Hallo? Er sieht doch total wie der Comic-Schroeder aus!« Ich tat so, als ob ich auf einem Luftpiano spielte. »Viel komischer finde ich, dass das außer mir offenbar noch niemandem aufgefallen ist.«

»Wenn dich das nachts besser schlafen lässt.« Er verdrehte die

Augen. »Sehe ich das richtig, du bist also jetzt wegen irgendeiner Augensache fix und fertig?«

»Nein.« Ich ließ mich so schwer auf den Stuhl neben ihn fallen, dass mir die Zähne aufeinanderschlugen. »Ich habe ihn bloß mit Kathryn Taylor tanzen sehen.«

Darauf hatte er nichts zu erwidern, aber er beugte sich vor, um einen Blick auf die beiden zu erhaschen.

»Und selbst falls er auf mich gestanden hat, dann ist das ja offensichtlich inzwischen vorbei, aber jetzt muss ich deinetwegen darüber nachdenken, und vorher wusste ich es nicht mal, und – Gott! Ich bin einfach … argh!« Ich ließ den Kopf in die Hände sinken.

Ryan klopfte mir auf den Rücken. »Schon gut, mein kleiner Pinocchio. Jetzt, da du ein richtiges Mädchen geworden bist, hast du eben auch Gefühle.«

Ich ließ eine Hand sinken, damit ich ihm einen bösen Blick zuwerfen konnte. »Ich kann dich nicht ausstehen.«

Er grinste. »Ach wo, tief im Inneren magst du mich.«

»Warum hast du mir das überhaupt erzählt? Ich war mit dem Istzustand glücklich und zufrieden.«

»Schon klar.«

»Doch!« Ich setzte mich hin, damit ich ihn besser ansehen konnte. »Warum glaubt denn jeder, dass man ohne festen Freund nicht glücklich sein kann?«

»Ich glaube das nicht. Das könnte ich in meiner Position auch kaum behaupten, oder?«

Nachdenklich verzog ich den Mund. »Okay, du hast doch aber *gerade eben* gesagt, dass ich nicht glücklich war, also …«

»Das stimmt auch.«

»Ich war aber glücklich.«

»Sich selbst zu verbieten, an einer Beziehung interessiert zu sein, ist nicht dasselbe, wie keinen Freund zu brauchen.«

»Puh, vielleicht bist du ja doch schwul.« Ich verschränkte die Arme.

»Was soll denn das jetzt heißen?«

»Na ja, du interessierst dich für Sport und hasst Tanzen, aber jetzt gibst du mir Beziehungsratschläge.«

»Du musst dich echt mal von deinen Vorurteilen lösen.«

»Sorry, tut mir leid. Du hast recht.« Ich seufzte. »Ich bin gerade nicht die beste nicht schwule Prom-Begleitung der Welt, oder?«

»Nein.« Er schüttelte den Kopf.

»Okay, okay. Ich werde mich bessern.«

»Ich habe eine gute Idee, wie du das anstellen kannst.«

»Schieß los.«

»Entschuldige dich bei Chase, dass du ihm als seine Begleiterin abgesprungen bist.«

»Und was soll das bringen?«

»Dann geht es ihm besser, und damit geht es dir besser, und dadurch wirst du auch zu einem besseren Date für mich.«

Ich zog die Augenbrauen hoch. »Kann ich ihm nicht lieber mal richtig die Meinung geigen? Was glaubst du, wie viel besser ich mich danach fühlen würde!«

»Vertrau mir, ich habe meine Gründe.« Ryan verschränkte die Hände unter dem Kinn.

Ich seufzte. »Schön, aber ich bin mir ziemlich sicher, dass er mich gerade eher nicht sprechen will.« Ich hatte regelrecht Angst, auf die Tanzfläche zu sehen. »Außerdem knutscht er wahrscheinlich gerade irgendwo mit Kathryn.«

»Das glaub ich nicht.« Er beugte sich wieder vor und suchte die Tanzfläche ab. »Nein, keine Knutscherei zu sehen.«

»Ich kann da nicht einfach hingehen und die beiden beim Tanzen stören.«

»Sie haben aufgehört.«

Ich sah, wie Schroeder in Richtung Tür ging.

»Los!« Ryan machte eine wedelnde Handbewegung.

Obwohl ich wirklich wenig Lust hatte, rannte ich Schroeder hinterher. Der Ball war zwar noch nicht vorbei, aber die Tanzfläche war inzwischen schon viel weniger voll als vorhin, deshalb dauerte es nicht lange, bis ich ihn eingeholt hatte.

»Schroeder!« Ich wollte ihm eigentlich nur auf den Rücken fassen, aber ich hatte meine Geschwindigkeit unterschätzt und rempelte ihn stattdessen an.

»Geht's noch?« Er stolperte zwei Schritte vorwärts, ehe er sich gefangen hatte und zu seinem Angreifer umdrehte. Mir.

Ich schlug mir die Hände vor den Mund. »Das wollte ich nicht, ich wollte ...« Ich schüttelte den Kopf. »Ich schwöre, das war keine Absicht.«

Er wirkte genervt. »Was willst du?«

Ich streckte ihm die Handflächen entgegen. »Ich möchte mich entschuldigen.«

»Hast du doch schon.«

»Nein, nicht für das Schubsen.« Ich verzog das Gesicht. »Für meine Planänderung.«

Sein Gesichtsausdruck wurde plötzlich wachsam. »Oh?«

»Ja, das war echt mies von mir, die Promcrew einfach so sitzen zu lassen. Besonders dich, weil wir ja zusammen Tickets hatten und so.«

»Schon gut.« Er sah zur Seite und zuckte mit den Schultern. Typisches Zeichen für eine Lüge.

Eigentlich war ich total auf Streit gebürstet. Ich wollte ihn anschnauzen, dass er aber ganz und gar nicht so tat, als wäre alles gut, und falls er sich nicht deshalb wie ein Idiot benahm, dann schuldete er vielleicht *mir* eine Entschuldigung! Aber dann dachte ich an Ryan und entschloss mich, freundlich zu bleiben. Sei Zen, Heart. *Om.*

»Ich hätte mit dir kommen sollen«, sagte ich. »Mit euch.«

Sein Blick zuckte kurz zu mir, aber er blieb stumm.

»Es ist schön mit Ryan, aber es ist nicht dasselbe.« Ich machte einen Schritt auf ihn zu und beugte mich vor, als ob ich ihm ein Geheimnis verraten wollte. »Er ist ein furchtbarer Tänzer.«

Das entlockte ihm endlich ein Lächeln. »Ja, das ist mir auch aufgefallen.«

»Egal, ich wollte mich nur entschuldigen und ich hoffe, du bist nicht sauer auf mich.«

»Warum sollte ich denn sauer sein?«, fragte er.

Ich presste die Lippen zusammen, um mich davon abzuhalten, ihm ganz genau aufzuzählen, wie er seit mehreren Stunden deutlich durchblicken ließ, wie sauer er war, und holte stattdessen tief Luft. »Also ist wieder alles gut?«

»Alles gut.«

Ein unangenehmes Schweigen folgte und wir vermieden beide, den anderen anzusehen. Eigentlich war das so eine Situation, bei der sich am Ende alle Beteiligten umarmen sollten, aber irgendwie konnte ich mir das gerade nicht so richtig vorstellen.

»Ich hab dich mit Kathryn tanzen gesehen«, sagte ich.

»Ach ja?« Das klang hoffnungsvoll.

»Sie – sie kann gut tanzen.«

»Das stimmt. Dabei denkt man gar nicht, dass die Orchesterleute Rhythmusgefühl haben.«

Bevor ich es verhindern konnte, war mir ein Prusten entschlüpft. Peinlich berührt schlug ich mir die Hand vor den Mund und zerdrückte dabei mein schlaff herabhängendes Ansteckssträußchen. Bei den Theaterleuten war es ein Running Gag, dass die Musiker im Orchestergraben leichte Rhythmusprobleme hatten. Oder absolut nicht in der Lage waren, den Takt zu halten. Die Schule musste jedes Jahr für die drei Aufführrungstage extra einen Profischlagzeuger anheuern, weil niemand im Schülerorchester in der Lage war, so gut im Takt zu bleiben, dass man ihm die gesamte Aufführung anvertrauen konnte. Durch meine Hand vor dem Mund konnte ich mein Lächeln verstecken, aber leider galt das nicht für meine Augen, die vermutlich gerade vor unterdrücktem Gelächter weit aufgerissen waren.

Als ich mich genug unter Kontrolle hatte, um reden zu können, brachte ich heraus: »Das ist aber nicht besonders nett.«

Schroeder grinste. »Das meinte Kathryn auch.«

»Das hast du doch hoffentlich nicht zu ihr gesagt!« Ich stieß ihn gegen die Schulter.

»Bleib locker, ich mach doch nur Spaß.«

Das war der Schroeder, den ich kannte, und ich war überrascht, wie erleichtert ich war, ihn wiederzuhaben. Vielleicht hatte ich ja vorhin überreagiert und er war gar nicht sauer auf mich. Vielleicht hatte ihn die Fotografin genervt und er hatte einfach schnell fertig werden wollen. Ich spielte das Ganze im Kopf noch mal durch. Okay, da musste noch was anderes dahinterstecken, aber zumindest schien er jetzt bereit zu sein, zum Normalzustand überzugehen.

»Also, falls wir das nächstes Jahr mit der Promcrew wieder machen und wir zufällig Ticketpartner sind, und du von zwei anderen Jungs eingeladen wirst …«, soufflierte er.

Ich biss mir auf die Lippe. »Dann sage ich ihnen, dass sie sich gegenseitig begleiten sollen und ich schon was vorhabe.«

Er lächelte. »Willst du noch mal tanzen, ehe sie hier alles dichtmachen?«

»Ja.« Ich nickte. »Gerne.«

KAPITEL 18

in dem mein Bruder seine Verkaufsmasche an mir ausprobiert und ich darauf reinfalle

KOPF

Der DJ kündigte zwei Songs im Voraus das letzte Lied an und ich streckte die Faust in die Luft. Seit ich ihn mit seiner lechzenden Fischzunge auf der Tanzfläche stehen gelassen hatte, war ich Troy erfolgreich aus dem Weg gegangen, und jetzt war endlich ein Ende in Sicht.

Ich hatte mich wie Superkleber an meine Freunde gehängt und immer versucht, hinter jemandem zu stehen, der größer war als ich, sodass ich von der Tanzfläche aus nicht zu sehen war. Schroeder hatte sich dabei besonders engagiert, immer Kontrollblicke für mich über die Schulter geworfen und so oft er konnte die Sicht auf mich geblockt. Dafür hätte ich ihn küssen können. Insgesamt hatte sich das Ganze als erfolgreiche Strategie erwiesen und jetzt befand ich mich auf der Zielgeraden.

Und genau da schlich sich Phil von hinten an mich heran und legte mir die Hand auf die Schulter. »Also, es sieht so aus, als ob wir für die Afterparty zu Blanchard gehen.«

Ich versuchte, seinen Arm abzuschütteln. »*Du* vielleicht, aber ich nicht.«

»Warum denn nicht?«

»Äh, mal abgesehen davon, dass Troy vorhin versucht hat, mir seine Zunge in den Hals zu stecken? Hm, lass mich mal überlegen …« Ich legte mir einen Finger ans Kinn.

»Flippst du immer noch deswegen aus?«

»Ja.« Ich verschränkte die Arme. »Ich komme nicht mit.« Schroeder und Cassidy, die mir gegenüberstanden, wirkten besorgt, aber ich schüttelte den Kopf in ihre Richtung. Ich wusste, dass sie aufgrund der lauten Musik nicht hören konnten, worüber wir sprachen, aber ich war mir sicher, dass ich die Situation im Griff hatte.

»Wir gehen aber *alle* hin«, sagte Phil dicht neben meinem Ohr.

»Und wenn alle von einer Brücke springen würden?«

»Wenn untendrunter eine Wahnsinnsparty stattfinden würde, würde ich natürlich springen.«

»Gott, du bist echt ätzend.«

»Ich hab's dir schon mal gesagt, du brauchst mich nicht Gott zu nennen. Mein Herr und Meister reicht völlig aus.«

Ich verpasste ihm einen Schlag auf den Arm. Nicht stark genug, um echten Schaden anzurichten, aber doch so kräftig, dass er sich über die Stelle rieb.

»Komm doch mit!« Mit großen Kulleraugen sah er mich an.

»Phil, ich hab wirklich keine Lust. Ich will einfach nur, dass dieser Abend schnell vorbei ist.«

»War es wirklich so schlimm?«

»Wo soll ich anfangen? Beim Wasser, das Olivia beim Essen über mich geschüttet hat? Oder lieber erst, als Troy mir auf der Tanzfläche eins mit dem Ellbogen an den Kopf verpasst hat? Oder vielleicht sollte ich lieber begeistert auf den Moment zurückblicken, als er mir diesen ekligen Golden-Retriever-Kuss auf meine Mandeln gegeben hat? Hm, schwer zu entscheiden, was am schönsten war.«

»Okay, okay, okay.« Er hielt die Hände hoch. »Ich hab's kapiert. Aber wenn du jetzt nach Hause gehst, hast du nur schlechte Erinnerungen an diesen Abend.«

Darauf antwortete ich nicht.

»Aaaaaber«, versuchte er, mich zu überzeugen, »wenn du jetzt zu einer Wahnsinnsafterparty gehst, dann amüsierst du dich und dann ist es überhaupt nicht mehr wichtig, was auf dem Ball passiert ist.«

»Eher unwahrscheinlich.«

»Beim Prom geht es doch nicht um den Ball, Heart. Es geht um den Rest der Nacht. Glaub mir, letztes Jahr war der Prom total lahm, bis wir hier rauskamen.« Er zeigte mit dem Daumen in Richtung Ausgang. »Der von der Schule gesponserte Teil ist gar kein Vergleich zum Rest des Abends.«

»Dann werde ich den Abend einfach mit meinen Freunden verbringen, wie ich es von Anfang an hätte tun sollen.«

»Jetzt hast du mich aber getroffen, Heart. Sind wir etwa keine Freunde?«

»So hab ich das nicht gemeint.« Aus lauter Gewissensbissen darüber, dass ich seine Gefühle verletzt hatte, wurde ich sofort rot. Aber die Wahrheit war, dass wir eigentlich nicht wirklich Freunde waren. Wir waren definitiv keine Feinde oder dergleichen, aber abgesehen von unseren heimlichen *Jeopardy!*-Abenden machten wir eigentlich nie was zusammen.

»Komm mit. Es wird lustig.« Er neigte den Kopf, bis er mir in die Augen sehen konnte. »Nächstes Jahr bin ich nicht mehr hier. Diese Chance kriegen wir nie wieder.«

Ich schwöre, wenn mein Bruder nicht irgendwann im Verkauf landet, ist irgendwo irgendwas fürchterlich schiefgelaufen. Der könnte Pinguinen Eis aufschwatzen.

Ich zögerte die Antwort hinaus, solange ich konnte. Ich wollte mich nicht manipulieren lassen, aber er hatte alle richtigen

Knöpfe gedrückt. Sein entscheidendstes Argument war, dass er bald nicht mehr da wäre. Das stimmte. Nächstes Jahr würde meine kleine Familie um ein Drittel schrumpfen. Dann gäbe es nur noch Dad und mich. Nur ich, die jeden Abend allein mit ihrem Abendessen *Jeopardy!* guckte.

Kreischendes Gelächter lenkte unsere Aufmerksamkeit auf die andere Seite des Ballsaals. Phil konnte mit seinen zusätzlichen fünfzehn Zentimetern früher als ich sehen, was da los war.

»Das glaub ich jetzt nicht«, sagte er.

»Was?« Ich drehte und wand mich und versuchte, um die anderen Menschen auf der Tanzfläche herumzusehen. »Was?«

»Los, Foley!«, brüllte Phil.

Und dann erhaschte ich den ersten Blick auf blasses weißes Fleisch. Ein Zwölftklässler, der von jedem nur Foley gerufen wurde, sodass mir sein Vorname überhaupt nicht mehr einfiel, flitzte nackt über die Tanzfläche. Auf seiner Brust stand in schwarzen und orangefarbenen Buchstaben SENIORS und ein Blumensträußchen bedeckte seinen Unterleib, wie eine Art Feigenblatt-Ersatz.

»Oh mein Gott.« Ein Teil von mir wollte sich die Augen zuhalten, aber dafür war es zu spät. Der Anblick hatte sich für den Rest meines Lebens in mein Gehirn eingebrannt.

Foley war *schnell*. Wie ein Running Back auf dem Weg zum perfekten Touchdown zirkelte er um seine vollständig bekleideten Klassenkameraden herum. Aus allen Richtungen strömten die Aufsichtspersonen herbei, aber Foley hatte Augen wie ein Adler. Er fand Fluchtwege, die außer ihm niemand sah, und entwischte den Erwachsenen immer wieder aufs Neue. Das rotweiße Sträußchen hüpfte dabei auf und nieder, während sein Penis im Takt seines Laufrhythmus der Erdanziehungskraft trotzte. Gerade kurz bevor er die letzte Öffnung im menschlichen Netz der Aufsichtspersonen entdeckte und in Richtung

Außentür verschwand, hatte ich die lustige Erkenntnis, dass er sich das Gummiband des Sträußchens um seinen Dödel gebunden haben musste, damit es so effektiv dort hielt.

Ich war mir sicher, dass Foley gerade zur Legende geworden war.

Cassidy drehte sich mit offenem Mund zu mir herum. »Ist das gerade eben wirklich passiert?«, rief sie.

»Ich glaub schon.«

Ich konnte sehen, dass sie ein Kichern unterdrückte, aber sie setzte ein trauriges Gesicht auf. »Sein armes Date.«

»Das war legendär«, triumphierte Phil und legte mir wieder den Arm um die Schulter. »Hast du das gesehen?«

»Glaub mir, ich hab's gesehen.« Ich nickte.

»Das ist genau die Art von durchgeknallt, die Blanchards Partys so legendär machen. Du musst einfach mitkommen.« Seine Augen sahen aus, als wären sie von kleinen Flammen erleuchtet.

»Ich muss Foleys Ding nicht noch mal sehen, vielen Dank auch.«

»Komm mit.« Er machte schon wieder diese Kulleraugen. »Du weißt doch, dass du es willst.«

»Ich will bei meinen Freunden bleiben.« Ich streckte die Hand aus und zeigte auf die anderen um uns herum.

Phil dachte einen Moment lang nach und hatte dann offenbar die zündende Idee. »Problem gelöst.« Er beugte sich vor und rief laut zur Dramafrei-beim-Prom-dabei-Crew hinüber: »Ihr solltet mit auf die Afterparty bei Blanchard gehen!«

Schroeder verzog das Gesicht und warf mir einen Blick zu, der sagte, dass er nicht begeistert war, aber Ally und Cassidy horchten auf.

»Echt?«, fragte Ally.

Phil nickte. »Ja, das wird ein Riesending.«

»Ich dachte, wir fahren zum See«, sagte Schroeder.

»Wir haben doch bis zum Sonnenaufgang Zeit«, antwortete Cassidy.

»Dann solltet ihr auf jeden Fall mitkommen«, bekräftigte Phil noch mal.

»Wohin mitkommen?«, mischte sich Neel in das Gespräch ein. Als Ally ihm von der Einladung erzählte, nickte er. »Okay, gut.« Neel war immer für Neues bereit. Je chaotischer und geselliger er sein konnte, desto glücklicher war er. Schroeders Gesicht bestätigte mir, dass er gerade genau das Gleiche dachte wie ich: Wenn Neel und Ally mitwollten, dann standen die Chancen, dass die Promcrew nicht auf Blanchards Party gehen würde, praktisch bei null.

»Super. Dann sehen wir euch dort.« Er zog mich am Handgelenk. »Komm, Heart, wir müssen zu den anderen in die Limo.«

»Ich kann doch mit meinen Freunden fahren …«, machte ich einen schwachen Versuch.

»Ich brauche deine Hilfe mit Troy. Der steht kurz davor, aus den Latschen zu kippen.«

»Aber …«

»Komm einfach mit mir. Wir gehen doch sowieso alle zur selben Party.«

Jetzt musste ich mich entscheiden, ob ich eine Szene machen und mich wie ein schlecht gelauntes Kleinkind von meinem Bruder losreißen wollte oder nachgeben und das Ganze noch eine Limo-Fahrt aushalten. Ich drehte mich kurz zu meinen Freunden um. »Wir sehen uns dort«, rief ich.

»Auf jeden Fall!«, rief Neel, aber ich bemerkte Schroeders Gesichtsausdruck. Er war nicht gerade glücklich mit der Situation.

Nun, dann waren wir schon zu zweit.

KAPITEL 19

in dem Ryan und ich zu einer Afterparty überredet werden und ich ein Geheimversteck beim Prom entdecke

ZAHL

Das Einzige, was bei Foleys Prom-Flitzerei fehlte, war das gute alte altmodische Geräusch einer kratzenden Nadel und das plötzliche Aussetzen der Musik. Damit wäre das Ganze perfekt gewesen. Aber der DJ ließ die Musik einfach weiterlaufen, während wir alle zusahen, wie die Aufsichtspersonen den dünnen, fröhlichen, nackten Zwölftklässler umherjagten.

Ich lachte so sehr, dass mir der Bauch wehtat, bis Foley sich umdrehte und ich freien Blick auf seinen nackten Hintern hatte. Obwohl ich entsetzt sofort die Augen zumachte, war es zu spät. Das Bild hatte sich bereits dauerhaft in mein Gedächtnis eingebrannt. »Iih, wie eklig.«

Cassidy drehte sich mit offenem Mund zu mir herum. »Ist das gerade eben wirklich passiert?«, rief sie.

»Ich glaube schon.«

Ich konnte sehen, dass sie ein Kichern unterdrückte, aber sie setzte ein trauriges Gesicht auf. »Sein armes Date.«

»Ja, aber ehrlich«, entgegnete ich lachend. Ryan wollte zwar nicht tanzen, aber immerhin flitzte er nicht nackt durch den Raum.

»Ich frage mich, wo er seine Klamotten gelassen hat«, sagte Neel.

»Jedenfalls nicht auf seinem dürren Hintern, so viel ist klar«, antwortete Ally.

»Ob da noch mehr kommen?« Cassidy hatte sich in ihren glitzernden Chucks auf die Zehenspitzen gestellt.

»Oh mein Gott, hoffentlich nicht.«

»Du bist echt prüde«, beschwerte sich Ally.

»Das hat ganz bestimmt nichts mit prüde sein zu tun«, erklärte ich. »Niemand wollte heute Abend Foleys Hintern sehen. Ganz abgesehen von seinem blumengeschmückten Ding.«

Cassidy lachte. »Da muss ich meiner Freundin hier leider zustimmen«, sagte sie und stieß mir gegen die Schulter. »Ich wollte das ganz bestimmt nicht sehen.«

Lisa stieß zu uns und hakte Cassidy unter. »Was macht ihr denn nach dem Prom noch so?«

»Wir fahren zum See«, erklärte ihr Cass. Die Dramafrei-beim-Prom-dabei-Crew hatte geplant, den Abend bei Neel ausklingen zu lassen. Er wohnte weit draußen in einem Schickimickistadtteil, in dem sich die nobelsten der noblen Häuser an einem kleinen Privatsee befanden. Ich schätze, es hat auch seine Vorteile, wenn beide Eltern Anästhesisten sind.

»Das ist aber nur die Endstation«, sagte Ally. »Wir haben doch die ganze Nacht zur Verfügung.«

»Also ich persönlich verhungere gleich«, sagte Neel.

»Gibt's bei dir zu Hause nichts zu essen?«

»So lange halte ich das auf keinen Fall mehr aus.«

»Neel, die Fahrt dorthin dauert fünfundzwanzig Minuten.«

»Von hier aus eher vierzig«, hielt Neel dagegen. »Wenn ich noch so lange warten muss, esse ich wahrscheinlich unterwegs einen von euch auf.«

Lisa ignorierte sein zombiehaftes Stöhnen und Brummen.

»Kommt doch mit zu Frank Blanchard. Marcus will unbedingt dorthin.« Sie rollte mit den Augen, so als wäre es der blanke Wahnsinn, ihrem Freund seinen Willen zu lassen.

»Blanchard wohnt in meiner Nähe«, sagte Neel. »Seine Eltern haben Backsteinmauern rund um das Grundstück und eiserne Tore. Ich hab mich schon immer gefragt, wie es dort drin wohl aussieht.«

»Seht ihr? Es liegt sogar fast auf dem Weg.« Lisa klatschte in die Hände. »Also abgemacht.«

Cassidy schüttelte den Kopf und stützte die Hände in die Hüfte. »Einfach so?«

»Klar.« Lisa lächelte. »Wird bestimmt lustig.«

»Das müssen wir aber erst noch mit den anderen absprechen«, gab Cassidy zu bedenken.

»Die haben bestimmt nichts dagegen.« Lisa winkte ab. Sehr entschlossen, meine Freundin.

»Ich muss erst Ryan fragen«, murmelte ich, mehr zu mir als zu den anderen, aber ich wollte auch nicht, dass Lisa mich hörte. Sie war höchst zufrieden, dass sie ein paar Theatergeeks überredet hatte, uneingeladen auf Blanchards Sportlerfiesta aufzutauchen – das Letzte, was sie hören wollte, war mein Zögern.

Als ich an unseren Tisch zurückkehrte, saß Ryan mit ein paar anderen Jungs immer noch dort. Ich hörte ihn lachen und war froh, dass er sich offenbar gut amüsierte. Immerhin hatte ich ihn unabsichtlich eine ganze Weile lang vernachlässigt. Ich erzählte ihm von Blanchards Party und fragte, ob er stattdessen lieber jemanden bitten wollte, ihn zurück zu seinem kaputten Auto zu bringen. Er hatte inzwischen aber schon seine Eltern angerufen und die hatten den Wagen abschleppen lassen, deshalb waren wir sowieso darauf angewiesen, dass uns irgendjemand später heimfuhr.

»Also? Heißt das ja zur Party?«

Er zuckte die Schultern. »Warum nicht?«

Links von mir erschien Schroeder und ging schnurstracks auf den Tisch zu, an dem Ryan saß. Er ließ sich auf die Knie fallen und verschwand unter der langen weißen Tischdecke. Ich musste zweimal hingucken, um es zu glauben, aber dann kniete ich mich hin und warf einen Blick unter den Tisch.

Schroeder lag auf einen Ellbogen gestützt und kramte durch die Sachen, die sich im Laufe des Abends unter dem Tisch angesammelt hatten.

»Was machst du denn da?«, fragte ich.

»Ich suche mein Handy.« Er befühlte die herrenlosen Smokingjacken und fand schließlich, wonach er suchte. »Hab's gefunden!«

Ich grinste, kroch ganz unter den Tisch und ließ die Tischdecke hinter mir herunter. »Und ich dachte schon, du räumst uns heimlich die Taschen aus.«

»Das hab ich vorhin bereits gemacht.« Als er sein Handy einschaltete, war es nicht mehr ganz so schummrig unter dem Tisch.

»Hast du gehört, dass wir zu Frank Blanchard fahren? Verrückt, oder?«

Im Halbdunkel konnte ich seine Konturen erkennen. »Was? Wieso das denn?«

»Lisa.« Weitere Erklärungen waren meiner Meinung nach nicht nötig.

»Ich will da nicht mit hin.« Der Handybildschirm schaltete in den Standby-Modus, sodass wir wieder im Dunkeln saßen.

»Angeblich ist es nicht weit weg von Neels Haus.«

»Dann können wir ja gleich zu Neel fahren.«

»Wir bleiben bestimmt nicht lange.«

»Dann brauchen wir auch gar nicht erst hinzufahren.« Er klang angespannt.

Ich kniff die Augen zusammen und versuchte, seinen Gesichtsausdruck zu deuten, aber die Dunkelheit machte das unmöglich. »Was ist denn los?«

Er seufzte und ließ sich rücklings auf den Boden fallen. Einen Moment lang wurde mir ganz anders, als ich mir vorstellte, worauf er wohl gerade lag, aber dann verdrängte ich den Gedanken.

»Ich kann Frank Blanchard nicht ausstehen.«

»Warum denn nicht?«

»Abgesehen davon, dass er der Prinz von Idiotenhausen ist?«

Ich prustete. »Ja, abgesehen davon.«

»Wir waren zusammen auf der Middle School. Er war eine Klasse über mir. Und er hat mich gehasst.«

»Warum?«

»Warum machen Sechstklässler überhaupt etwas? Keine Ahnung. Ich weiß nur, dass er sich die allergrößte Mühe gegeben hat, mir das Leben zur Hölle zu machen.«

Weil ich tief in meinem Innersten leider ein schrecklicher Mensch bin, wollte ich lachen. Erfreulicherweise hatte mein restliches Ich mich im Griff, deshalb klang meine Stimme mitfühlend: »Das tut mir leid.«

»Glücklicherweise hatte er anscheinend vergessen, wer ich war, als ich dann ein Jahr nach ihm auf die Highschool kam. Oder vielleicht lag es auch daran, dass ich größer war als er. Jedenfalls will ich nicht auf seine Party.«

Ich dachte einen Moment lang darüber nach und wackelte dabei mit dem Mund hin und her. Zum Glück saßen wir im Dunkeln – das Ganze sah vermutlich ziemlich idiotisch aus. »Ich hab eine Idee!«

»Was denn?«

»Lass uns hingehen und ihm etwas Schreckliches antun!«

Er lachte leise. »So jemand will ich nicht sein.«

»Es muss ja nichts Dauerhaftes oder Gefährliches sein. Einfach unser kleines privates ›Du kannst mich mal‹.«

»Zum Beispiel?«

»Äh … wir könnten ihm was ins Bett legen oder so.«

Schroeder lachte. Diesmal war es ein echtes, viel glücklicheres Lachen. Auf einmal war ich froh, dass ich mich vorhin bei ihm entschuldigt hatte.

»Das ist dein großer Racheplan?«, fragte er.

»Es war nur eine Idee.«

»Hm.« Er kam wieder ein Stück hoch und stützte sich auf einen Ellbogen, wodurch wir viel näher zusammensaßen. »Es müsste eine richtig gute Idee sein.«

»Uns fällt schon was ein.« Da er mir jetzt so nah war, konnte ich seine Umrisse erkennen. Deshalb wackelte ich mit den Augenbrauen und hoffte, dass er mich sehen konnte.

»Na gut. Aber du musst mir dabei helfen.« Bei seinen Worten wehte ein schwacher Minzduft zu mir herüber.

»Ehrenwort.« Ich machte ein Kreuz über dem Herzen und stieß dabei an das inzwischen fast vollständig verwelkte Sträußchen, das nach wie vor von meiner linken Brust herunterhing. Ich nahm es ab. »Ob Ryan es merkt, wenn ich dieses Ding hier unter dem Tisch lasse?«

»Gefällt es dir nicht?«, fragte Schroeder.

Darauf gab ich ihm keine richtige Antwort. »Ich wusste nicht mal, dass man überhaupt noch Sträußchen ohne Gummiband kaufen kann.« In der Dunkelheit unserer Tischfestung war es gar nicht so leicht, die Sicherheitsnadel aufzubekommen. »Schau dir das Ding doch bloß mal an. Warum würde sich jemand wohl Blumen an die …« Ich unterbrach mich.

Diesmal grinste er breit. »Mach's einfach ab«, sagte er.

Mein Herz vollführte alle möglichen unangebrachten Sprünge. Ryan würde ich kräftig die Meinung geigen.

KAPITEL 20

in dem Troy seine Boxershorts zur Schau stellt und ich von einem Mädchen verprügelt werde

KOPF

Bis wir Troy in die Limousine verfrachtet hatten, war der Alkohol bereits als Sieger hervorgegangen, was bedeutete, dass er mit halb geschlossenen Augen und nach hinten gekipptem Kopf einfach dasaß. Ich kroch so weit wie möglich im Sitzbereich nach hinten und quetschte mich zwischen Doug und Austin, was jetzt auch nicht ideal war, aber zumindest musste ich bei keinem von beiden befürchten, belästigt zu werden.

»Das wird so geil!«, krähte Austin. »Ich hab gehört, dass Blanchards Eltern für heute Nacht ins Gästehaus umgezogen sind und sich überhaupt nicht einmischen werden. Das wird der Wahnsinn!«

Frank Blanchard der III. war der Richie Rich unserer Schule. Obwohl ich noch nie bei ihm zu Hause gewesen war, hatte ich schon viel über das Haus gehört. Es gab dort schmiedeeiserne Tore. Und ein Gästehaus. Und vermutlich eine ganze Armada an Dienstpersonal.

»Wie kommen wir denn von der Party nach Hause?«, fragte ich laut, nur für den Fall, dass meine Freunde nicht auftauchen sollten. Es schien mir durchaus im Bereich des Möglichen, dass sich bisher niemand darüber Gedanken gemacht hatte. »Wir haben die Limo doch nicht für die ganze Nacht gemietet, oder?«

»Ich habe mein Auto heute Nachmittag bei ihm abgestellt.« Austin tippte sich an die Stirn.

Obwohl ich seine weise Voraussicht bewunderte, konnte ich ihm für seine mathematischen Fähigkeiten keine Eins geben. Wir waren zu acht. Wenn Austin nicht gerade kürzlich einen Kleinbus gekauft hatte, und davon hatte ich nichts gehört, dann hatte ich so die leise Ahnung, dass wir nicht alle in sein Auto passen würden.

Obwohl ich mir darüber natürlich keine Gedanken machen musste, weil ich ja mit der Promcrew sobald wie irgend möglich von der Party verschwinden wollte.

Vielleicht konnten wir auch sofort nach meiner Ankunft abdüsen und unser eigenes Ding machen. Allerdings hatte ich Neels Gesichtsausdruck gesehen – er war in Partylaune. Na ja, die Hoffnung stirbt zuletzt. Und Hoffnung braucht man, wenn man nicht in eine selbstmitleidige Depression von enormen Ausmaßen verfallen will, weil man sich am Promabend zwischen zwei dubiosen Bekannten eingequetscht auf dem Rücksitz einer Limousine wiederfindet und ein wachsames Auge auf den Möchtegern-Knutschpartner haben muss.

Ich versuchte, das Handy aus meiner Handtasche zu fischen, damit ich Cassidy eine SMS schreiben konnte, dass ich von der Party gerettet werden wollte. Mit dem ganzen Kram von Tante Colleen darin war es fast unmöglich, aber ich schaffte es schließlich, ohne die Kondome rausnehmen zu müssen.

Manchmal machen mich schon Kleinigkeiten glücklich.

Ich hielt mir das Handy nah an die Brust, damit niemand meine Nachricht lesen konnte. Allerdings interessierte sich auch niemand besonders für mich.

»Hey, wie cool! Hier gibt's sogar einen DVD-Player!« Neben

mir versuchte Doug, ein Fach bei seiner Hüfte aufzuziehen, aber sein Körper blockierte die Tür. Natürlich war er davon überzeugt, dass die Lösung für dieses Problem in roher Gewalt bestand, und zog noch stärker. Sein Ellbogen knallte gegen meinen und das Handy flog mir aus der Hand.

Man sollte annehmen, dass so ein Handy in einer Limo voller Körper, von denen die Hälfte mit bauschigen Röcken bekleidet war, einen weichen Landeplatz finden würde. Da ich mich aber im Prom der Hölle befand, flog mein Handy natürlich geradewegs auf die Fenster zu und knallte gegen einen der Metallstreifen dazwischen. Obwohl es viel zu laut war, um das zu hören, hätte ich schwören können, dass der Touchscreen zersplitterte. Er explodierte nicht. Kein einziges Glasstück fiel herunter. Er platzte in ein perfektes Spinnennetz von Rissen, wie ein Kunstwerk.

»Oh nein!«

Olivia hob es auf und gab es mir zurück. »Hier.« Das Problem mit dem Screen schien sie gar nicht zu bemerken.

»Mist«, flüsterte ich und hielt es in meiner Hand wie ein Vögelchen mit einem gebrochenen Flügel.

»Macht doch nichts«, sagte Doug. »Das kannst du doch austauschen lassen. Du musst einfach die SIM-Karte in das neue Handy stecken und dann ist alles wieder da.«

Darauf gab ich ihm keine Antwort. Wie sollte ich jemandem wie Doug erklären, dass ich nicht über die finanziellen Mittel verfügte, mir im Handy-Shop das neueste Modell auszusuchen? Ich bekam immer das alte Handy meines Dads, wenn er sich für die Arbeit ein neues kaufte, aber das war nicht mal alle zwei Jahre wie bei anderen Firmen. Ich drückte die Starttaste und das Licht ging an, aber ich hatte zu viel Angst, das zersplitterte Display zu berühren, um eine SMS zu schreiben.

Also steckte ich das Handy vorsichtig zurück in meine Tasche, zerfloss in Selbstmitleid und versuchte, nicht zu heulen. Als eine Flasche mit aromatisiertem Wodka die Runde machte, gab ich auf und nahm einen Schluck. Es roch lecker und ich fand, dass ich mir nach all den Strapazen des Abends ein bisschen Trost redlich verdient hatte. Nur so viel, dass ich es bis zur Party schaffte und dann endlich mit meinem blöden, nutzlosen Handy vor diesen Menschen und dem schrecklichen Abend fliehen konnte.

Der Wodka ließ sich leichter trinken, als ich erwartet hatte. So schlecht schmeckte der gar nicht. Vielleicht wäre er kalt sogar richtig gut gewesen. Trotzdem war es immer noch das Beste, was mir den ganzen Abend über passiert war, deshalb ließ ich bei der zweiten Runde auch einen größeren Schluck in meinen Mund fließen.

Randi grinste mich an. »Lecker, oder?«

Ich musste ein Husten unterdrücken, ehe ich ihr antworten konnte. »Nicht übel.«

»In Kakao schmeckt das richtig klasse«, sagte sie.

Ich konnte mir das sogar fast vorstellen, aber beim Gedanken daran, dass sich in meinem Magen Milch mit dem scharfen Alkohol vermischte, wurde mir ein bisschen schlecht. Als der Alkohol anfing zu wirken, war es damit jedoch schnell vorbei. Die anderen in der Limo schienen plötzlich weiter weg zu sein und die Nerven in meinem Körper zogen langsam hinüber ins Schlummerland. Tranken die anderen deshalb Alkohol? Damit man sich ein bisschen aus der realen Welt zurückziehen konnte? War das Leben als beliebter Schüler so schmerzvoll, dass man sich den Verstand vernebeln musste, um es auszuhalten?

Was für tiefschürfende Gedanken. Ein bisschen zu tiefschürfend für mich momentan.

Außerdem war mein Kopf offenbar diesem Tiefgang nicht gewachsen. Ich lehnte ihn an die Kopfstütze, so wie Troy, und ließ den Abend noch mal Revue passieren. Plötzlich kam mir mein zerrissenes Kleid nicht mehr so traumatisch vor. Eher … lustig. Und das Tauchbad im Vasenwasser war doch eigentlich eine witzige Geschichte, die ich für den Rest meines Lebens überall erzählen konnte. Ja, genau genommen war doch gar nichts davon so schlimm gewesen.

Das Tanzen mit meinen Freunden war cool gewesen. Besonders als Schroeder mich auf der Tanzfläche gedreht und gewirbelt hatte. Das hatte richtig viel Spaß gemacht. Im Smoking sah er sehr stattlich aus.

Stattlich. Was für ein komisches Wort. Ich formte die Buchstaben mit den Lippen, war mir aber nicht sicher, ob mich überhaupt jemand über die dröhnende Musik aus den Lautsprechern hinweg hören konnte. Olivia versuchte, zu dem Beat zu tanzen, aber ihre Prom-Queen-Krone verrutschte dauernd. Ich lächelte und sah ihr zu, wie sie sie wieder und wieder gerade rückte. Am liebsten hätte ich ihr geraten, die Krone einfach abzunehmen. Vielleicht wollte sie das aber gar nicht. Ich hatte niemals eine Krone besessen und kannte mich daher damit nicht aus. Vielleicht fühlte es sich ja ganz toll an.

»Kann ich mal deine Krone aufprobieren?«, fragte ich, aber sie hörte mich nicht.

Noch mal zu fragen war mir zu anstrengend, besonders wenn ich mich stattdessen zurücklehnen und die Lichtershow an der Fahrzeugdecke auf meinen Netzhäuten spielen lassen konnte. *Wir brauchen mehr Lichtershows im Leben*, dachte ich. Zum Beispiel beim Zahnarzt – ich würde den ganzen Tag nach oben sehen, wenn mein Zahnarzt so eine Laserlichtshow an der Zimmerdecke hätte.

In der Limo gab es sogar eine Minidiscokugel, stellte ich fest. Und auf einmal wollte ich sie unbedingt in Aktion sehen.

»Mach mal die Discokugel an«, sagte ich und zeigte darauf.

»Was?«, fragte Doug.

»Die Discokugel. Mach sie an.«

Sein Blick wurde direkt anerkennend. »Gute Idee.« Er drehte sich um und klopfte an die Glasscheibe zwischen uns und dem Fahrer und verlangte, dass der Fahrer die Kugel einschaltete. Keine Ahnung, ob der Fahrer überhaupt die Scheibe runtergelassen hat, aber auf einmal wurde die kleine Spiegelkugel lebendig und tauchte das Innere des Wagens in reflektiertes Licht.

»Ja!«, quiekten Olivia und Randi und tanzten ausgelassener. Randis kleinere Prinzessinenkrone fiel fast sofort hinunter, direkt in Dougs Schoß. Ich schnappte sie mir und setzte sie auf. Dadurch rutschte mir zwar eine meiner festgedrehten Locken übers Auge, aber das war mir egal.

»Wie sehe ich aus?«, fragte ich alle und niemanden.

»Hey, Phil! Ich glaub, deine Schwester ist betrunken!«, rief Doug.

Phil sah mich überrascht an. »Echt?«

»Ich bin nicht betrunken.« Während ich herzhaft meine plötzlich juckende Nase rieb, schaute ich mich im Wagen um. »Wo ist denn dieses leckere Zeug hin?«

»Du bist ja wirklich betrunken«, stellte Phil grinsend fest.

»Ich glaube kaum, dass dich das was angeht«, erklärte ich ihm mit hochgezogenen Brauen. Ich versuchte, den Kopf in den Nacken zu legen und ihn überheblich anzublicken.

Er lachte spöttisch. »Jemand muss dir mal den Hahn zudrehen.«

»Du hast mir gar nichts zu sagen.«

»Lass sie in Ruhe«, mischte sich Randi ein. »Sie amüsiert sich.«

»Ja, ich amüsiere mich«, echote ich.

»Wird auch langsam Zeit. Aber ich übernehme keine Verantwortung, wenn du spucken musst«, warnte mich Phil.

»Sie muss nicht spucken.«

»Ich muss nicht spucken«, wiederholte ich. Mann, Randi war mir vorher noch nie so vernünftig erschienen.

»Meinetwegen.« Phil verdrehte die Augen, also streckte ich ihm die Zunge raus. Und das war nur die Spitze des Eisbergs was er dafür verdiente, dass er mich für heute Abend an seinen betrunkenen, zungenschwingenden Kumpel ausgeliehen hatte.

Ich lehnte mich in den Sitz zurück und ließ meine Augen so weit zufallen, dass sie fast geschlossen waren. Dann dachte ich wieder über das Leben, das Universum und den Rest nach. Überwiegend jedoch über den Prom. Ich dachte zurück an Cassidys Frage, wie ich mir den Abend und den letzten Tanz ausmalen würde, und wie ich dann versucht hatte, mir das Gesicht meines Tanzpartners vorzustellen. Zumindest wusste ich inzwischen, dass es ganz bestimmt nicht Troy war. Ich schüttelte mich, was mir aus irgendeinem Grund witzig vorkam, und grinste innerlich. Jetzt, da ich darüber nachdachte, fiel mir ein, dass ich beim letzten Lied mit gar niemandem getanzt hatte. Gut, mit einer Gruppe, aber es hatte keinen Schlussszenenmoment wie in einem romantischen Film gegeben. Mein neunjähriges Ich wäre sehr enttäuscht von mir.

Ich kicherte. Laut, glaube ich. Der Einzige, mit dem ich überhaupt so eine Art Moment gehabt hatte, war Schroeder.

Huch.

Wahrscheinlich ergab das sogar Sinn. Schließlich war er ein echt guter Tänzer. Im letzten Jahr waren wir beim Musical als Paar eingeteilt gewesen, und ich kann mich noch erinnern, dass ich damals dachte, dass er auch einen ziemlich guten Schwarm abgeben würde. Für solche unsinnigen Gedanken kann man mich aber nicht zur Verantwortung ziehen. Wie soll man als Frau jemandem widerstehen, der einen herumwirbeln kann wie Fred Astaire? Gar nicht, so.

Aber es ging nicht nur um die Tanzerei, das wusste ich. Nicht mal ich habe so geringe Ansprüche an einen Schwarm. Obwohl meine unendliche Sehnsucht nach Captain Jack Sparrow auf nicht viel mehr basierte. Mal abgesehen davon, dass Captain Jack ein echtes Alkoholproblem hatte.

Ach, Piraten … Man kann nicht mit ihnen, aber auch nicht ohne sie leben …

Ich schüttelte den Kopf und versuchte, meine Gedanken dadurch irgendwie in geordnete Bahnen zu lenken, aber das funktionierte leider überhaupt nicht. Sie drehten sich so schnell im Kreis wie die Discokugel.

Ich bekam Schluckauf und musste feststellen, dass der Wodka auf dem Weg nach oben viel weniger lecker schmeckte als umgekehrt. Das musste ich unbedingt meinen Freunden erzählen, sobald ich sie auf der Party gefunden hatte.

Falls ich sie überhaupt finden würde.

Sie mussten einfach kommen.

Sie würden kommen. Da war ich mir sicher. Obwohl Schroeder nicht gerade begeistert ausgesehen hatte.

Schroeder, Schroeder, Schroeder. Na ja, eigentlich Chase. Sein richtiger Name war so ungewohnt für mich. Dabei war es kein schlechter Name. Eigentlich sogar ganz nett. Vielleicht sogar ein bisschen sexy? Ich nannte ihn aber schon so lange Schroeder, dass mir alles andere ziemlich fremd vorkam. Schroeder war kein schöner Name. Definitiv nicht sexy.

Wenn ich jedoch an den Blick zurückdachte, den er mir beim Abschied zugeworfen hatte, dann brauchte ich mir keine Gedanken mehr über seinen Namen zu machen. Er hatte sauer ausgesehen. Was komisch war.

Plötzlich setzte sich Troy ruckartig auf, die Augen weiter aufgerissen, als ich es den ganzen Abend gesehen hatte.

»Oh Scheiße!« Austin schien zu wissen, was das bedeutete,

drehte sich zur Glasscheibe hinter dem Fahrer um und klopfte hektisch dagegen. »Anhalten!«, rief er. »Anhalten!«

»Iih! Iih! Iih!«, schrie Randi und rutschte von Troy weg und praktisch auf Dougs Schoß.

»Was?«, fragte ich verwirrt.

»Der kotzt gleich!«, kreischte Randi.

Das Adrenalin katapultierte mich innerhalb von Sekundenbruchteilen aus meinem Dämmerzustand. Ich sah mich hektisch nach irgendwas um, das als Kotztüte brauchbar war, während Austin weiter gegen die Glasscheibe hinter dem Fahrer hämmerte. Endlich wurde die Limo langsamer und fuhr an den Straßenrand. Keinen Moment zu früh. Phil riss in letzter Sekunde die Tür auf und Troy schaffte es gerade so mit einem Fuß auf die Straße, ehe er sich übergeben musste.

Es war ein monumentales Reihern. Das würde in die Geschichte eingehen. Ich kniff die Augen zusammen und hielt mir die Ohren zu, aber mit Randi halb auf mir drauf konnte ich mich kaum bewegen. Die anderen Mädchen quetschten sich zu mir hinten in die Limo, sodass ich kaum noch atmen konnte.

»Geht's?«, hörte ich Phil fragen, obwohl ich außer Glitzer, Haaren und Röcken kaum was sehen konnte.

Es waren noch ein paar Würggeräusche zu hören, die auch mir den Magen umdrehten, aber dann antwortete Troy: »Ja, alles gut.«

»Das war echt eklig, Alter«, sagte Phil.

Die Mädchen auf mir entspannten sich ein wenig, und als sie ihr Gewicht verlagerten, konnte ich endlich wieder frische Luft atmen.

»Hat irgendjemand Wasser?«, fragte Randi. »Wenn ich mich neben ihn setzen soll, muss er sich erst den Mund ausspülen. Ich kann nicht neben jemandem mit Kotzeatem sitzen.«

»Iih!«, rief Olivia.

»Hier ist Wasser, wenn du dich endlich mal bewegen würdest!«, blaffte Doug Randi an und schob sie von sich. Sie schnalzte mit der Zunge und warf ihm einen bösen Blick zu, ehe sie von seinem Schoß rutschte, sodass er sich vorbeugen und eine kleine Wasserflasche aus dem Vorrat der Limousine nehmen konnte.

Austin klopfte wieder an die Trennscheibe und rief: »Können Sie ein Stück vorfahren?«

Die Limo fuhr vorsichtig etwa einen Meter weiter, sodass Troys Pfütze jetzt hinter uns lag, und Doug warf Troy die Wasserflasche zu. Der saß auf dem Fußboden und hatte die Füße zur Tür raushängen.

»Spül dir den Mund aus und pass auf, dass du nichts auf den Schuhen kleben hast«, befahl Randi. Ich konnte mir direkt vorstellen, wie sie als Mutter ihre Kinder im Restaurant anschnauzte, weil sie ein Tröpfchen verschüttet hatten.

Troy stieg aus und stellte sich mit zittrigen Beinen auf die Straße. »Ich glaube, ich hab was auf der Hose«, sagte er.

Lieber Gott, was auch immer ich dir getan habe, es tut mir schrecklich leid. Bitte nimm meine Entschuldigung an und erlöse mich aus dieser als Prom getarnten Hölle.

Olivia lächelte höhnisch. »Mit Kotze auf der Hose kommt er nicht wieder hier rein.«

»Reg dich ab, Liv«, sagte Phil. »Als hättest du dir noch nie auf die Hose gespuckt.«

»Hab ich auch nicht!«, blaffte Olivia zurück. »Und so kommt er hier jedenfalls nicht rein.«

»Was soll er denn machen, Schatz?«, fragte Austin.

»Meinetwegen kann er laufen.«

Es tat mir richtig weh, wie sich alle angifteten. Ich wollte Troy gerne helfen, aber gleichzeitig auch keinen weiteren Fischzungenvorfall riskieren.

»Hey, Troy!«, rief Doug. »Liv will, dass du deine Hose ausziehst!«

»Was?« Troy beugte sich ein bisschen vor, damit er durch die Tür zu uns hereinsehen konnte. Er stand so neben sich, dass er schielte.

»Zieh. Die. Hose. Aus«, wiederholte Doug.

Troy zuckte mit den Schultern und machte den Haken an seiner Smokinghose auf.

»Oh mein Gott!«, keuchte ich. Ich musste mir ganz dringend die Augen zuhalten.

Doug und Phil gackerten wie zwei Schwachköpfe und Olivia kreischte, dass er sofort aufhören sollte. Wahrscheinlich überstieg das Geräusch jedoch Troys Verständnislevel, denn seine Hose fiel. Es stellte sich heraus, dass er weiße Boxershorts mit Tigermuster anhatte. Damit sie zu meinem Sträußchen passten.

»Go Tigers!«, feuerte Phil ihn an.

Ich sah mich kurz um, ob mich jemand beobachtete, streifte mir dann das Sträußchen ab und legte es auf die Fensterbank. Genug war genug.

»Oh mein Gott, zieh die Hose hoch!«, schrie Randi.

Er gehorchte. Und dann tat er etwas völlig Unvorhergesehenes – aus voller Lunge brüllte er »AMY!« und rannte los.

Wir sahen ihm in gebannter Verwirrung zu, wie er mit offener Hose über die vierspurige Straße zu einer Bank auf der anderen Straßenseite lief. Bremsen quietschten, Hupen ertönten und ein Auto musste ihm so weit ausweichen, dass es gegen den Bordstein fuhr.

»Was zum Teufel …?«, sprach Doug das aus, was wir alle dachten.

Phil, der direkt bei der Tür stand, stieg aus, um besser sehen zu können, während Doug den Kopf durch das Dachschiebefenster steckte. Tara versuchte, durch das verdunkelte Fenster etwas zu erkennen.

»Oh Shit, das ist wirklich Amy«, murmelte sie.

Ich stand auf und kniete mich neben Tara, um mir das selbst anzusehen.

Amy und ihr geheimnisvolles Date standen tatsächlich auf dem Bankparkplatz. Es sah so aus, als käme einer der beiden gerade vom Geldautomaten vor dem Gebäude. Troy stand zwischen den beiden und kämpfte mit dem Verschluss seiner Hose.

Phil schwang sich grinsend wieder in die Limo und wandte sich direkt an Doug. »Sag dem Fahrer, dass er da rüberfahren soll.«

Doug gehorchte, und auch der Fahrer, der auf eine Lücke im Verkehr wartete, um dann einmal quer über die Straße auf den Parkplatz zu fahren, wo Amy jetzt mit ausgestreckten Armen zwischen Troy und dem mysteriösen Date stand, als ob sie die beiden voneinander fernhalten wollte.

Phil rieb sich fröhlich die Hände. »Oh-oh! Sieht ganz nach Prügelei aus!«

»Kampf! Kampf! Kampf!«, rief Doug mit hochgestreckter Faust.

»Geht lieber rüber und schlichtet«, warnte Tara die Jungs. »Troy sieht aus, als ob er den anderen gleich umbringt.«

Als Phil die Tür aufmachte, war das Wettbrüllen schon in vollem Gange.

»… bist du überhaupt?«

»Warum verpisst du dich nicht einfach, Kumpel?«

»Verpiss du dich!«

»Los!« Tara scheuchte die Jungs in Richtung Tür. Austin und Doug brauchten jedoch gar nicht erst überredet werden. So aufgeregt hatte ich die beiden den ganzen Abend über nicht erlebt.

»Na, du brauchst wohl erst noch deine Freunde als Unterstützung, du harter Knochen, ja?«

»Rob, hör auf!« Das war Amy, was mich zu der Annahme verleitete, dass das mysteriöse Date Rob hieß.

»Ich brauch überhaupt niemanden!« Und das war der Moment, in dem sich Troy auf Rob stürzte und die Fäuste fliegen ließ.

Ich zuckte zusammen, aber es gab kein Aufprallgeräusch. Als ich vorsichtig die Augen öffnete, sah ich Troy vor der leeren Stelle knien, an der eben noch Rob gestanden hatte. Doug hielt ihn von hinten fest, während Phil versuchte, Troy beim Aufstehen zu helfen.

Ich konnte kaum erkennen, wer wen anbrüllte und wer wann wen angriff, aber plötzlich waren alle in ein Handgemenge verwickelt, während Amy schrie, dass sie aufhören sollten. Tara stieg aus. Durch die Parkplatzbeleuchtung wirkte ihr Kleid wie ein funkelnder Diamant. Sie schnappte Phil am Ellbogen und zog ihn so unerwartet kraftvoll nach hinten, dass er auf dem Hintern landete.

»Aufhören! Und zwar alle!«, befahl Tara. Sie brüllte nicht, aber irgendwie übertönte ihre Stimme den ganzen Lärm und alle waren plötzlich still. »Was habt ihr denn bloß für ein Problem?«, fragte sie und sah alle nacheinander böse an.

»Sag's ihm, Amy! Sag ihnen, dass du nichts mehr mit ihm zu tun haben willst«, rief Rob. Von meinem Platz am Fenster aus konnte ich sehen, dass seine Nase blutete.

»Amy, nein«, stöhnte Troy.

»Ach, jetzt macht dir das plötzlich was aus?«, blaffte Amy. »Ich soll dir glauben, dass du mich wiederhaben willst? Ich hab gesehen, wie du dieses Mädchen beim Prom geküsst hast!«

»Nein, Amy! Es tut mir leid! Nein!« Troy war den Tränen nahe.

In diesem Moment traf ich eine dumme Entscheidung. Ich kletterte aus der Limo und rannte zu den anderen. »Wir sind nicht zusammen«, rief ich Amy zu und zeigte mit dem Finger auf Troy und mich. »Das war nur ein Missverständnis …«

Weiter kam ich nicht. Sie rannte auf mich zu und schubste mich mit ausgestreckten Händen so sehr gegen die Schultern, dass ich auf dem Hintern saß, ehe ich überhaupt ihre Bewegung registriert hatte. Meine Zähne schlugen aufeinander und ich kippte rückwärts auf die Ellbogen.

Es dauerte einen Moment, bis ich merkte, dass Amy mich anschrie: »… mir meinen Freund wegnehmen? Dir werd ich's zeigen!«

Irgendjemand griff sie am Handgelenk und zog sie zurück, ehe sie mich wieder anfassen konnte, und dann stand Randi hinter mir, um mir aufzuhelfen.

»Geht's?«, keuchte sie.

»Keine …« Ich hatte keine Ahnung, was ich sagen sollte. So geschockt war ich in meinem ganzen Leben noch nicht gewesen.

»Alle beruhigen sich jetzt!«, befahl Tara wieder in ihrer Aufruhr-Kontrolle-Stimme.

Ich blinzelte und drehte mich zu Randi um, damit sie mir erklären konnte, wieso genau ich mitten auf dem Parkplatz auf dem Boden lag.

Sie zog mich am Ellbogen. »Na los, steh auf.«

»Was ist denn passiert?«, fragte ich benommen.

»Amy ist ein total durchgeknalltes Biest, das ist passiert«, sagte Randi laut genug, worauf Amy sich in Dougs Umklammerung heftig bewegte.

»Du bist ein Biest, *Randi*«, fauchte sie.

Ich sah kurz hoch zum Himmel, konnte aber durch all die grellen Lichter keine Sterne erkennen.

Echt jetzt, Gott? Nicht mal eine winzig kleine Erlösung?

»Heart, ist bei dir alles in Ordnung?«, fragte Troy undeutlich.

»Heart? Soll das ein Witz sein?« Amy lachte.

Plötzlich konnte ich wieder klar denken und ich sah ihr geradewegs ins Gesicht. »Ich wollte heute Abend nicht mal hier sein«, sagte ich.

»Was?«, zischte sie.

»Vergiss es. Ihr zwei habt einander verdient.« Ich drehte mich um und ging zurück zum Wagen. Obwohl mein Steißbein bei jedem Schritt wehtat, wollte ich ihr doch nicht die Genugtuung geben, mich humpeln zu sehen.

Ich kletterte vorsichtig zurück in die Limo und zuckte zusammen, als ich mich hinsetzte. Olivia war als Einzige im Auto geblieben. Sie hatte die Beine übereinandergeschlagen, wippte mit dem Fuß und studierte ihr Handy.

Als ich auf der langen Rücksitzbank auf meinen früheren Platz rutschte, zog ich scharf die Luft ein. Olivia warf mir über ihr Handy hinweg einen Blick zu.

»Sind die jetzt fertig?«, fragte sie.

»Keine Ahnung.« Vor Schmerzen zuckte ich zusammen.

»Was hast du denn?«

»Ich wurde umgeworfen.«

Sie schüttelte angewidert den Kopf. »Genau deshalb mische ich mich nicht ein. Das ist die Sache nicht wert.«

»Ja, schön, dass du mir das gesagt hast, ehe ich da rausgegangen bin.«

Olivia sah mich wieder an, eine ihrer perfekten Augenbrauen leicht hochgezogen. »Tut dir was weh?«, fragte sie.

»Ja, kann man so sagen.«

Sie ließ das Handy so weit sinken, dass sie nach der Flasche mit dem Wodka greifen konnte. »Trink. Das hilft.«

Und ich gehorchte.

KAPITEL 21

über Kondome und Soße und einen Kuss für Ryan

ZAHL

Die Drive-in-Schlange bei Taco Bell war mindestens zehn Autos lang. Pat, die wieder hinter dem Steuer des Tagesstätten-Schrägstrich-Serienmörder-Vans saß, machte im letzten Augenblick eine scharfe Rechtskurve und parkte ein, wodurch ich gegen Ryan geschleudert wurde. »Mein Hunger auf Tacos ist für diese Schlange zu groß!« Sie hielt den Finger hoch. »Wir gehen rein.«

Keiner war überrascht, als Neel zuerst aus dem Wagen sprang. Schon vor dem Ende des Balls hatte er sich über seinen großen Hunger ausgelassen. Alle verließen den Van und gingen hinüber zum Eingang. Unsere Aufmachung sorgte bei den wartenden Fahrern für Aufmerksamkeit und es wurde gehupt. Cassidy machte im Scheinwerferlicht eines Wagens einen tiefen Knicks, fächerte sich Luft zu und tat so, als wäre sie nach Vorstellungsende bereits zum dritten Mal wieder vor den Vorhang gerufen worden.

Ach, wie ich meine Freunde liebe.

Als die Tür geöffnet wurde, wehte mir der Geruch nach pseudomexikanischem Fastfood entgegen, und plötzlich war ich am

Verhungern. Das hier war zwar kein Gourmetrestaurant, aber wenn der Magen Taco Bell verlangt, dann hilft nur Taco Bell. Ich stellte mich hinter Dan in die Schlange und rechnete schon mal aus, wie viele Softtacos ich brauchen würde, um meine Bedürfnisse zu befriedigen.

Ryan glitt mit der Hand über das Holzgeländer, das uns in einem Zickzackmuster in Richtung Kasse führen sollte. Er zog sich wie ein Turner am Barren hoch und beugte sich einen Moment lang bedrohlich zu mir rüber. Ich quiekte aus Angst, dass er auf mich drauffallen würde. Offenbar sind jedoch nicht alle so ungeschickt wie ich, denn er richtete sich einfach wieder auf und landete auf den Füßen.

»Du brichst dir noch das Genick!« Ich zog ihm mit meiner vollgestopften Handtasche eins über. Dabei platzte der Verschluss auf und die Tasche spuckte den gesamten Inhalt aus wie ein Knallbonbon. »Oh nein!« Linkisch griff ich nach meinem Handy, aber es landete im Sturzflug auf dem Fliesenboden.

Alle hielten die Luft an, während wir auf das unverkennbare Geräusch eines splitternden Displays warteten, und wir wurden nicht enttäuscht. Das winzige »Plopp!« jagte mir einen kalten Schauer über den Rücken. Ein paar Leute keuchten gleichzeitig auf, was selbst unter den gegebenen Umständen fast lustig war.

Ich konnte bereits sehen, dass die Rückseite meines Handys gesplittert war, als hätte ein Stein bei hoher Geschwindigkeit eine Windschutzscheibe getroffen. Ich holte tief Luft und tauchte ab, um es aufzusammeln, wobei sich mein Klebebandkleidpflaster gefährlich spannte. Als ich das Handy umdrehte, war der Bildschirm völlig intakt.

»Hurra!« Triumphierend hielt ich es hoch und alle jubelten.

»Ein Prom-Wunder!«, verkündete Neel.

»Nicht schlecht.« Ryan lächelte ihn an.

»Oh mein Gott, was bin ich froh.« Ich streckte die Hände nach Ryan und Neel aus, die zufällig am nächsten standen, und sie zogen mich hoch. »Ich liebe dich, mein kleines Handy.« Ich küsste das nicht zerbrochene Display und ließ einen Lippenabdruck darauf zurück, von meinem frisch aufgetragenen Lipgloss.

»Sehr erwachsen.« Neel rollte mit den Augen.

»Das ist mir gerade total egal.« Ich presste mir das Handy an die Brust und lächelte meine Freunde an.

»Was ist denn mit dem Rest von deinem Zeug?« Ally hob die Tabletten gegen Sodbrennen auf, die neben ihrem Fuß gelandet waren. »Die brauchst du auf jeden Fall, wenn wir hier bei Taco Hell essen.«

»Ich brauche nur mein Geld. Der Rest ist nicht so wichtig.« Tante Colleens Schätze waren in meinen Augen eine angemessene Opfergabe für die Götter der Handys und der Neunundachtzig-Cent-Tacos.

Gemeinsam suchten wir den Bereich um die Warteschlange ab. Jedes Mal, wenn jemand ein Stückchen meines Lebens entdeckte, rief er laut. Aber das Zigarettenetui, in dem mein Führerschein und ein bisschen Bargeld steckten, blieb verschwunden.

»Oh, Kaugummi!«, rief Cassidy. »Ist das deiner?«

»Wahrscheinlich, aber garantieren kann ich's nicht.«

»Kann ich den haben?«

»Von mir aus. Hauptsache, wir finden das Etui.«

»Pflaster?«, fragte Schroeder.

»Die gehören auch mir«, antwortete ich. »Dann nehm ich sie halt auch wieder mit.«

Er hielt sie mir von der anderen Seite der hölzernen Einpferchung hin. Ich lächelte ihn an, als er sie mir gab, und er erwiderte mein Lächeln.

»Geld!«, rief Dan und ich sprang auf, um ihn besser sehen zu können, aber er hielt bloß ein Vierteldollarstück hoch.

»Sucht weiter«, bat ich und ging wieder in die Hocke. Um mich herum sah ich nichts anderes als schmutzige braune Fliesen. Hatte mir jemand während des Balls mein Geld geklaut? Wo war mein silbernes Etui? »Mist«, murmelte ich, als mich der erste Anflug von Panik durchschoss. »Mist, Mist, Mist!«

»Ist es das hier?«, rief Ryan und hielt die kleine Metallbox hoch.

»Ja!« Ich sprang auf und rannte zu ihm hinüber, warf ihm die Arme um den Hals und drückte ihm einen dicken, schmatzenden Kuss auf die Lippen. »Oh mein Gott, du hast keine Ahnung, wie glücklich ich gerade bin!«

»Wer ist der beste Prom-Begleiter auf der Welt, hm?«, fragte er und schlang einen Arm um mich, während er das Etui mit dem anderen hochhielt.

»Du natürlich!« Ich pflückte ihm das Etui aus der Hand und klappte es mit geübtem Griff auf. Es war alles da. »Hurra!« Ich schnappte ihn am Kinn und verpasste ihm gleich noch einen Schmatzer auf die Wange, wobei ich wieder einen Lippenabdruck zurückließ.

»Heißt das, dass du mich auf einen Taco einlädst?« Ryan zwinkerte mir zu.

»Ich leg sogar einen Burrito drauf.«

Da meine Krise abgewendet war, nutzte Neel die Gelegenheit, sich an uns vorbeizuschlängeln, damit er als Erster bestellen konnte. Er war ein Mann mit einer Mission und hatte das Geld bereits in der Hand, um die Transaktion abzuwickeln. Wahrscheinlich war es kein Witz gewesen, als er gedroht hatte, wie ein Kannibale über uns herzufallen, falls er nicht bald was zu essen bekäme. Sobald er sein Wechselgeld erhalten hatte, ging er hinüber zur Ausgabetheke und kramte in den Soßenpäckchen herum, die dort auslagen.

Ich hatte meine Aufmerksamkeit gerade auf die Anzeigetafel für die Bestellungen gerichtet, als schallendes Gelächter meinen Blick zurück zu Neel zog. »Oh Mann«, rief er lachend, »da wird aber jemand enttäuscht sein, wenn er nachher im Bett ein Päckchen Soße hervorzieht!« Er hielt einen mir nur allzu bekannten Streifen mit drei Kondomen hoch und ich wurde feuerrot.

»Iih! Wer macht denn so was?«, rief Ally. »Leg die weg. Da sind wahrscheinlich überall Herpesviren dran.«

»Oh Gott, Ally, musstest du das sagen?«, beschwerte sich Neel. »Da vergeht mir ja der Appetit auf meine Chalupa.«

»Kriegt euch wieder ein, die gehören mir.« Ich streckte die Hand aus, aber Schweigen und die verwirrten Blicke von sieben meiner engsten Freunde waren alles, was ich bekam.

»*Deine?*«, fragte Ally.

»Ja«, bestätigte Ryan sofort. »Für den heißen Sex, den wir nachher haben werden.«

Ich versuchte, das aufsteigende Lachen zu unterdrücken, aber es war unmöglich, und es brach in einem sehr undamenhaften Eselschrei aus mir heraus. Ich grinste Ryan an und sah noch mal auf meine leere Hand und dann zu Neel. »Kann ich sie bitte wiederhaben?«

Neel sah mich an, dann hinüber zu Ryan, dann zu mir, auf die Kondome und noch mal hinüber zu Ryan, ehe er den Arm ausstreckte, um mir den Streifen zu geben. Sein Gesichtsausdruck war ungläubig. »Hier. Viel Spaß damit, Kinder.«

»Danke.« Ich steckte sie in meine Handtasche. Dass sich der Geräuschpegel der Gruppe inzwischen auf fast null gesenkt hatte, war mir nur allzu deutlich bewusst. Der Ausdruck in den Gesichtern von Cassidy und Ally ließ mich die Augen verdrehen und lachen. »Locker bleiben, die sind von meiner doofen Tante, genauso wie der ganze andere Kram, den wir gerade eingesammelt haben.«

In Cassidys Augen leuchtete Erkenntnis auf. Es fehlte bloß noch die Glühbirne über ihrem Kopf, wie in den Zeichentrickfilmen. »Ich hätte mir denken können, dass Colleen was damit zu tun hat.«

»Aber ehrlich.« Ich schüttelte den Kopf.

Cassidy stupste Ally leicht in den Rücken und sie ging vor zur Kasse, um zu bestellen. Alle anderen rückten auf, sodass ich freie Sicht auf Schroeder hatte, der mich enttäuscht anstarrte. Sobald er meinen Blick bemerkte, sah er wieder hinauf zur Anzeigetafel, aber seine Körperhaltung blieb angespannt.

Ich hatte ihn nie zuvor prüde erlebt, deshalb konnte ich auch nicht glauben, dass er mir jetzt wegen Kondomen, die ich überhaupt nicht benutzen wollte, die kalte Schulter zeigte, aber der Typ war heute Abend einfach total komisch drauf. Vielleicht war ich durch Ryans Theorie aber auch besonders empfindlich. Nein, ich konnte mir nicht vorstellen, dass ich mir das alles nur einbildete – ich hatte schon subtilere Temperaturveränderungen erlebt, wenn ich unter der Dusche stand und Phil im anderen Bad die Klospülung drückte.

Vielleicht sollte ich ihn mal auf seine Stimmungsschwankungen ansprechen. Und diesmal würde ich mich nicht entschuldigen, wie Ryan es vorhin von mir verlangt hatte. Am besten würde ich warten, bis wir auf der Party waren, und dann dort den richtigen Augenblick abpassen. Und da ich jetzt einen Plan hatte, konnte ich auch meine widerlichen, aber trotzdem irgendwie befriedigenden Tacos genießen. Mit kondomfreier Soße.

KAPITEL 22

in dem Troy das Bewusstsein verliert und ich von den Star-Sportlern gekidnappt werde

KOPF

Ich war zur Geisel geworden.

Nach der Prügelei auf dem Parkplatz waren Amy und der berühmt-berüchtigte Rob mit quietschenden Reifen abgerauscht und mein Bruder und seine Freunde wieder eingestiegen. Vom Nach-Kampf-Adrenalin waren alle wie berauscht.

Offenbar macht Prügeln Appetit, denn Doug erklärte, dass er gleich verhungern würde, und den anderen Jungs ging es offensichtlich genauso. Den Mädchen schien das egal zu sein, und mein schwacher Protest, dass wir doch die Promcrew bei Blanchard treffen wollten, traf auf taube Ohren.

Der Chauffeur fuhr die Stretch-Limo also jetzt genau entgegengesetzt meines eigentlichen Ziels und irgendjemand hatte die Musik voll aufgedreht. Troy, dem Randi einige Flaschen Wasser über die Hose gekippt hatte, ehe er wieder einsteigen durfte, nahm drei große Schlucke aus der letzten Flasche, die mit was auch immer gerade rumging, und stieß einen furchterregenden Rülpser aus, ehe er die Augen verdrehte und ohnmächtig wurde.

»Ist alles in Ordnung mit ihm?«, fragte ich Austin, der neben mir saß.

Er sah nicht von seinem Versuch, mit der Hand unter Olivias Oberteil zu fassen, auf, aber sagte: »Alles in Ordnung.«

»Super.« Ich seufzte. Mein Kopf drehte sich immer noch vom Wodka, aber es war nicht mehr das angenehme, träumerische Gefühl von vorhin. Jetzt war ich mir nicht mehr sicher, ob die Limo um eine Kurve fuhr oder sich das Ganze nur in meinem Kopf abspielte. Ich suchte nach meiner Tasche und wurde dabei fast von Randi an den Kopf getreten, die Dougs Annäherungsversuchen deutlich aufgeschlossener gegenüberstand als Olivia denen von Austin.

Ich musste hier raus.

Das einzige Positive an den Fummeleien rechts und links von mir war, dass die vier so weniger Platz brauchten. Ich schaffte es, meine Tasche zu öffnen und vorsichtig mein zerbrochenes Handy herauszufischen. Auf dem Bildschirm war schon eine ganze Reihe SMS zu sehen.

Cassidy: *Notfallstopp bei Taco Bell, sind gleich da.*

Cassidy: *Willst du was von T-Bell?*

Cassidy: *Hal-lo <anstups>*

Kim: *Chance vorbei. Sind gerade bei T-Bell raus.*

Cassidy: *Wo bist du?*

Cassidy: *Wo bist du????*

Ich tippte schnell eine Antwort. *Troy hat die Hose ausgezogen. Prügelei auf dem Parkplatz. Bin gekidnappt worden. Hilfe!*

Die Antwort kam fast sofort.

Cassidy: *OMG, alles okay? Wo bist du?*

Ich tippte eine längere Version, aber es war nicht einfach, sich bei der ganzen Amateurpornografie rechts von mir zu konzentrieren. Hoffentlich hatte ich alles einigermaßen verständlich erklärt.

Cassidy: *Kommst du noch???*

Ich: *Ja. Gleich.*

Ich: *Hoffe ich.*

Lisa: *Steig aus. Marcus holt dich ab.*

Ich: *Wir fahren doch noch.*

Lisa: *Sobald ihr anhaltet.*

Cassidy: *Vergiss es! Spring!!!!*

Ich: *ICH WERDE NICHT AUS EINEM FAHRENDEN AUTO SPRINGEN!*

Als die Limousine auf den Parkplatz eines Diners einbog, rutschte mir das Herz in die Hose.

»Ich dachte, wir fahren zu einem Drive-in oder so«, sagte ich, aber niemand hörte mir zu.

»Hey, Rafferty!« Phil stieß Troy mit dem Ellbogen an, um ihn aufzuwecken, aber er rührte sich nicht. Phil zuckte die Schultern und öffnete die Tür. »Gehen wir.«

Doug machte eine abwehrende Handbewegung. »Geht ihr ruhig schon rein«, murmelte er.

Ich machte Platz, als Randi ihr Bein über Doug schwang, um sich auf seinen Schoß setzen zu können. Obwohl mir der Hintern immer noch von dem Sturz auf dem Parkplatz wehtat, machte ich mich vom Acker. Schnell. Auf keinen Fall wollte ich erleben, was als Nächstes passierte. Auf dem Weg zur Tür warf ich einen Blick auf Troy, aber er rührte sich nicht. Er atmete geräuschvoll durch den Mund und sabberte ein wenig.

Audrey Hepburn würde so was nie mit sich machen lassen.

Ich rannte ein Stück, damit ich Phil einholen konnte, und boxte ihm gegen die Schulter. »Das dauert doch viel zu lang. Können wir nicht einfach weiterfahren zur Party?«

»Ich hab Hunger.«

»Phil, meine Freunde warten auf mich.«

Er zuckte mit den Schultern. »Dann hättest du mit ihnen fahren müssen.«

Ich blieb stehen und ballte die Hände zu Fäusten. In mir

kochte so viel Wut hoch, dass ich richtige Magenkrämpfe bekam und meine Muskeln vor Anspannung zitterten.

Tara klopfte mir auf die Schulter, als sie an mir vorbeiging. »Hättest du lieber noch einen Schluck getrunken, als die Chance da war.« Sie drehte sich zu mir um. »Glaub mir, das macht vieles leichter.«

Baum. Borke. Ich dazwischen.

Zurück in die Limo konnte ich nicht, denn ich hatte keine Lust auf die Randi-und-Doug-Show. Ins Diner wollte ich auch nicht. Was ich wollte, war, Phil eins mit meiner Handtasche überziehen. Oder mit einem Baseballschläger.

Ich holte mein Handy wieder raus, setzte eine Not-SMS an Lisa ab und bettelte darum, dass mich jemand abholte. Es dauerte viel zu lange, bis sie sich meldete. Aus lauter Frust sammelten sich schon ein paar Tränen in meinen Augen und mir lief die Nase.

Lisa: *Ich kann Marcus nicht finden. Warte kurz.*

Genau in diesem Moment ging die Tür der Limousine auf und eine stocksauer aussehende Randi kam heraus. Sie zog kurz an ihrem Kleid, um es zu richten, und machte sich ohne einen Blick zurück auf den Weg zum Diner. Ein paar Minuten später stieg auch Doug aus. Er wirkte genervt, hatte aber keine Eile, seine Hose zuzuknöpfen und sich über die Frisur zu streichen. Er sah mich in der Nähe des Eingangs an einem geparkten Auto lehnen. »Was ist denn mit dir?« Es klang nicht nach Sorge oder Neugier. Eher gereizt.

Ich starrte ihn an. »Gar nichts.«

»Von mir aus.« Er ging vorbei und verschwand im Diner, während ich zurück zur Limo ging.

Ich dachte kurz darüber nach, an das Beifahrerfenster zu klopfen und den Fahrer zu fragen, ob ich vorne bei ihm sitzen konnte, aber ich war nicht wirklich in der Stimmung für Small

Talk. Also kletterte ich wieder auf den Rücksitz und achtete sorgfältig darauf, jeglichen Kontakt mit Troy zu vermeiden, damit er nicht aufwachte.

Dann saß ich ganz allein in der Ecke. Aus Selbstmitleid trank ich noch ein paar Schlucke von dem Wodka. Entweder das oder ein Amoklauf mit einem Löffel.

Memo an mich: Löffel finden. Für alle Fälle.

KAPITEL 23

in dem ich lerne, was ein Spinett
und wie weise Ryan ist

ZAHL

Mein Plan, Schroeder nach dem Taco-Bell-Besuch zur Rede zu stellen, war ja im Prinzip nicht schlecht, aber leider konnte ich ihn nirgends finden. Ich wusste, dass er mit uns zu Blanchard gekommen war. Ich war direkt hinter ihm ins Haus gegangen, hatte nur kurz geblinzelt und währenddessen schien er durch ein Wurmloch in eine andere Dimension gesprungen zu sein. Wo ich auch suchte, ich fand keine Spur von ihm.

Bei meiner Suche stieß ich auf die irrwitzigsten Dinge. Manches war romantisch, wie das Pärchen, das nicht wusste, dass ich sie sehen konnte. Er gab ihr einen Kuss und sie lächelte und legte ihre Stirn an seine. Manches war lustig, wie die beiden Kerle, die eine beeindruckende Vorstellung von einem Lady-Gaga-Tanz gaben. Manches war deprimierend, wie das Mädchen, das auf den Kellerstufen saß und weinte. Und manches war geradezu verstörend, wie mein Bruder, der in der Garage auf einer Tischtennisplatte lag, mit einem Trichter im Mund, in den jemand, den ich nicht kannte, ein Bier schüttete.

Niemand schien zu wissen, wo Schroeder war. Mir taten schon die Füße weh, als ich zum dritten Mal an diesem Abend die Stufen zum Obergeschoss hochstieg. Zu diesem Zeitpunkt war ich ziemlich sicher, dass er mir absichtlich aus dem Weg ging, dennoch liefen meine Beine wie von selbst weiter, um Zimmer für Zimmer des lächerlich riesigen Blanchard-Hauses nach ihm abzusuchen. Pardon, der Villa.

Im Obergeschoss waren viele Türen geschlossen, und ich war mir sicher, dass sich hinter einigen davon Szenen abspielten, die ich lieber nicht sehen wollte. Ich kam mir vor wie ein Perversling, als ich vor jeder geschlossenen Tür lauschte, ob sich dahinter vielleicht etwas Nicht-Jugendfreies tat. Am Ende des Flurs hörte ich schließlich vor einer Flügeltür den leisen Klang klassischer Musik.

Bereit, es zu riskieren, öffnete ich langsam die Tür und spähte durch den Spalt, um sicherzugehen, dass ich niemanden störte.

Jackpot. Schroeder saß an einem kleinen Klavier unter einem breiten Sprossenfenster.

»Hey«, sagte ich leise und ging von vorne auf ihn zu, damit er mich sehen konnte.

»Hey.« Er sah nicht auf, nahm aber die Finger von den Tasten. Sie tanzten einen Moment lang über dem Elfenbein, ehe sie eine neue Position einnahmen. Mit der rechten Hand schlug er die ersten Takte von »Für Elise« an. Bei diesem Klang regte sich sofort Wehmut in mir und ich presste die Fingerspitzen gegen das Brustbein.

Jetzt beteiligte sich auch die linke Hand und eine ganze Zeit lang sah ich ihm einfach nur beim Spielen zu. Als Kind hatte ich zwar auch Klavierunterricht gehabt, aber auf dieses Niveau war ich nie gekommen. Ich schob das gerne auf meine kleinen Hände, aber in Wahrheit hatte ich einfach nicht genug Interesse für das Instrument aufgebracht.

Während ich Schroeder zusah, wünschte ich mir, ich hätte das Klavierspielen nicht aufgegeben.

Als er zum schnelleren Mittelteil des Stücks kam, ließ er die Töne allmählich verstummen und drehte sich ein Stück zu mir herum. »Wolltest du was Bestimmtes?«

»Ich höre dir gerne zu«, sagte ich. »Schließlich bist du Schroeder.«

»Mmm.« Er legte die Hände in den Schoß. »Wahrscheinlich dürfte ich gar nicht hier drin sein.«

»Es scheint niemanden zu stören.« Ich zuckte mit den Schultern. »Außerdem wundert es mich, dass sie nur so ein kleines Klavier haben. In so einem Haus erwartet man doch eher einen dieser riesigen glänzenden Flügel.«

»Das hier ist ein Spinett«, erwiderte er, als ob ich wüsste, was das bedeutet. »Das scheint hier ein Übungsraum für die anderen Instrumente zu sein.« Er deutete auf ein paar Notenständer und einen Geigenkoffer auf dem Boden. »Der Flügel steht unten. Hast du ihn nicht gesehen?«

»Oh.« Ich erinnerte mich an meine zahlreichen Wanderungen durch das Wohnzimmer. Er hatte recht, dort stand genau das Hochglanzprunkstück, das ich mir vorgestellt hatte, in einem von Fenstern umrahmten Alkoven. »Ach so. Muss schön sein, wenn man reich genug für zwei Klaviere ist.«

Er lächelte leicht. »Sag bloß.«

Ich spitzte den Mund und wartete darauf, dass er noch was sagen würde. Tat er aber nicht. »Was ist denn heute Abend mit dir los?«

»Hab ich dir doch schon gesagt, ich kann Frank Blanchard nicht leiden.«

»Das meine ich doch gar nicht. Warum bist du denn heute so komisch zu mir?«

Er sah mir in die Augen. »Ich bin nicht komisch zu dir.«

»Du benimmst dich so merkwürdig.«

»Wenn du das sagst.« Er wandte sich wieder dem Instrument

zu und schloss sorgfältig den Deckel über die Tasten. Fast so, als ob er auch auf unser Gespräch einen Deckel legen wollte, was mich echt wütend machte.

»Ja, das sag ich. Wir tanzen und haben Spaß und einen Moment später lässt du mich nicht mal auf die Gruppenfotos.«

Sein Körper versteifte sich, aber sein Gesicht konnte ich nicht sehen.

»Ich hab doch recht, oder? Du bist sauer auf mich.«

»Nein«, sagte er nach einer langen Pause.

Ich marschierte hinüber zum Klavierhocker und starrte die Seite seines Kopfes an, bis er es nicht mehr aushielt und mich ansah. »Warum führst du dich denn dann so schrecklich auf? Ich hab mich doch schon dafür entschuldigt, dass ich nicht mit der Promcrew auf den Ball gegangen bin, und du hast gesagt, es wäre okay, aber du benimmst dich nicht so.«

»Du hast Ryan geküsst.«

»Was?« Ich machte verwirrt einen Schritt zurück, ehe mir einfiel, wie ich vor Freude total überreagiert hatte, als Ryan bei Taco Bell mein Etui gefunden hatte.

»Ich hab's gesehen. Wir alle.«

»Na und? Ich war einfach total froh, dass er meinen Führerschein und mein Geld gefunden hat.«

Er schüttelte den Kopf. »Die ganze Zeit über hast du uns erzählt, dass du keine Beziehung willst, mit niemandem, und plötzlich ist das alles vergessen.«

»Was?« Verwirrt starrte ich ihn an. »So war das doch gar nicht. Es war nichts …«

»Egal, ich verstehe einen Wink mit dem Zaunpfahl.«

»Was redest du denn da?«

»Ich sag bloß, wenn du mit jemandem nicht zusammen sein willst, musst du doch nur Nein sagen, statt eine blödsinnige Regel aufzustellen, damit … ja was? Damit du dich besser fühlst?«

»Schroeder, ich hab keine Beziehung mit Ryan. Glaub mir. Was interessiert dich das überhaupt?«

Mit einem frustrierten Brummen stand er auf. »Es interessiert mich ja gar nicht.« Aber dann verzog er das Gesicht und presste sich die Fäuste an die Schläfen. »Ich hab dich gern, okay? Ich wollte dich zum Prom einladen, aber dann hab ich's wegen deiner blöden Regel nicht getan, aber du – du tauchst einfach mit Ryan auf, und ...« Er spreizte die Finger und nahm die Hände herunter. »Weißt du was, vergiss es. Ich will nicht mal drüber reden.«

Das Herz schlug mir bis zum Hals und meine Nerven flatterten, als ich zusah, wie er auf die Tür zuging. Ich hatte das Gefühl, als hätte man mich geradewegs in ein Spiel geworfen, dessen Regeln ich nicht kannte und wo niemand lang genug mit dem Spielen aufhörte, um mir alles zu erklären. »Warte! Du verstehst das nicht – Schroeder, warte!«

Er wirbelte ungeduldig zu mir herum. »Was?«

»Ich bin nicht mit Ryan zusammen.«

»Okay.«

»Wirklich nicht!«

»Ich habe doch okay gesagt«, wiederholte er.

»Ich will nur, dass du das weißt.«

Er seufzte. »Warum bist du dann mit ihm zum Prom gegangen?«

»Weil er mich eingeladen hat!«, rief ich.

»Mehr braucht es also nicht, um deinen großen Kein-Dating-Grundsatz umzuschmeißen? War ja nicht gerade in Stein gemeißelt.«

»Glaub mir, wir sind nicht als Paar gekommen.« Ich schüttelte den Kopf.

»Weiß er das auch?«

»Oh mein Gott, ja.«

»Bist du dir sicher? Weil mich persönlich das immer ein wenig verwirrt, wenn Mädchen, die ich eingeladen habe, mich vor versammelter Mannschaft küssen.«

»Schroeder. Vertrau mir.« Ich hielt beide Hände hoch. »Ryan ist *nicht* an mir interessiert.«

»Das weißt du doch gar nicht.«

»Doch.« Ich versuchte, Augenkontakt mit ihm herzustellen, aber das ließ er nicht zu. Wie sollte ich ihn denn meine Gedanken lesen lassen, wenn er mich gar nicht ansah? Er sollte Ryans Geheimnis erraten. Dann hätte ich mein Versprechen Ryan gegenüber nicht gebrochen, denn ich hätte ja nichts gesagt.

»Und warum hat er dich dann eingeladen?«

»Weil wir Freunde sind«, rief ich.

»Dann hoff mal lieber, dass du recht behältst, denn wenn nicht …« Er schüttelte langsam den Kopf.

»Was dann?«, fragte ich, die Hände in die Hüften gestützt.

Er zuckte die Schultern. »Ich schätze, das wäre dann ziemlich herzlos von dir, oder?«

»Weißt du was, jetzt reicht's mir mit dir.« Ich machte einen Schritt auf ihn zu und flüsterte laut direkt vor seinem Gesicht. »Du bist so gemein zu mir, dabei hab ich gar nichts gemacht.« Bevor er protestieren konnte, hielt ich ihm den Finger vor die Nase. »Ich wusste überhaupt nicht, dass du auf mich stehst. Und wessen Schuld ist das? Deine! Wenn du mich zum Prom einladen wolltest, hättest du mich einfach fragen müssen. Du kannst jetzt nicht rumjammern, nur weil jemand anders sich was getraut hat, wozu du keinen Mumm hattest. Ich habe es satt, mich dafür bei dir zu entschuldigen.« Ich stieß ihm den Finger gegen die Brust. »Ich hab nichts gemacht. Krieg dich wieder ein.«

Zitternd und kurz vor einem Tränenausbruch – Gott, wie ich Konfrontationen hasse –, wandte ich ihm den Rücken zu.

Er streckte nicht die Hand nach mir aus. Sagte nicht mal was. Er drehte sich um und ging.

So, sagte ich mir, *jetzt hast du das geschafft, was du dir vorgenommen hattest.*

Warum fühlte ich mich dann bloß so mies?

KAPITEL 24

in dem Troy irgendwohin verschwindet und sich rausstellt, dass ich turnerisch unbegabt bin

KOPF

Keine Ahnung, wie lange ich dagesessen und der Musikauswahl des Chauffeurs – Country, wie sich herausstellte – zugehört hatte, aber als die anderen zurückkehrten, war ich wieder angenehm beschwipst.

»Also los«, rief Doug, als Phil die Tür hinter sich zumachte. »Auf zu Blanchard!«

Ich fand es sehr großherzig von mir, dass ich ihm nicht mit der Flasche Wodka in meiner Hand eins überzog.

Der Mitternachtsimbiss im Diner schien ihnen gutgetan zu haben, denn auf der Fahrt lachten und schnatterten alle miteinander. Sogar die miesepetrige Olivia lächelte ab und zu und versuchte nicht mehr, Austins Grapschversuche abzuwehren. Mir gegenüber schnarchte Troy selig. Eigentlich beneidete ich ihn sogar. Deshalb lehnte ich mich zurück und schloss die Augen.

Morgen auf Tara will ich über all das nachdenken. Dann kann ich es ertragen.

Ich ließ die Augen zu, bis die Limo bei Frank Blanchards Haus anhielt. Oder sollte ich lieber Villa sagen? Obwohl ich mich bemühte, nicht allzu auffällig mit offenem Mund dazustehen, als ich auf die lange Einfahrt hinaustrat, weiß ich nicht, ob es mir gelungen ist. Das Haus war riesig. Das Wort Château drängte sich mir auf. Steinmauern und hohe Spitzdächer über mannshohen Fenstern. Die Außenmauern und einige der Bäume auf dem schräg abfallenden Rasen wurden von in den Boden eingelassenen Lampen angestrahlt.

»Ach, du liebe …« Ich presste die Lippen zusammen, ehe Phil und seine Truppe fröhlicher Sportstars mich beim Starren erwischten.

»Wird ja Zeit«, murrte Randi, als sie ausstieg. »Ich muss pinkeln.« Mit diesen Worten rannte sie auf das Haus zu und ließ uns alle stehen.

»Kommt mit, wir gehen gleich nach hinten. Die sind bestimmt sowieso alle draußen«, schlug Tara vor.

»Warte mal, wir müssen erst noch Troy rausholen.« Phil deutete auf die Limo.

»Der Fahrer hat jetzt Feierabend«, stimmte Doug ihm zu. »Wir brauchen einen Platz, wo wir Troy ablegen können.«

Olivia seufzte. »Bringt ihn doch einfach ins Haus und wir treffen uns dann draußen am Pool.«

Ich hatte null Ahnung, wohin ich gehen sollte. Wo konnten meine Freunde denn sein? Wahrscheinlich war es am sichersten, mich an die Mädchen zu hängen, die gerade um das Haus herumgingen. Tara hatte behauptet, dass alle im Garten wären, und ich wollte ganz bestimmt nicht im Spritzbereich stehen, wenn Troy zu sich kam und eine Wiederholungsvorstellung seiner rekordverdächtigen Kotzaktion gab.

Tara und Olivia waren schon ein paar Schritte gelaufen, als sich Tara umdrehte: »Kommst du, Heart?«

Ich joggte hinter ihnen her, um sie einzuholen, aber das war ein kolossaler Fehler. Der Boden unter meinen Füßen schien verdächtig zu schwanken, und ich musste beide Arme ausstrecken, um das Gleichgewicht zu halten. »Upps!«

»Alles in Ordnung?«, fragte Tara.

Ich nickte und blinzelte hektisch.

»Du bist betrunken, stimmt's?«, erkannte Tara.

»Vielleicht.«

Die beiden kicherten. »Ach, sind sie nicht süß, wenn sie so jung und unschuldig sind.« Olivia machte ein Ist-sie-nicht-niedlich-Gesicht.

Ich zeigte große innerliche Stärke und Integrität und verkniff mir, sie zu treten.

»Ich schau mich mal nach meinen Freunden um«, sagte ich stattdessen und lief ein bisschen schneller, um den Abstand zwischen ihnen und mir zu vergrößern. Ich hatte mein Limit erreicht.

Vor etwa fünf Stunden.

Zuerst sah ich Cassidy, wie sie auf einem dieser gigantischen Trampoline herumsprang. Das stand zwar in einer eher dunklen Ecke des Gartens, aber Cass' blonde Haare und das pinke Kleid waren unverwechselbar. Jedes Mal, wenn sie hochsprang, fing sich das Licht darin. Außerdem lachte und redete sie die ganze Zeit, deshalb war sie schwer zu übersehen.

»Warte!«, rief sie jemandem zu, der am Rand des Trampolins stand. »Warte! Diesmal mach ich's, versprochen!«

»Ja, schon klar«, antwortete Neel aus dem Schatten. »Das schaffst du nicht.«

»Cass!«, rief ich und joggte hinüber zum Trampolin.

Sie drehte sich zu mir um und strahlte. »Heart! Oh mein Gott, du lebst!« Sie streckte die Beine aus und ließ sich ein paarmal auf den Hintern fallen, bis ihr Schwung verpufft war und sie vom Trampolin klettern und mich überschwänglich umarmen konnte.

»Oh mein Gott! Wo warst du denn bloß? Wir haben uns solche Sorgen um dich gemacht!«

»Ja, das sehe ich.« Grinsend deutete ich auf das Trampolin.

»Komm, wir springen zusammen!« Sie zog mich an den Armen mit, bis ich neben ihr auf das Gerät kletterte. »Na los, spring!«

Ich konnte nicht mit ihrem Rhythmus Schritt halten und fiel auf die Knie. Eigentlich geht man ja nicht davon aus, dass eine federnde Oberfläche schmerzhaft sein kann, aber wenn man am gleichen Abend schon einen recht heftigen Schlag aufs Steißbein bekommen hat, dann erinnert einen auch der kleinste Kontakt daran. »Au!«, keuchte ich, als Cassidy gerade wieder landete und ich mit dem Gesicht nach unten auf das Netz knallte und auf Gesicht und Bauch noch ein paar Sprünge lang nachschwang.

Trotzdem konnte ich nicht aufhören zu lachen. Ich war einfach nicht in der Lage, mich so weit zu kontrollieren, dass ich nicht dauernd hoch- und auf dem Netz hin- und hergeworfen wurde. Ich taumelte gegen Cassidys Beine und warf sie um, und dann lagen wir beide lachend da, während den Sprungfedern die Puste ausging.

»Das war allerhöchstens eine zwei Komma drei«, rief Neel vom Rand.

»Pah!«, verkündete Cassidy. »Der russische Kampfrichter ist total parteiisch!« Und dann fing sie wieder an zu kichern.

»Hey, Heart!«, sagte Neel. »Gab's bei euch echt eine Prügelei?«

Ich hob den Kopf an und pustete ein paar Locken aus dem Gesicht. »Die gab's *und* die bekloppte Amy Byers hat mich umgeschubst!«

»Was?«, fragte Cassidy nach, während sie sich hinsetzte.

»Oh, Weibercatchen. Wow.« Neel nickte grinsend.

»Ist dir was passiert?«, fragte Cassidy.

»Na ja …« Stöhnend rollte ich mich auf den Rücken und keuchte den Mond über mir an. »Wenn ich ehrlich bin, tut mir der Hintern ganz schön weh.«

Neel schnaufte und Cass kicherte.

»Aber sonst geht's.« Ich machte eine – wie ich hoffte – triumphierend wirkende Handbewegung.

»Oh mein Gott.« Cassidy kniete sich hin und kroch näher auf mich zu. »Warte mal – bist du betrunken?«

»Nein.« Ich schüttelte den Kopf und der Mond kippte aus seinem Orbit. Ich schlug mir die Hände vor die Augen.

»Doch, bist du!« Cassidy lachte. »Ich hab dich noch nie betrunken gesehen. Neel, sie ist total betrunken!«

»Wow!«, wiederholte Neel.

»Komm mal mit!« Cassidy zog mich am Handgelenk, während sie sich zum Rand des Trampolins vorkämpfte. Sie kletterte hinunter und gestikulierte wild, dass ich ihr folgen sollte. Zwar schaffte ich es nicht ganz so graziös, aber ich war unten. Manchmal ist der Weg eben doch nicht das Ziel.

Sobald ich auf festem Boden stand, schnappte sich Cassidy meine Hand und zog mich hinüber zur besser erleuchteten Terrasse. Obwohl das ungefähr so war, als ob man die Freiheitsstatue als Statuette bezeichnete. Auf der Terrasse gab es eine Küchenzeile, einen riesigen Pool, ein kleines Gebäude, das vermutlich irgendwas mit dem Pool zu tun hatte, massenhaft Liegen und Stühle und eine Feuerstelle.

Zuerst trafen wir auf Ryan und Ally und Cassidy präsentierte mich wie ein stolzes Kind ein selbst gemaltes Bild. »Seht euch das an, Heart ist betrunken!«

»Ich bin nicht betrunken«, beharrte ich.

Ally lachte. »Doch, bist du.«

Ich schüttelte den Kopf. Cassidy winkte ein paar weitere Promcrew-Mitglieder heran, um mit mir anzugeben. Die meisten von ihnen lachten oder wollten wissen, wo sie sich ein Glas beschaffen könnten, aber darauf konnte ich nichts antworten. Es gab auch eine Menge Kommentare dazu, dass ich endlich da war, und viele Fragen zu den Ereignissen unterwegs.

»Du hast dich tatsächlich mit Troy in die Limo gesetzt und dich *betrunken*?«, fragte Schroeder.

»Ich bin nicht betrunken«, wiederholte ich zum achten Mal und schüttelte vehement den Kopf.

»Das glaub ich jetzt nicht«, sagte er.

Mit einem wütenden Blick wich ich zurück. »Wie bitte?«

»Ich kann nicht glauben, dass du so blöd bist.«

»Mann, mach hier nicht einen auf Magengeschwür auf zwei Beinen!« Sobald die Worte heraus waren, grinste ich. Das war eine gute Antwort gewesen.

Er starrte mich an. »Von mir aus, mach doch, was du willst.«

»Welche Laus ist dir denn über die Leber gelaufen?« Ich blinzelte und stellte fest, dass ich jetzt auch schon mit diesen inneren Organen anfing. *Du musst deinen metaphorischen Horizont erweitern, meine Liebe*, empfahl ich mir selbst.

»Bist du nicht auf den Gedanken gekommen, dass es in Troys Gegenwart gefährlich sein kann, dich außer Gefecht zu setzen?«

Ich machte eine abwehrende Handbewegung. »Der war doch total ausgeknockt. Kein Problem.«

»Trotzdem war niemand da, der auf dich aufgepasst hat.«

»Äh, hallo? Mein *Bruder* war dabei.«

Er starrte mich eine Sekunde lang nur an, sah dann weg und murmelte: »Was soll's.«

»Hey!« Ich stieß ihm mit der Hand an die Schulter. »Echt jetzt, was ist denn los mit dir?«

»Hmm, lass mich mal nachdenken.« Er klopfte sich mit dem Finger laut genug ans Kinn, dass ich das Geräusch sogar über die Menschen im Pool und die Musik aus den versteckten Lautsprechern hinweg hören konnte. »Vielleicht, dass ich dir geholfen habe, vor deinem blöden Date zu fliehen, du aber sofort zu ihm zurückgehst, sobald dein Bruder mit den Fingern schnippt?«

»So war das doch gar nicht!« Ich griff nach dem nächstbesten Stuhl, um mich ein bisschen zu stabilisieren.

»Und dann tauchst du anderthalb Stunden lang nicht auf dieser blöden Party auf ...«

»Und? Jetzt sind wir doch alle hier.«

»Wenn du bei uns geblieben wärst, wären wir nie hergekommen!«

»Wer ist denn wir?« Ich zeigte um uns herum, wo niemand stand. Unsere Freunde hatten sich still und heimlich verdrückt, als Schroeder angefangen hatte rumzuzicken. »Außer dir amüsieren sich alle. Was genau ist denn dein Problem?«

Er runzelte die Stirn. »Nichts, was dich angeht.« Und damit ließ er mich stehen und ging auf die Poolanlage zu. Aber so leicht kam er mir nicht davon. Ich stürmte ihm hinterher. Allerdings ging er ziemlich zügig und erst kurz vor den Schiebetüren zum Haus hatte ich ihn eingeholt.

»Lass mich nicht einfach so stehen!«, rief ich und fasste um ihn herum an den Türgriff.

»Warum nicht? Hast du doch auch gemacht.«

»Wann?«

Er hielt einen Finger hoch. »Erstens, als du mich abserviert hast, um mit Captain Neandertal zum Prom zu gehen. Zweitens, als du dir von Phil hast befehlen lassen, wo es nach dem Ball hingeht.«

»*Dich* abserviert?« Ich beugte mich vor. »Warum nimmst du das alles so persönlich?«

Er öffnete den Mund, schloss ihn wieder, schüttelte den Kopf, wischte meine Hand vom Türgriff und ging ohne ein weiteres Wort hinein in die Küche.

Noch mal würde ich ihm nicht hinterherlaufen. Offensichtlich war er wegen irgendetwas eingeschnappt, aber das konnte keinesfalls meine Schuld sein. Super.

Ich ging zurück zur Treppe und ließ mich auf die Stufen fallen. Autsch. Inzwischen war ich sogar noch mürrischer als vor unserer Ankunft. Eigentlich sollte das hier der Moment sein, von dem an sich mein Abend rasant verbesserte. Warum war denn diese Veranstaltung so gemein zu mir? Was hatte ich denn getan?

Der Bereich, der sofort nach Beginn meines Streits mit Schroeder einer Geisterstadt geähnelt hatte, war plötzlich sehr belebt. Ein paar meiner Freunde standen eng zusammen und schwatzten wie die Spatzen.

»Was?«, schnauzte ich sie an.

»Oh, da hat aber jemand schlechte Laune.« Ally sah mich aus den Augenwinkeln an.

»Ja, Schroeder.«

»Scheint ansteckend zu sein. Heart, meine Liebe«, sagte sie, »hast du dich mal angesehen?« Sie zeigte mit dem ausgestreckten Finger auf mich.

Ich weigerte mich, ihrer Aufforderung nachzukommen, und rollte stattdessen mit Kopf und Schultern und ließ beides in eine natürliche Position zurückfallen. »Keine Ahnung, wovon du sprichst.«

»Aha.«

Neel beugte sich zu Ryan hinüber und demonstrierte mir sein bestes Bühnenflüstern. »Sollen wir es ihr sagen?«

»Mir was sagen?«

Ryan schüttelte den Kopf. »Ich glaube nicht, dass sie dafür schon bereit ist.«

»Da könntest du recht haben.« Neel nickte und stellte sich wieder neben Ally.

»Worüber redet ihr denn da?« Mir schwirrte der Kopf. Nicht, weil ich betrunken war, denn das war ich nicht. Wahrscheinlich.

»Nichts, worüber du dir Gedanken machen musst, mein Schatz.« Neel zwinkerte mir zu.

»Ihr seid echt blöd.«

Ryan räusperte sich. »Übrigens, danke, dass ich deine Karte haben durfte. Hat viel Spaß gemacht heute Abend mit den anderen.« Er deutete mit dem Kopf hinüber zu Neel und Ally.

»Ach, Mensch.« Neel machte eine große Show daraus, verlegen zu wirken.

»Dann hatte ja zumindest einer Spaß heute Abend.« Ich stützte den Kopf auf eine Hand. »Mir reicht's jedenfalls für heute.«

Neel tat so, als ob er auf die Uhr sehe. »Noch lange nicht.«

Ich stöhnte und ließ meinen gesamten Oberkörper auf die Knie kippen, sodass ich wie ein lavendelfarbener Tüllhaufen aussah. »Echt jetzt. Was hab ich bloß getan, um das hier zu verdienen?«

»Ist das eine rhetorische Frage?«, kam es von Ryan.

Ich sah ihn an und versuchte zu erkennen, ob das sein Ernst war. Aufgrund seines Grinsens entschied ich mich für »nein«. »*Fais attention*«, warnte ich ihn auf Französisch, wodurch er nur noch mehr grinste.

»*Moi?*«, fragte er.

»So!« Neel unterbrach unser kleines Tête-à-Tête und setzte sich im Schneidersitz auf die Veranda. »Was können wir tun, um deinen Abend zu retten, Heart LaCoeur?«

Ich seufzte. »Saugt mir den Wodka aus dem Blut und sagt Schroeder, dass er nicht sauer auf mich sein soll. Was hab ich ihm überhaupt getan? Er hasst mich richtig, dabei ist keiner außer ihm sauer auf mich. Ihr seid doch nicht sauer auf mich, oder?«

»Er hasst dich nicht.« Ally setzte sich zu uns, schlug die Beine übereinander und breitete ihr kurzes Rockteil über dem Schoß aus. »Im Gegenteil.«

»So sieht es aber für mich aus.«

»Nun ja«, sie glättete ihr Kleid noch ein bisschen weiter, »du hast die Promcrew wirklich abserviert.« An ihrem schrägen Blick erkannte ich, dass sogar sie ein bisschen sauer deswegen war.

»Für einen guten Zweck!«

Neel schnaubte. »Klingt eher nach einem ziemlich schäbigen Zweck.«

»Gut, aber das konnte ich doch nicht wissen!«

»Bei mir wäre es auch für einen guten Zweck gewesen«, ließ sich Ryan vernehmen und setzte sich als Letzter zu uns auf den Boden.

Schuldgefühle umfingen mich wie die Greifarme eines Tintenfischs und flüsterten mir »Hättest du« ins Ohr. »Ich weiß.«

»Glücklicherweise waren wir ja da, um dein Chaos in Ordnung zu bringen.« Neel klopfte Ryan aufs Knie.

Ich kniff die Augen zusammen. Ryans Lächeln lenkte mich für einen Augenblick von meinen eigenen Sorgen ab. Neels Geste war mir gerade ein wenig vertrauter vorgekommen, als ich es von meinen männlichen Freunden gewohnt war.

Interessant …

»Und es stimmt, dass du die Ticketpartnerin von Chase warst«, fuhr Ally fort.

»Und?«

»Ist dir schon mal der Gedanke gekommen, dass das vielleicht kein Zufall war?«, fragte Neel.

»Nein.«

Neel seufzte und wandte sich an Ryan. »Du hast recht, sie ist noch nicht bereit dafür.«

»Sag ich doch.« Ryan beugte sich vor und stupste Neel an die Schulter.

»Wofür bereit?«

»Ach Mensch, Heart, jetzt benutz doch mal dein Hirn.« Ally warf frustriert den Kopf zurück und wurde ziemlich laut.

Erschrocken zuckte ich instinktiv zurück.

»Ganz ruhig, Al«, sagte Neel.

»Ich bitte euch!« Ally hielt die Handflächen hoch, die rechte höher als die linke. »Heart kommt nicht mit der Promcrew zum Ball und taucht auch später nicht dort auf, wo sie angeblich hinwill.« Ihre Hände tauschten die Position. »Chase ist sauer auf sie. Hm, ich frag mich, warum. Das ist ja so verwirrend. Ich versteh's einfach nicht.«

Neel und Ryan lachten, aber Ryan beugte sich vor zu ihr. »Du bist ganz schön direkt.«

»Manchmal muss man direkt sein, damit es der andere kapiert.« Sie tippte mir zweimal an die Stirn, ehe ich es schaffte, ihre Hand wegzuschieben.

Und ja, wie ein totaler Vollidiot kapierte ich es in diesem Moment zum ersten Mal. »Du meinst doch nicht, dass …« Mir fiel die Kinnlade runter. Richtig runter. Ich hatte den Ausdruck schon Dutzende Male gehört, und auch sogar Leute gesehen, die das absichtlich gemacht hatten, aber ich selbst war noch nie so geschockt gewesen.

»Halleluja!« Ally sah auf in Richtung Himmel und streckte erleichtert die Hände nach oben.

»Ihr meint … Schroeder?« Ich drehte mich in Richtung der Schiebetüren, durch die er verschwunden war. Von hier aus konnte man sie gar nicht sehen, aber irgendwie hatte ich das Bedürfnis. Primitiver Euleninstinkt vielleicht. »Ich?«

»Ach, sie sind so süß, wenn sie sprechen lernen, oder?« Neel erinnerte mich stark an Olivia vorhin.

Damit konnte ich mich jetzt aber nicht befassen. »Seid ihr …?« Ich schüttelte den Kopf. »Nein.«

»Ach Gott.« Ally stand auf und machte ein paar Schritte rückwärts. Dann rief sie hinüber zur Feuerstelle: »Cassidy! Lisa! Dan!«

Die drei kamen anmarschiert, zusammen mit Marcus und Becca von den Kostümbildnern. »Was ist los?«, fragte Lisa.

»Steht Chase auf Heart?«, fragte Ally und machte eine Geste, dass die anderen ihre Antwort gleich an mich richten sollten statt an sie.

»Ja.« Dan kratzte sich verwirrt den Kopf.

»Ja, total«, stimmte ihm Cassidy zu.

»Ja, warum?«, fragte Becca.

»Mmm-hmm.« Marcus nickte.

»Dumme Frage«, bestätigte Lisa.

Ally ließ die Hand sinken. »Danke.«

»Aber …« Was anderes fiel mir nicht ein. Ich wusste nur, dass ich das unbedingt abstreiten wollte.

Ryan beugte sich vor und sah mich an. Er seufzte und sagte: »Ich hab euch doch gesagt, dass sie noch nicht so weit ist.«

Lisa machte ein abschätziges Geräusch. »Glaub mir, sie wäre nie so weit gewesen.«

»Leute«, versuchte ich es wieder, aber mein Hirn brachte einfach keinen zusammenhängenden Gedanken zustande. Dafür war ich viel zu geschockt und zu verwirrt von den unterschiedlichen Signalen, die mein Gehirn an meinen Körper schickte. Mir war gleichzeitig warm und kalt, meine Muskeln fühlten sich schlapp an, aber mir zitterten die Hände und mein Herz schien zu glauben, dass ich gerade einen Marathon lief, statt auf den Stufen bei Frank Blanchards Pool zu sitzen.

Cassidy legte den Kopf in den Nacken wie ein Vögelchen. »Alles in Ordnung mit dir, Süße?«

»Ich …« Ich schüttelte den Kopf. »Keine Ahnung.«

»Kann ich jetzt wieder gehen?«, fragte Dan. »Ich bin beim Billardturnier als Nächster dran.«

»Ja, geh nur.« Ally machte eine entsprechende Handbewegung.

»Weiß Chase, was ihr hier gerade gemacht habt?«, fragte Becca.

»Nein.« Ally schüttelte den Kopf.

»Oh Mann.«

Die Worte tanzten wie Moskitos um mich herum. Das musste ein Gerücht sein. Das war auf keinen Fall wahr.

Oder doch?

»Ich muss los.« Ich sprang auf die Füße und lief die Treppe hoch, schob die Schiebetür auf und drängte mich in den Lärm und die Hitze der Party. Die Küche war vollgestopft mit Menschen, die alle etwas beobachteten, das auf der Kochinsel in der Mitte passierte, die ich aber nicht sehen konnte. Die Menge war wie eine feste Mauer aus Fleisch, fast unmöglich, da durchzukommen. Frustriert suchte ich nach einer Öffnung.

Und da entdeckte ich Schroeder, einfach so. Er war draußen und stand nur ein paar Meter weg von der Tür, durch die ich gerade hereingekommen war. Ich musste direkt an ihm vorbeigegangen sein. Ich quetschte mich wieder in Richtung Tür durch und öffnete sie gerade so weit, dass ich mich durchschieben konnte.

Er sah mich kommen und wollte gerade gehen, aber ich rief ihm mit strenger Stimme zu: »Schroeder. Warte!«

»Was willst du?«, fragte er.

»Mit dir reden.«

»Wenn's sein muss.«

»Komm mit.« Ich schnappte ihn am Ärmel und zog ihn mit mir um die Hausfassade herum. Ich suchte nach einer Stelle, an der wir vor neugierigen Ohren sicher waren, bis ich schließlich vor dem Hauptportal der Villa stand. Schroeder versuchte, sich aus meinem Griff zu befreien. »Wo willst du denn hin?«

»Ich such nur nach einem ruhigen Plätzchen.«

»Hier ist schon okay.« Er zog noch mal an seinem Ärmel und befreite ihn diesmal erfolgreich. »Was willst du?«

Mein Herz klopfte zum Zerspringen. Ich hatte keine Ahnung, was ich sagen sollte, also platzte ich heraus: »Bist du sauer auf mich?«

»Bist du noch betrunken?«, kam die Gegenfrage.

»Nein.« Die Bombe, die meine Freunde hatten platzen lassen, hatte mich schlagartig ernüchtert.

Er seufzte und seine Stimme klang nicht mehr ganz so scharf. »Was hast du dir bloß dabei gedacht, Milz? Weißt du, was hätte passieren können?«

»Ist aber nichts passiert. Alles gut.«

»Du hattest Glück, mehr nicht. Das hätte auch ganz anders ausgehen können. Du weißt doch bereits, dass der Kerl sich das holt, was er will.«

»Ich weiß, okay? Spar dir den Vortrag.«

»Ich sag ja nur, das war unheimlich blöd.«

»Ja, ich hab's kapiert.« Ich verdrehte die Augen. »Willst du mich jetzt den ganzen Abend über beleidigen?«

»Du wolltest doch reden.«

Jetzt war ich nicht mehr nervös, sondern wütend. Eigentlich hatte ich das anders geplant. Ich presste die Lippen zusammen und zwang mich, tief Luft zu holen, ehe ich etwas sagte. »Magst du … magst du mich?«

Er verschränkte die Arme. »Ja, normalerweise schon.«

»Nein, ich meine, *magst* du mich?«

Sein Mund zuckte, ehe er eine Antwort herausbrachte. »Sind wir hier in der fünften Klasse oder was?« Eine Frage. Wie typisch.

»Schroeder. Sag's mir.«

»Warum willst du das überhaupt wissen?« Er sah auf das Steingeländer hinunter und fuhr mit dem Finger über eine Einkerbung.

»Ich verdiene die Wahrheit.«

Er sagte nichts und drehte sich auch nicht zu mir um. Das war wahrscheinlich Antwort genug, aber ich musste es hören. Von ihm. Schriftlich wäre noch besser gewesen, damit ich es immer wieder lesen konnte, bis es einen Sinn ergab.

Ich versuchte es mit einer anderen Taktik. »Bitte?«

Er drehte sich um. »Ich bin so ein Idiot.«

»Was? Warum?«

»Ich weiß, dass du keine Dates willst. Ich weiß, dass du all deine komischen Regeln aufgestellt hast, aber was mach ich?« Er schüttelte den Kopf. »Ich bin trotzdem blöd genug, um ...« Er schloss den Mund und sah mich vorsichtig an. »Was soll's.«

»Also?« Ich *musste* es hören, egal, wie sehr ihn meine Hartnäckigkeit reizte. Und dass es so war, konnte ich sehen.

Er drehte sich zum Geländer um. »Ja. Können wir jetzt bitte nie wieder darüber sprechen?«

»Ich denke, wir sollten darüber reden.«

»Warum? Da gibt es nichts zu sagen. Du hast dein ›Geschlossen‹-Schild um – ich hab's kapiert. Lass uns das Ganze einfach vergessen, damit wir für den Rest des Jahres durch den Chemieunterricht kommen, okay?« Er sah mich einmal kurz an und ging dann zügig die Eingangstreppe hinauf und trat durch die massive Haustür. Ich war zu geschockt über seine Abfuhr, um ihn aufzuhalten.

KAPITEL 25

*in dem ich einen Teppich analysiere
und Ryan mich*

KOPF/ZAHL

Wenn schockierende Neuigkeiten überbracht werden, ist irgendwie nie genug Zeit oder Raum da, um das Ganze zu verdauen. Vielleicht war das ja auch das Grundmotiv meines Lebens. Was für ein schrecklicher Gedanke. Jahr für Jahr ständig geschockt.

Ich ließ den Kopf in die Hände sinken.

Schroeder stand auf mich.

Das klang so nach Kinderkram. Warum gibt es denn kein passendes Wort, wenn man bestimmte Gefühle für jemanden entwickelt, ohne gleich von »Liebe« sprechen zu müssen? Ich selbst war zwar immer eine eifrige Befürworterin des Wortes »Schwarm« gewesen, aber das war für meine absichtlich unreifen, unerwiderten Schwärmereien für fiktive Personen und unerreichbare reale Menschen reserviert gewesen.

In meinem bisher kurzen Leben war ich auch bereits selbst schon das Ziel von ein bis zwei Schwärmereien gewesen. In der neunten Klasse hatte mich Scott May zum Homecoming-Ball eingeladen. Gott sei Dank hatte ich damals die alte *Mein Dad lässt mich nicht mit Jungs ausgehen, bevor ich sechzehn bin*-Ausrede benutzen können. Scott hat dann eine andere eingeladen und mich vergessen, was mir nur recht war. Dadurch musste ich ihn später nicht mit irgendwelchen Ausflüchten abspeisen.

Es war ja nicht so, dass es mir Spaß machte, den Jungs einen Korb zu geben – wie man gesehen hat, sonst hätte ich mich wegen der Troy-Ryan-Situation nicht so fertiggemacht –, und deswegen war es leichter für mich, von vorneherein allen abzusagen.

Mit geschlossenen Augen versuchte ich, den Willen aufzubringen, Schroeder zu sagen, dass es nie mehr als Freundschaft zwischen uns geben könnte. Bäh. Ich hatte noch nie einen Freund abblitzen lassen müssen, und es klang schrecklich. Wie sollte ich es den Rest des Jahres neben ihm in Chemie aushalten, nachdem ich ihn einfach so abserviert hatte?

Und was das betraf, wollte ich ihn überhaupt abservieren?

ZAHL

Ryan kümmerte sich bei unserem Date viel mehr um mich als ich mich um ihn. Er fand mich oben auf der Treppe sitzend. Seit Schroeder aus dem Musikzimmer geflüchtet war, war ich ganze zweieinhalb Meter weit gekommen. Hier oben war es überraschend ruhig. Es kamen zwar in regelmäßigen Abständen Leute vorbei, aber insgesamt nur wenige. Die meisten suchten nach einem freien Badezimmer. Ich war in der Stimmung, mich ein wenig in meinem Unglück zu suhlen, und die Vorbeikommenden schienen das zu spüren. Sie machten einen Bogen um mich wie um Erbrochenes auf dem Bürgersteig. Für Ryan war ich offensichtlich nicht so abstoßend, er setzte sich direkt neben mich.

»Oh Mann, jetzt hast du echt was verpasst«, erzählte er mir.

Ich antwortete nicht, sah aber aus den Augenwinkeln zu ihm hinüber.

»Kim und Dan sind gerade aus der Wäschekammer gekommen«, verkündete er, als wäre damit alles gesagt. Jetzt, da ich darüber nachdachte, fiel mir auf, dass ich keinen von beiden mehr gesehen hatte, seit wir mit dem Promcrew-Schrägstrich-Serienmörder-Van hier angekommen waren.

»Okay«, sagte ich.

»Sein ganzes Gesicht war voller Lippenstift und ihre Haare waren …« Mit weit gespreizten Fingern um seinen Kopf deutete er eine wilde Frisur an.

Vielleicht war das doch eine interessante Information. Ich hob den Kopf und sah ihn an. »In echt?«

Er nickte grinsend. »Du hättest dabei sein sollen.«

Ich lächelte, aber mir stiegen Tränen in die Augen und ich musste schnell nach unten sehen. Ich hätte dabei sein sollen. Diese ganze Prom-Geschichte hatte sich definitiv nicht so entwickelt, wie ich mir das vorgestellt hatte. Und beim Vermeiden von großen Dramen hatte ich auch auf ganzer Linie versagt.

»Oje, was hab ich denn gesagt?« Erschrocken riss er die Hände hoch, als hätte ich ihn mit einer Pistole bedroht statt mit ein paar Tränen.

»Nichts. Tut mir leid.« Ich schüttelte den Kopf. »Es ist nur … der Abend läuft nicht ganz so, wie ich es mir vorgestellt hatte.«

KOPF

Vor dem Haus war die Musik deutlich gedämpfter. In der Ferne konnte ich Gelächter aus dem Garten hören und die glühenden Zigarettenenden der Raucher am anderen Ende des Rasens erkennen. Die Einfahrt wand sich vor mir und verschwand auf Höhe des Gästehauses zu meiner Linken außer Sichtweite. In der kleinen Hütte waren die Lichter an und ich fragte mich, ob die Blanchards uns dort vom Fenster aus beobachteten oder ob sie tief und fest schliefen, ohne die hundert oder mehr Teenager zu bemerken, die durch ihr Haus schwärmten. Ein Teil von mir fragte sich, ob überhaupt jemand dort in dem Haus war. Vielleicht hatten Phil und Austin dort Troy abgeladen. Ich hatte ihn nicht mehr gesehen, seit ich aus der Limo gestiegen war.

Auf den flachen Steinstufen vor der Haustür saß niemand, deshalb ließ ich mich dort nieder. Ich brauchte mal ein paar Minuten für mich allein. Vielleicht auch ein paar Tage.

Hinter mir wurde die massive Eingangstür aufgezogen, sodass sich die Musik wie ein plötzlicher Regenschauer über mich ergoss. Ich drehte mich um, um einen Blick auf den Eindringling zu werfen. Überrascht sah ich, dass es Ryan war.

»Oh!«, sagte er. »Hier bist du.«

»Mehr oder weniger.«

»Ich dachte, du wärst vielleicht verschwunden.« Er machte ein pfeifendes Geräusch und hob ein Knie an wie ein Sprinter in einem Standbild.

»Noch nicht.«

»Gibst du ein bisschen Stufe ab?«

»Mi steppo es su steppo«, sagte ich und klopfte auf die Steine links neben mir.

Er lachte. »Du solltest lieber bei Französisch bleiben.«

»Wahrscheinlich.«

»So. Ich gehe davon aus, dass du wegen Chase keine Ahnung hattest.«

»Nicht die geringste.«

»Echt?« Er schlang sich die Arme um die hochgezogenen Knie. »Gar keine?«

Ich zuckte mit den Schultern. »Das verkompliziert alles enorm.«

»Warum? Magst du ihn nicht?«

»Ich will keine Beziehung.«

ZAHL

»Er hat mir nicht geglaubt, dass zwischen dir und mir nichts ist.« Ich zog an ein paar Teppichfasern am Rand der Stufe, aber sie gaben nicht nach. Das musste Topqualität sein. Meinem Dad hätte das gefallen.

Ryan lachte. »Er glaubt halt, dass dich jeder so unwiderstehlich findet wie er.«

Ein Schauer lief mir den Rücken hinab. »Hör auf.«

»Ich hab dir ja gesagt, dass er mit dir flirtet.«

»Jaja. Deine Weisheiten bringen mich gerade nicht wirklich weiter.«

»Du hast ihm das von mir doch nicht etwa gesagt, oder?« Ryan blickte sich um und überprüfte den dämmrigen Flur hinter uns auf Zeichen von anwesenden Personen, die wir möglicherweise überhört hatten. Wie ein Spion für die Schwulen-CIA.

»Natürlich nicht.« Ich seufzte. »Aber es ist mir schwergefallen, das kannst du mir glauben.«

»Aber du hast es nicht gemacht, oder?«

Ich richtete mich auf und sah ihn an. »Nein, okay? Mensch! Was glaubst du denn eigentlich, was er mit der Info gemacht hätte?«

»Keine Ahnung. Aber Schwulen passieren auf der Highschool echt miese Sachen.«

»Ryan, um Himmels willen, du bist nicht der einzige Schwule an unserer Schule.«

»Statistisch gesehen hast du vermutlich recht.« Er räusperte sich und schnippte den Nagel seines Mittelfingers gegen den Daumennagel. Das Geräusch hatte ich Tausende Male bei Französischarbeiten gehört. Er war nervös.

Ich legte ihm die Hand aufs Knie und beugte mich zu ihm hin. »Nein, ich weiß, dass es stimmt. Ich kenne noch zwei andere.«

Er wurde blass. »Im Ernst?«

Ich lächelte leicht. »Ich verstehe ja, dass du Angst hast, aber ehrlich jetzt, wenn du dich schon nicht outen und lieber weiter im Schrank verstecken willst, dann könntest du wenigstens ab und zu mal zur Tür rausspähen.«

Er kniff die Augen zusammen und grinste mich an. »Du willst mir doch jetzt nicht wieder Beziehungsratschläge geben, oder? Ich dachte, das hätten wir bereits abgehakt.«

»Ich sag ja nur, dass du keine Angst haben musst.«

Er stieß mich mit der Schulter an, wodurch ich an die Wand links von mir gedrückt wurde. »Du auch nicht.«

»Ich hab keine Angst.«

Ryan schnaubte. »Na klar. Und ob du Angst hast.«

»Wovor denn?«

KOPF

»Ich will nicht so enden wie meine Mom.« Ich erzählte ihm von ihr und wie die Geburten von Phil und mir ihr Leben ruiniert hatten. Ein paarmal runzelte ich verwirrt die Stirn, als müsste er eigentlich schon wissen, was ich ihm da erzählte. Als hätte ich mich genau die gleichen Worte schon mal sagen hören. Während ich redete, beobachtete ich die Glühwürmchen über dem Rasen. Es war richtig hypnotisierend.

»Dann ende nicht so«, sagte er.

Ich schüttelte meine Glühwürmchen-Benommenheit ab. »Werde ich nicht. Darum geht's ja.«

»Nein, das was du machst, ist so ähnlich, wie zu sagen, dass du nicht bei einem Autounfall sterben willst und deshalb nicht in ein Auto steigst. Niemals.«

»Das wäre auf jeden Fall die sicherste Variante«, versuchte ich zu argumentieren, obwohl ich einsehen musste, dass er nicht ganz unrecht hatte.

ZAHL

»Hast du schon mal was von Verhütung gehört, Heart? Ich dachte, ich hätte dich bei Taco Bell mit Kondomen um dich werfen gesehen.« Er klopfte sich ans Kinn, so als könne er sich nicht mehr richtig erinnern.

»Keine der Optionen ist zu einhundert Prozent sicher.« Im Flur hinter uns hörte man plötzlich das Geräusch einer Klospülung, was das Ambiente dieses bereits hochklassigen Gesprächs nur noch aufwertete.

Ryan zuckte mit den Schultern. »Okay, dann hab doch einfach keinen Sex. Deshalb musst du doch nicht zur Nonne werden.«

»Es ist viel leichter, wenn man der ganzen Situation von vorneherein aus dem Weg geht.«

»Und das scheint ja prima zu funktionieren«, sagte er.

KOPF

»Heart. Ich bitte dich. Du bist jetzt schon anders als deine Mom.«

»Woher willst du das wissen?«

»Weil du dich dazu entschlossen hast«, sagte er, als wäre es das Offensichtlichste auf der Welt. »Weil du nicht mal deinen Bruder im Stich lässt, wenn er sich wie ein Arsch aufführt. Du würdest niemals deine Kinder zurücklassen.«

Plötzlich standen mir Tränen in den Augen. Ich wusste, dass ich eigentlich wegen allem weinte, aber das Wort »Arsch« war offenbar für meinen Körper das Stichwort gewesen, jetzt das volle Programm abzuspulen. Ich schniefte und ließ das Gesicht wieder in meine Hände fallen.

»Mann, ich bin echt ein Witz. Warum kann nicht einfach alles so sein, wie ich es gern hätte?«

Ryan lachte und das Geräusch wurde unerwartet von den

Rauchern im anderen Teil des Gartens zurückgeworfen. »Schön, dass du realistische Ziele hast, Heart.«

»Tut mir leid. Ich hab nicht damit gerechnet, dass so was passiert.«

Er nickte langsam. »Hmm.«

»Was soll denn ›Hmm‹ bedeuten?«, schniefte ich.

»Es ist nur so, dass … Wie soll ich es sagen? Ich kann mir halt nur schwer vorstellen, dass jemand etwas ablehnt, das für andere wie mich viel schwerer zu finden ist.«

»Oh.« Ich sah nach unten. »Ich glaube, ich verstehe, was du meinst.«

ZAHL

»Ich geb ja zu, dass der Plan nicht perfekt ist.« Ich verzog den Mund und sah hinunter auf meine schmutzigen nackten Füße. Hoffentlich blieben auf dem beigen Teppich keine Fußabdrücke zurück. Aber das Zeug musste Topqualität sein, mit eingebautem Fleckenschutz.

Oh Gott, ich sollte wirklich nicht mehr so viel Zeit mit meinem Dad verbringen.

»Aber ich lebe doch gar nicht wie eine Nonne«, beharrte ich. »Ich interessiere mich durchaus für Jungs.«

»Nenn mir einen.«

»Johnny Depp.«

Er lachte. »Ja, für den interessiere ich mich auch. Wie wäre es jetzt mal mit jemandem aus Fleisch und Blut?«

Ich keuchte auf. »Johnny ist doch so was von aus Fleisch und Blut. Ich lasse nicht zu, dass du über meinen Mann herziehst.«

»Okay, dann jemand erreichbaren.« Ryan streckte sich, stützte die Ellbogen auf die Stufe über uns und legte die Beine über die nächsten drei Stufen unter uns.

Schroeder schoss mir kurz durch den Kopf. »Okay. Paul West.«

Mit gerunzelter Stirn dachte er nach. »Der vor zwei Jahren seinen Schulabschluss gemacht hat?«

»Ja, genau der.«

»Und sonst niemand.«

Ich zögerte und tat so, als ob ich auf die Musik unten lauschte. »Das hab ich nicht gesagt.«

»Also, wer noch?«

Ich kniff die Augen zusammen. »Erst du.«

»Wir reden hier aber nicht über mich.«

»Jetzt schon.« Ich grinste ihn an.

Er starrte mich an und wartete darauf, dass ich einknickte, aber da hätte er sehr, sehr lange warten müssen. Ich konnte es mit den Hartnäckigsten aufnehmen. »Ganz ehrlich? Ich finde Neel … ansprechend.«

»*Ansprechend?*«, wiederholte ich kichernd. »Man könnte glauben, du redest über ein Möbelstück.«

»Hey, für mich ist das alles neu, okay? Ich rede da normalerweise nicht drüber.« Nervös wischte er sich über die Stirn.

»Und da gehen die Probleme los. Denn Neel ist einer der beiden, über die ich vorhin gesprochen habe.«

»Du meinst …«

»Hast du das denn nicht gemerkt?«

Ryan sah mich mit undurchdringlicher Miene an. »Anders als manche Leute beurteile ich andere nicht nach ihrem Verhalten.«

»Autsch.« Ich legte beide Hände über mein Herz. »Schon gut, ich hab's verstanden. Ich bin voreingenommen. Ich entschuldige mich, oh großer Erleuchteter, der nicht will, dass andere wissen, dass er Männer scharf findet.«

Bevor ich wusste, was er vorhatte, schwang mir Ryan den Arm um den Hals und zog mich in den Schwitzkasten. Ich quietschte, lachte und stieß ihn weg, aber all meine Versuche wurden durch das Lachen abgeschwächt.

»Sag ›Ich ergebe mich‹«, verlangte er.

»Nein!«, lachte ich.

Er verstärkte seinen Griff. »Sag es.«

»Niemals!«

»Sag ›Ryan hatte recht und ich hätte auf ihn hören sollen‹!«

»Nein!«

»Sag ›Ich stehe auf Chase Schaefer, aber ich will es nicht zugeben‹.«

»Nein! Halt die Klappe!« Ich stieß ihn noch mal an und er ließ mich los. Als ich mich aufsetzte und ihm einen bösen Blick zuwarf, hingen mir meine aufgedrehten Löckchen über die Wimpern und Lippen.

Er lachte. »Oh Mann, wir zwei sind schon ein Paar, Heart.«

Ich pustete mir die Haare aus dem Gesicht und seufzte. »Wenn du damit meinst, dass wir total erbärmlich sind, dann stimme ich dir zu.«

KOPF

In den kurzen Pausen zwischen den Liedern aus der Anlage im Garten hörte ich Grillen zirpen. Blanchards Garten war vermutlich eine richtige Oase, wenn er nicht gerade von einer Horde Teenager bevölkert war.

»Ryan, es tut mir leid, dass ich dir abgesagt habe. Ich hätte mit dir zum Prom gehen sollen. Der Abend war einfach schrecklich.«

»Ja, du hättest definitiv mit mir hingehen sollen.« Er lachte. »Aber wenn es dich tröstet, ich hatte sehr viel Spaß.« Er stützte sich nach hinten auf die Hände ab. »Vielleicht muss ich dir sogar für eine sehr interessante Entwicklung dankbar sein.«

»Neel?«, fragte ich vorsichtig.

Er wurde rot. »Ach, das fällt dir auf, aber dass Chase sich brennend für dich interessiert, hast du nicht gemerkt.«

Jetzt wurde ich rot. »Worauf willst du hinaus?«

Er lachte. »So. Und was machst du jetzt mit dieser neuen Information?«

Ich schüttelte den Kopf. »Keine Ahnung. Ich hab noch nie einem Freund einen Korb geben müssen. Dir, aber das war was anderes.«

»Wer sagt denn, dass du ihm einen Korb geben musst?«

Ich wollte sagen »ich«, aber in Wahrheit musste ich gar nichts. Und obwohl ich wahrscheinlich an den Worten erstickt wäre, wollte ein kleiner Teil von mir ihn gar nicht abweisen. Dieser kleine Teil hatte eine sehr laute Stimme. Frustriert stöhnte ich auf. »Warum musste das ausgerechnet heute Abend passieren?«

Ryan zuckte mit den Schultern. »Heute ist Prom.«

ZAHL

Ryan rutschte näher zu mir heran und legte den Arm um mich – diesmal auf eine nette Art. Dann lehnte er seinen Kopf an meinen. »Und, was machen wir jetzt?«

Ich schüttelte den Kopf. »Keine Ahnung. Schroeder redet inzwischen nicht mal mehr mit mir. Er geht einfach weg.«

»Vielleicht solltest du ihn an einen Fahnenmast binden?«

»Und ihn dort zum Sterben zurücklassen?«

Er lachte. »Nein. Ich meine ja nur, dass er so nicht wegkönnte.«

»Das stimmt.«

»Aber dann bist du vielleicht diejenige, die wegläuft.«

Ein kleines Lachen entschlüpfte mir. »Ich will nicht abstreiten, dass die Möglichkeit durchaus besteht. Vielleicht bin ich ein hoffnungsloser Fall. Und was machen wir mit dir und Neel?«

»Dass zwei Leute auf derselben Highschool schwul sind, heißt nicht automatisch, dass sie ein Paar werden.«

»Oh.« Da waren sie wieder, meine Unterstellungen. Ich seufzte. »Tut mir leid. Der Prom macht mich ganz verrückt.«

KOPF

»Schroeder meinte, der Prom hat es auf mich abgesehen.«

»Echt?«

»Na ja, so ähnlich. Er hat gesagt, ich soll den Prom nicht gewinnen lassen.«

»Und, warst du damit bisher erfolgreich?«

»Na klar. Mein Date liegt irgendwo bewusstlos rum, mein Kleid ist aufgerissen, mein Bruder verhält sich wie ein richtiges Arschloch, und gerade habe ich erfahren, dass Chase Schaefer auf mich steht. Und er ist sauer auf mich.«

»Ach, der kriegt sich schon wieder ein. Er verhält sich einfach nur dumm.«

Ich seufzte und lehnte den Kopf zurück, um nach Sternen Ausschau zu halten. »Jetzt fehlt nur noch, dass mich ein Psychokiller entführt.«

Ryan brach in überraschtes Gelächter aus. »Was?«

»Kennst du nicht diese Slasher-Filme? Am Promabend sterben alle.«

»Ich dachte, das gilt nur für nuttige Mädchen.« Er bohrte mir den Fingerknöchel in die Schulter.

»Halt die Klappe.«

»Doch, das stimmt. Die bösen Mädchen werden ermordet, die guten entführt.«

»Na super.«

»Keine Angst, am Ende werden sie immer von den Polizisten gerettet.«

»Falls ich also doch noch gekidnappt und in den Kofferraum

eines Serienmörders gestopft werde, dann brauche ich mir keine Sorgen zu machen, weil ich Jungfrau bin?«

Er grinste. »Genau.«

Ich gab ihm einen kleinen Schubs. »Dann bist du ja auch außer Gefahr.«

»Tragisch, aber wahr.« Er seufzte. »Na los, suchen wir uns etwas Gesellschaft. Mischen wir uns unters Volk. Und hören mit dem Selbstmitleid auf.«

»Ich glaube, ich muss noch mal mit Schroeder reden. Falls er das zulässt.«

»Vielleicht musst du ihn erst an einen Fahnenmast binden oder so.« Er grinste.

»Ja, oder *ihn* in einen Kofferraum stecken.«

Wir lachten und ich nahm seine ausgestreckte Hand, damit er mich hochziehen konnte. Dann drückte ich ihn kurz. »Danke, Ryan. Du bist der coolste Junge, mit dem ich nicht zum Prom gegangen bin, als ich die Chance hatte.«

ZAHL

Plötzlich richtete sich Ryan auf. »Ich hab eine Idee.«

»Ach ja, was denn?«

»Nichts. Vergiss es. Wart einfach hier.«

KAPITEL 26

in dem ich meinen Bruder mit einer Bierdose bewerfe und Geheimnisse erfahre

KOPF

Meine Suche nach Schroeder war erfolglos geblieben. Als ich wieder ins Haus gegangen war, schienen plötzlich viel mehr Leute als zuvor da zu sein. Immer standen mindestens zehn Leute zwischen mir und dem Ort, an den ich hinwollte – ich konnte nie mehr als einen Meter weit sehen. Die Schlangen vor den vier Badezimmern, an denen ich vorbeikam, waren unheimlich lang, deshalb nahm ich nicht an, dass er sich dorthin hatte flüchten können. Sicher war ich mir jedoch nicht.

Eigentlich wusste ich nicht mal genau, warum ich überhaupt nach ihm suchte. Ich hatte keine Ahnung, was ich ihm sagen sollte. Aber ich wusste, dass ich ihm wehgetan hatte und dass ich das wiedergutmachen musste.

Frustriert biss ich die Zähne zusammen. In meinen Augen brannten wieder Tränen. Schon wieder zu weinen, war das Letzte, was ich tun wollte, aber es schien unvermeidlich. Nicht nur Schroeder war unauffindbar – anscheinend war die ganze Promcrew verschwunden. Nicht mal Ryan war zu sehen, dabei hatte ich ihn auf der Treppe zurückgelassen, bevor ich diese dumme Suche begonnen hatte.

So viel zu meinem tollen Fluchtplan. Schroeder hatte die anderen vermutlich überredet, ohne mich zu fahren. *Quel désastre.*

Ich entschloss mich, noch mal draußen nachzusehen, und ging durch einen Ausgang in der Küche in die Garage. Dort stand eine Tischtennisplatte. Phil stand daneben und lieferte sich ein Bierwetttrinken mit Doug. Ich wartete, bis die beiden fertig waren – Phil verlor –, und fragte ihn, ob er meine Freunde gesehen hatte.

Er lachte. »Nein.«

»Verdammt.« Ich presste die Finger auf die Nase, um die Tränen rechtzeitig zu stoppen.

»Haben sie dich einfach hiergelassen?« Wieder Gelächter.

»Keine Ahnung. Kannst du mir beim Suchen helfen?«

»Ich bin hier gerade beschäftigt.« Er machte eine Trinkgeste zu Doug und sagte: »Wiederholung. Dir Weichei werd ich's zeigen.«

»Na klar«, antwortete Doug.

»Phil, bitte.« Ich zog ihn am Ärmel.

»Mensch, Heart! Lass mich in Ruhe!«

Erschrocken zuckte ich zurück. »Was zum …? Sorry.«

»Den ganzen Abend lang jammerst du schon rum!« Er nahm Doug die Bierdose ab. »Ich weiß gar nicht, warum ich Troy überhaupt erlaubt hab, dich mitzubringen.«

Plötzlich wurde aus meiner Frustration Wut und zum ersten Mal an diesem Abend hatte ich dafür ein echtes Ziel. »Du hast Troy *erlaubt*, mich mitzubringen?«, wiederholte ich. »Wie bitte? Hast du mich ihm nicht wie einen Gegenstand weitergereicht?«

Er verdrehte die Augen. »Du wirst mir doch jetzt nicht mit dieser Feministinnenscheiße kommen, oder?«

»Oh mein Gott, darum geht's doch hier gar nicht. Du bist doch derjenige, der plötzlich alles verkehrt darstellt!«

Er ignorierte mich völlig, sah hinüber zu Doug und riss seine Dose auf. »Fertig? Drei, zwei, eins, los!« Er setzte die Dose an die Lippen.

Geschockt sah ich ihn drei Schlucke lang an, dann schlug ich ihm die Dose aus der Hand. Wir wurden beide wie von einer Sprinkleranlage mit Bier besprüht. Doug brach in Gelächter aus und spuckte noch mehr Bier auf uns. Die Zuschauer, die den Wettbewerb beobachtet hatten, johlten. Idioten.

»Was soll der Scheiß?«, blaffte mich Phil an und warf mir einen wütenden Blick zu.

»Ja, genau!«, schrie ich. »Was für ein Scheißbruder bist du denn?«

»Was hast du denn für Probleme?«

»Dich!« Ich stieß ihm den Finger in die Brust. »Du verhältst dich schon den ganzen Abend mir gegenüber wie ein Arsch. Nicht nur heute Abend. Du verhältst dich immer wie ein Arsch! Und mir *reicht's*!« Ich nahm eine der leeren Bierdosen von der Tischtennisplatte und warf sie nach ihm. Sie traf ihn an der linken Schulter und flog wild wirbelnd durch die Luft, bevor sie auf dem Boden aufschlug. »Wenn du das nächste Mal mit mir redest, erwarte ich eine Entschuldigung. Ansonsten kannst du dir den Atem sparen.«

Und mit diesen Worten wirbelte ich herum und bahnte mir einen Weg durch die gaffende Menge, bis ich schließlich in der Einfahrt stand. Schnell lief ich um die Ecke, presste den Rücken gegen die Steinwand der Garage und war froh, dass mich niemand so sehen konnte.

Ich zitterte. Am ganzen Körper. Ich konnte nicht mal sagen, ob es ein gutes, erleichtertes Zittern oder ein Oh-nein-jetzt-hab-ich-alles-versaut-Zittern war. Ich presste mich stärker gegen die Wand und versuchte, mich daran zu erinnern, wie man atmete.

Noch nie zuvor hatte ich so mit Phil geredet. Egal, wie oft er mich geärgert oder wie einen Menschen zweiter Klasse behandelt hatte, weil ich keine Cheerleaderin sein wollte. Das war mir immer wie etwas erschienen, mit dem ich mich halt abfinden musste, ehe wieder bessere Zeiten kamen. Zum Beispiel wenn wir zusammen das Abendessen machten und dabei lachten oder gemeinsam Gameshows ansahen. Das war der echte Phil – oder etwa nicht?

Mein nächster Atemzug klang wie ein Keuchen.

Diese Tiefatmerei brachte mich auch nicht weiter. Ich legte mir eine Hand auf den Mund und dachte über meine nächsten Schritte nach. So wie es aussah, waren meine Freunde bereits weg, und mit meiner anderen Heimfahrmöglichkeit hatte ich es mir gerade verdorben.

Clever, Heart.

Jetzt schien mir der geeignete Moment, um meinen Frusttränen freien Lauf zu lassen. Ich ließ den Kopf an die Wand sinken und schloss die Augen. Aus dem Garten hörte ich entferntes Lachen und Geplätscher, das mir sagte, dass der Pool und der Whirlpool nicht mehr nur für vorsichtiges Waten genutzt wurden.

Als ich plötzlich Schritte aus Richtung Garage hörte, zuckte ich zusammen und drängte mich tiefer in den Schatten des Hauses. Momentan war mir nicht nach Gesellschaft.

Aber dann hörte ich meinen Namen. »Heart?«, rief eine weibliche Stimme.

Ich öffnete die Augen und sah etwas völlig Unerwartetes. Tara hatte mich gerufen, aber Phil war bei ihr. Sie hatte ihn am Ohr geschnappt und die Finger wie einen Ohrring um den empfindlichen Knorpel gelegt.

»Heart?«, wiederholte sie.

Ich war so erschrocken, dass ich einen Schritt nach vorne machte. »Hier bin ich.«

»Oh, zum Glück.« Phil hinter sich herschleifend kam sie näher. »Dein Bruder hat dir was zu sagen.«

»Au!«, protestierte er. »Lässt du mich jetzt endlich los?«

»Nein.« Mit einem Ruck brachte sie seinen Kopf auf meine Höhe herunter, aber in einem komisch verdrehten Winkel. »Und, was wolltest du ihr sagen?«

»Es tut mir leid«, murmelte er.

»So klingt das aber gar nicht.« Sie drehte das Handgelenk und er zuckte zusammen.

»Schon gut, schon gut! Ich möchte mich entschuldigen.«

»Wofür?«, hakte Tara nach.

»Dass ich mich dir gegenüber wie ein Arsch verhalten habe, Heart.«

»Fein gemacht.« Sobald sie sein Ohr losgelassen hatte, richtete er sich auf, rieb sich darüber und warf ihr einen mürrischen Blick zu. »Und jetzt geh und werd nüchtern.«

Phil sah aus, als ob er etwas sagen wollte, ließ es dann aber bleiben und ging zurück in die Garage.

»Ist alles in Ordnung mit dir?«, fragte Tara und spähte in die Dunkelheit, wo ich immer noch halb versteckt stand.

»Ja, schon gut. Was war denn das eben?«

Sie schnalzte mit der Zunge. »Ich hab gehört, was eben passiert ist. Nicht schlecht, ihm die Dose aus der Hand zu schlagen.«

»Danke.«

»Ich weiß nicht, ob es dir aufgefallen ist, aber dein Bruder kann manchmal ein ganz schönes Ekel sein, wenn er was getrunken hat.«

»Mmm«, antwortete ich, weil ich ihr nicht sagen wollte, dass er auch manchmal nüchtern ein ganz schönes Ekel war.

»Ich versuche mein Bestes, das zu ändern, aber …« Sie zuckte mit den Schultern. »Was soll ich sagen, er lernt eher langsam.«

»Warum bist du denn dann mit ihm zusammen, wenn dir seine Art nicht gefällt?«

Sie seufzte. »Weil ich ihn liebe. Auch wenn ich's nicht erklären kann.«

»Aber warum?« Da Phil zu meiner Familie gehörte, fühlte ich mich zwar ziemlich illoyal, aber ich musste es wissen.

Tara lehnte sich neben mir an die Wand und starrte in die Schatten der Bäume im Garten. »Weil es da noch eine andere Seite von ihm gibt. Und die ist ziemlich klasse.«

»Ja?«

»Ja. Er ist viel schlauer, als er tut.«

»Wusstest du, dass er sich richtig gut mit Trivialwissen auskennt?«, fragte ich.

Sie lachte. »Das ist mir schon aufgefallen. Und hast du gewusst, dass er Lehrer werden will?«

»Was?« Phil war in etwa so kinderfreundlich wie eine giftige Pflanze. Solange sie ihn in Ruhe ließen, würde er sie nicht umbringen. Ich konnte einfach nicht den Jungen, der Bier durch einen Trichter trank und den Lehrer vor einer Gruppe Sechsjähriger mit einem Märchenbuch in der Hand zusammenbringen.

»Eigentlich möchte er Trainer werden. Für eine Highschool-Footballmannschaft, aber er weiß, dass er dann wahrscheinlich auch unterrichten muss.«

Ich zwinkerte. Das ergab mehr Sinn, aber trotzdem … »Echt?«

»Ich weiß. Siehst du, er ist ein guter Kerl. Wenn er will.«

»Und wenn er nicht will, schleppst du ihn am Ohr herum.«

»So in etwa.« Sie lachte.

»Ist das nicht anstrengend?«

»Manchmal.« Sie neigte den Kopf. »Heute Abend zum Beispiel.«

Seufzend schlang ich die Arme um mich. »Jungs sind echt ätzend.«

»Da hast du recht«, stimmte Tara mir zu, so als wäre es etwas, womit man sich einfach abfinden musste. »Wen findest du denn ätzend?«

»Schroeder.« Ich kam gar nicht auf die Idee, ihn bei seinem richtigen Namen zu nennen, aber Tara nickte, als ob sie wüsste, wen ich meinte.

»Und warum?«

»Angeblich steht er auf mich.«

»Der Mistkerl!«, keuchte sie in gespieltem Schock. Warum machten sich nur alle über mich lustig?

»Ich weiß, das klingt erst mal komisch.« Ich hielt die Hand hoch, um alle weiteren Albernheiten im Keim zu ersticken.

In Taras Augen zeigte sich Verständnis. »Ach so, du bist nicht an ihm interessiert.«

»Ganz so ist das nicht.«

»Also doch?«

Ich schüttelte den Kopf, obwohl mein Nacken prickelte. »Keine Ahnung. Ich mach so was normalerweise nicht.«

»Was? Sich für Leute interessieren?« Und da war er wieder, dieser altbekannte Was-stimmt-denn-nicht-mit-dir-Blick, den ich jedes Mal zu sehen bekam, wenn die Keine-Dates-Sache zum Thema wurde.

»Ja«, bestätigte ich knapp.

Tara lachte, bis sie sah, dass es mir ernst war. »Ach komm, du musst doch wissen, ob du diesen Typ magst oder nicht.«

»Ich versuche, über so was nicht nachzudenken.«

»Aha! Du hast ›versuchen‹ gesagt. Das heißt, du bist nicht immer erfolgreich. Also kennst du offensichtlich die Antwort schon.«

Mein Herz klopfte. Ich wollte es gerne vehement leugnen,

aber meine roten Wangen und meine schwitzigen Handflächen machten das unmöglich. Obwohl Tara mich im Dunkeln nicht besonders gut sehen konnte, würde *ich* auf jeden Fall wissen, dass jedes Abstreiten eine Lüge wäre.

Offensichtlich hatte sie mein Schweigen als Zustimmung aufgefasst, denn sie fragte: »Wo liegt denn dann das Problem?«

»Das ist kompliziert.«

»Ist es immer.« Tara zuckte mit den Schultern. »Tu dir aber einen Gefallen und verlieb dich in jemand, der nicht so viel Arbeit macht wie dein Bruder.«

KAPITEL 27

in dem sich meine Freunde der Kriminalität verschreiben und ich etwas über Reizentzug lerne

ZAHL

Ich blieb auf der Treppe sitzen, genau wie Ryan es mir gesagt hatte. Nicht weil ich so gehorsam bin, sondern weil es einfach keinen anderen Ort gab, an dem ich sein konnte. Komischerweise schien die Musik immer lauter zu werden, obwohl weniger Leute vorbeikamen. Es dauerte eine Weile, bis ich kapierte, dass inzwischen vermutlich weniger Leute im Haus waren, um die Geräusche zu absorbieren. Wie lange saß ich denn schon hier?

Schließlich ging ich die Treppe hinunter und sah mich um. Ryan würde mich auch so finden. Ehrlich gesagt gab es aber nicht besonders viel zu sehen. Die improvisierte Tanzfläche im Wohnzimmer war spärlich bevölkert, überwiegend mit Mädchen, die aussahen, als ob sie sich nur noch durch reine Willenskraft auf den Beinen hielten. Das Esszimmer war leer und der Flur sah aus wie nach einer Explosion in einer High-Heels-Fabrik, aber das war's.

Ich traute mich bis zur Haustür, ging hinaus und sah mich im Vorgarten nach Ryan um, als eine Menschenmenge in der Nähe der Garage meine Aufmerksamkeit erregte. Ich ging auf die Veranda, weil ich von dort einen besseren Blick hatte.

Die Gruppe bewegte sich zügig voran, obwohl es aussah, als ob sie mit etwas kämpften. So als ob sie ein Möbelstück schleppten oder einen zusammengerollten Teppich. Ich konnte nicht erkennen, wer alles dabei war, als sie die Einfahrt hinuntergingen, aber ich konnte hören, dass sie sich in lautem Flüsterton unterhielten. An einem kastenförmigen Auto blieben sie schließlich stehen und ich sah zu, wie sie den Kofferraum öffneten und irgendwas hineinstopften.

Klauten die jetzt ernsthaft was aus dem Haus der Blanchards? Ich schlich näher ran und versuchte, mich im Schatten zu verstecken. Ich ging davon aus, dass sich die Gruppe jetzt ins Auto setzen und wegfahren würde, aber sie blieb hinter dem Auto stehen.

KOPF

Ich hatte keine Ahnung, wie spät es inzwischen war, aber meine Augen waren so müde, dass ich innerhalb von Sekunden vom Blinzeln zum Tiefschlaf hätte übergehen können. Nach meinem Gespräch mit Tara hatte ich mich auf einer gepolsterten Liege neben dem Pool niedergelassen, die mir inzwischen als Bettersatz immer geeigneter vorkam. Ich hatte mich noch nicht angelehnt, aber aufrecht sitzen wurde von Minute zu Minute schwerer.

»Heart!« Der Klang meines Namens ließ mich erschrocken die Augen aufreißen (wann hatte ich die denn zugemacht?), aber ich konnte nicht erkennen, woher der Ruf gekommen war.

»Oh mein Gott, hier bist du!« Es war Cassidy. »Wir haben dich überall gesucht.«

»Ich hab *euch* überall gesucht.« Zumindest, ehe ich meinen Bruder mit einer Bierdose beworfen hatte.

»Hier bin ich.« Sie warf sich in eine Ta-da-Pose. »Na los, komm.«

»Wohin denn?«

»Ich hab eine Überraschung für dich.«

»Echt?« Ich ließ mich von ihr hochziehen und folgte ihr um das Haus herum. »Fahren wir jetzt?«, fragte ich.

»Gleich.« Ihre Converse machten viel lautere Geräusche auf dem Steinweg als meine nackten Füße.

»Was ist denn die Überraschung?«, wollte ich wissen, als wir zu der massiven Einfahrt vor dem Haus kamen. Die Steinstufen, auf denen ich vorhin gesessen hatte, waren verlassen.

»Das wirst du gleich sehen.« Cassidy zog mich die Einfahrt hinunter, bis wir an einen VW Jetta kamen. Dort saßen drei Leute auf dem Kofferraum – Lisa, Ryan und Neel.

Mir war direkt nach Weinen, so erleichtert war ich, endlich ein paar bekannte Gesichter zu sehen. »Ihr seid ja noch da!«, rief ich.

»Natürlich sind wir noch da«, sagte Lisa.

»Ich dachte …« Ich schüttelte den Kopf. »Egal. Was ist denn das für eine Überraschung, von der Cassidy geredet hat?«

»Weißt du noch, dass du gesagt hast, dass der Abend nur schlimmer sein könnte, wenn dich ein Serienmörder kidnappt?«, fragte Ryan.

Ich nickte.

»Na ja … Wir haben uns gedacht, es wär doch witzig, wenn wir ein Bild von dir in diesem Kofferraum machen.« Er klopfte auf den Kotflügel.

»So als Beweis, dass du ganz offiziell den schlimmsten Prom aller Zeiten hattest«, bekräftigte Neel.

Ich lachte müde und verdrehte die Augen in Richtung Nachthimmel. »Klar, warum nicht?«

»Jey!« Neel klatschte in die Hände.

»Sollen wir dich vorher ein bisschen aufmischen, damit es realistisch wirkt?« Cassidy simulierte ein paar Boxbewegungen.

»Danke, ich glaube, ich bin genug aufgemischt.« Ich konnte immer noch das Bier auf meinem Kleid riechen, das bei dem Schlag gegen Phils Dose auf mich gespritzt war.

Ryan, Neel und Lisa rutschten vom Kofferraum herunter und Lisa machte ihn mit dem elektronischen Schlüssel auf.

»Wem gehört denn eigentlich das Auto?«, fragte ich.

»Becca«, sagte sie. »Wir haben rumgefragt und sie hatte den größten Kofferraum.«

Ich lächelte, und das war ziemlich schräg, wenn man bedachte, was die anderen gerade mit mir vorhatten, aber hey, so erkennt man wahre Freunde, stimmt's? Das sind die, die einem anbieten, dich in einen Kofferraum zu stecken, und man ist nicht nur bereitwillig dabei, sondern auch noch dankbar dafür.

ZAHL

Plötzlich kam Ryan aus der Haustür gelaufen, gefolgt von meinem Bruder und seinem Freund Austin. Ausgerechnet.

»Hey!«, rief Ryan lächelnd. »Ich hab dir doch gesagt, dass du dich nicht bewegen sollst!«

»Leute, ich glaub, jemand hat gerade was ...«, fing ich an zu berichten, aber Ryan unterbrach mich.

»Mach dir keine Gedanken. Wir haben dich gefunden. Nur das ist wichtig.« Seine Stimme war übertrieben fröhlich, wie bei einem Gameshow-Moderator.

»Heart!«, rief Phil und streckte mir die Arme entgegen. »Meine Schwester! Komm her und drück mal deinen großen Bruder.«

»Was ist denn ...« Ich sah sie verwirrt an, machte aber vorsichtig ein paar Schritte in Phils Richtung. »Was habt ihr denn vor?« Den ganzen Abend hatte ich ihn kaum gesehen und jetzt machte er plötzlich einen auf glückliche Familie?

»Was soll ich denn vorhaben?«, fragte Phil und hielt mir immer noch die Arme hin. »Vertraust du mir denn nicht?«

Ich stützte die Hände in die Hüften. »Nicht besonders.«

»Wir wollen dir etwas zeigen«, sagte Ryan.

»Was denn?«

KOPF

»Los geht's!« Neel reichte mir die Hand und Ryan auch, sodass ich mich daran festhalten konnte, während ich einen Fuß auf die Stoßstange stellte und in den bemerkenswert leeren Kofferraum kletterte. Einen Moment lang fragte ich mich, ob Ryan seit unserem Gespräch auf der Treppe schon was zu Neel gesagt hatte.

»Ihr Kofferraum ist aber sehr sauber«, bemerkte ich, als ich es mir trotz meines fluffigen Kleides darin bequem machte.

»Wir haben ein paar Dinge rausgenommen«, erklärte Ryan.

»Ach, mit einem Starterkabel und einem alten Mantel hier drin hätte es bestimmt authentischer ausgesehen.«

»Ich bitte dich. Als ob ein Serienmörder irgendwas drin lassen würde, was du als Waffe benutzen kannst.« Cassidy stützte die Hände auf den Hüften ab und ich stellte fest, dass ihr Sträußchen inzwischen unter ihrem Handgelenk hing und fast alle Blütenblätter abgefallen waren. »Leg dich hin, damit wir dich fotografieren können.« Sie hielt ihr Handy hoch und machte mit dem Finger eine Klick-Geste.

»Schon gut. Einen Moment, okay?« Ich legte mich auf den fusseligen Teppich und gab mir dabei große Mühe, mein Steißbein zu schonen. Die blöde Amy. Als ich endlich eine bequeme Position gefunden hatte, hielt ich Cassidy den ausgestreckten Daumen hoch. »Soll ich verängstigt aussehen?«, fragte ich.

»Ne.« Neel schüttelte den Kopf. »Mach einfach, was dir richtig vorkommt.«

»Wir machen eine ganze Serie.« Cassidy klickte auf den Auslöser und der Blitz blendete mich. Kleine Punkte tanzten vor meinen Augen, während sie immer mehr Schnappschüsse machte.

»Wie sind die Bilder geworden?« Ich blinzelte und versuchte, durch die eingebrannten Stellen in meinen Netzhäuten zu sehen.

Die anderen standen alle um Cassidy herum und betrachteten das Display. »Sieht gut aus«, verkündete Lisa.

ZAHL

»Komm her«, lockte Phil mich ein weiteres Mal und ich machte noch einen zögerlichen Schritt auf ihn zu. Er blickte über meine Schulter hinweg und sagte: »Schnapp sie dir.«

Austin, der sich um mich herumgeschlichen hatte, während ich abgelenkt war, packte mich und hielt mir die Arme an den Seiten fest. »Was macht ihr denn da?«, kreischte ich.

»Beruhig dich.« Phil bückte sich, um meine Beine anzuheben, und ich versuchte, ihn zu treten. Problemlos wich er mir aus und schnappte sich meinen Knöchel aus der Luft. »Hör auf damit.«

»Was soll denn das? Das ist nicht witzig«, schrie ich. »Ryan!«

»Beruhig dich!« Ryan hielt beide Hände hoch. »Ich hab sie gebeten, mir zu helfen.«

»Was? Wobei denn?«, jammerte ich. »Lasst mich los!« Ich widersetzte mich so gut ich konnte, mit dem Ergebnis, dass sich Phil meinen anderen Knöchel aus der Luft schnappte. Jetzt war ich zwischen zwei Footballspielern gefangen, die vermutlich dreimal so viel wogen wie ich. Dann setzten sich die beiden mit mir in Richtung Auffahrt in Bewegung.

»Ryan!« Ich wand mich hin und her. »Hilf mir!«

»Hör auf mit dem Gebrüll!«, rief er. »Niemand will dir was tun!«

»Das ist nicht lustig!«

Plötzlich sah ich das Auto, das ich vorhin beobachtet hatte, und ich erkannte, dass die Leute darum herum alles alte Bekannte waren: Cassidy, Lisa, Ally, Neel, Dan und Becca.

»Leute! Helft mir!«, rief ich ihnen zu, aber sie lachten nur.

»Oh mein Gott, du musst dich beruhigen«, sagte Cassidy.

»Lisa!« Ich drehte den Kopf so weit nach rechts, wie ich konnte, damit ich Augenkontakt mit meiner vernünftigen Freundin aufnehmen konnte. Lisa behielt immer einen kühlen Kopf. Sie würde nicht zulassen, dass die anderen den irren Plan ausführten, den sie sich offenbar ausgedacht hatten. »Lisa! Was macht ihr denn da?«

Sie sah hinüber zu Ryan. »Wir sollten sie erst in den Pool werfen, damit sie sich beruhigt.«

»Nein!«, protestierte ich laut.

Eine gedämpfte Stimme und Klopfgeräusche ließen Becca mit der Faust auf den Kofferraum schlagen. Sie lachte künstlich. »Ignorier das. Alles ist prima.«

»Sollen wir sie reinlegen?«, fragte Austin.

KOPF

Lächelnd hob Lisa den Arm und machte die Kofferraumklappe zu.

Ich schrie auf, überrascht von dem Geräusch und der plötzlichen Dunkelheit. »Sehr lustig, haha!« Ich klopfte auf den Boden.

»Alles okay da drin? Kriegst du Luft?«, hörte ich Lisas gedämpfte Stimme.

»Ja! Und jetzt mach den Kofferraum wieder auf!«

»Noch nicht!«, antwortete Ryan.

In meinem Magen stieg leichte Panik auf. »Was?«

»Wir lassen dich gleich raus«, rief Neel ungeduldig. »Entspann dich.«

»Was soll denn das? Macht den Deckel auf!« Vorsichtig fühlte ich nach oben, weil ich keine Ahnung hatte, wie viel Platz bis zum Deckel war oder was sich an dessen Unterseite befand. Womöglich warteten dort scharfe Metallteile nur darauf, sich in fuchtelnde Gliedmaßen zu bohren.

»In einer Minute!«, rief Lisa.

Ich spürte meine Panik wachsen, aber ich erstickte sie mit Ärger. »Das ist nicht witzig! Lasst mich raus!«

Irgendjemand klopfte draußen auf den Deckel. Ich schreckte hoch und schaffte es gerade noch, einen Schrei zu unterdrücken. »Beruhig dich.« Das war diesmal Cassidys Stimme. »Gleich verstehst du alles.«

»Cass! Ich will das nicht. Das ist nicht witzig!«

Diesmal antwortete mir niemand, ich hörte lediglich gedämpfte Stimmen. Ich lag ganz still und versuchte, das Gespräch zu verstehen, aber dafür sprachen die anderen nicht laut genug. Vorsichtig griff ich mit den Fingerspitzen wieder nach dem Deckel und suchte nach einer sicheren Stelle, gegen die ich meine Faust schlagen konnte. Wenn die anderen Kidnapper spielen wollten, würde ich das widerspenstigste Opfer aller Zeiten geben.

Plötzlich wurde von draußen zweimal auf den Deckel geschlagen und ich zog meine Hände geschockt zurück.

»Heart?« Eine neue Stimme. Wenn ich mich nicht irrte, war das Schroeder, obwohl der nie meinen richtigen Namen benutzte.

»Ja?«

Das Geplapper draußen wurde lauter und ich konnte jetzt einzelne Worte verstehen. Sinn ergaben die jedoch nicht.

ZAHL

»Was?« Dass sie vom Kofferraum redeten, war mir klar geworden, sobald Austin den Mund aufgemacht hatte. Meine besten

Freunde hatten sich heimlich mit meinem bescheuerten Bruder zusammengetan und wollten mich in den Kofferraum stecken!

»Mach dir keine Sorgen, der Kofferraum ist echt groß«, versicherte mir Becca.

»Warum macht ihr denn so was?« Ich versuchte ein letztes Mal, mich aus Phils und Austins Griff zu befreien, aber ich zappelte bloß wie ein Delfin im Thunfischnetz.

Niemand antwortete mir, während sich alle um den Kofferraum scharten und miteinander flüsterten.

»... er wird wahrscheinlich versuchen ...«

»... *langsam* öffnen ...«

»... ihn runterdrücken?«

Ich sah zu, wie sie am Hebel zogen und die Klappe langsam aufmachten. Sobald der Spalt breit genug war, um die Hände durchzustecken, griffen drei meiner Freunde nach innen. Es sah so aus, als ob sie jemanden festhielten.

Und da verstand ich plötzlich alles.

»Ryan!«, rief ich.

»Das ist nur zu deinem Besten!«

»Das ist Kidnapping!«, brüllte ich.

»Wir lassen euch gleich wieder raus.«

»... was ist denn verdammt noch mal mit euch los?«, kam Schroeders Stimme aus dem Kofferraum. »Lasst mich ...«

Das war alles, was er herausbrachte, ehe mich Austin und Phil über die Kante hoben und mich auf ihn fallen ließen. Bevor ich überhaupt etwas sagen konnte, war der Kofferraumdeckel schon wieder zu.

KOPF

»Mach Platz, Heart«, rief jemand und ich hörte das Geräusch des Kofferraumschnappers. Bevor ich auch nur nach dem Deckel greifen konnte, wurde er geöffnet und mein gesamtes

Sichtfeld war mit etwas total Verwirrendem gefüllt. Der große Umriss kam schnell näher.

Ich quiekte und krabbelte schnell weiter in den Kofferraum hinein. Fast hatte ich es geschafft, als der Umriss neben mir in den Kofferraum plumpste und der Deckel wieder geschlossen wurde.

ZAHL

»Tut mir leid.« Ich versuchte, mich von Schroeder herunterzuhieven, aber im Kofferraum des VW Jetta gab es nicht allzu viele Alternativen. »Alles okay bei dir?«

»Ja, alles okay«, murmelte er schnell, bevor er rief: »Lasst uns hier raus!«

»Nein!«, rief Cassidy.

»Ihr müsst euch mal aussprechen!«, ergänzte Lisa.

»Nein, müssen wir nicht! Jetzt lasst uns verdammt noch mal raus!« Schroeder bewegte sich plötzlich, trat gegen den Kofferraumdeckel und rollte mich dadurch gegen die Wand. Mein Kopf schlug gegen etwas Hartes.

»Au! Hör auf damit!« Ich hob die Hand hoch, um mir über die Stelle zu reiben, und schlug ihm dabei ins Gesicht.

Er ignorierte mich und rief: »Macht auf!« So laut, dass meine Ohren klingelten und ich zusammenzuckte. Er versuchte, erneut gegen die Klappe zu treten, aber ich hörte nur ein »Autsch! Shit!« und dass er keinen Kontakt mit dem Deckel hatte.

»Hör auf mit der Rumzappelei!«, zischte ich und schlug nach ihm. Dabei traf ich auf irgendwas Stoffbedecktes, also hatte ich ihm zumindest nicht wieder ins Gesicht geschlagen.

»Sag ihnen, dass sie uns rauslassen sollen.«

»Macht die Klappe auf!«, rief ich.

»Kriegst du Luft?«, fragte jemand. Phil. *Ach, er macht sich ja doch Sorgen um mich*, dachte ich genervt.

Ich überlegte kurz. Die Luft hier drin war warm und abgestanden, aber ich hatte das Gefühl, dass ich gut atmen konnte. »Ja«, antwortete ich schnippisch.

»Gut. Dann kommt ihr erst raus, wenn ihr euch vertragen habt«, rief Cassidy.

KOPF

»Das ist nicht witzig! Macht auf!«, rief Schroeder und meine Ohren protestierten gegen das laute Geräusch. Die hatten doch tatsächlich Schroeder zu mir in den Kofferraum gesteckt.

»Klappe!«, rief jemand draußen und ein Klopfhagel ging auf dem Kofferraumdeckel nieder. Das Geräusch kam schrecklich unrhythmisch von allen Seiten gleichzeitig. Mit der freien Hand hielt ich mir das Ohr zu und kniff die Augen zusammen. Auch Schroeder lag bewegungslos.

Das Gehämmere hörte auf und eine weibliche Stimme rief: »Wir lassen euch erst raus, wenn ihr eine Lösung gefunden habt.«

»Eine Lösung wofür?«, rief ich.

Pause. »Für eure Probleme.«

»Ihr macht euch gegenseitig unglücklich!« Das war diesmal Cassidy. »Das ist doch bescheuert.«

»Und wir haben es satt, uns euer Gejammer anzuhören.« Lisa.

»Und wir wollen nicht, dass ihr uns das Theaterstück versaut.« War das Becca? Ich war mir nicht sicher.

»Ihr könnt rauskommen, wenn ihr euch vertragen habt.« Ryan.

»Oder mehr.« Neel, lachend.

ZAHL

»Weiß Ryan, dass ihr Vollpfosten sein Date gekidnappt habt?«, rief Schroeder.

»Ja!« Diesmal antwortete Lisa.

»Das Ganze war meine Idee!«, antwortete Ryan.

»Was ist denn dein Problem, Mann?«

Jedes Mal, wenn Schroeder brüllte, klingelte es mir in den Ohren, und ich steckte mir den Finger in das eine, an das ich rankam.

Ryan klang schadenfroh, als er jetzt rief: »Nichts! Was ist denn dein Problem?«

»Warum steckst du dein Date in einen Kofferraum? Bist du krank?«

Gelächter von Ryan. »Überhaupt nicht. Ich hab mich noch nie besser gefühlt.«

»Warum machst du dann so was?«

Draußen wurde es kurz still, dann rief Ryan: »Ich bin schwul, du Idiot!«

»Ich *wusste* es!«, brüllte Neel, während mir das Herz bis zum Hals klopfte.

Cassidy rief: »Also los jetzt!«, und klopfte ein paarmal auf den Deckel, um ihre Worte zu untermauern.

TEIL DREI

WIE STEHEN DIE CHANCEN?

Promabend
(oder, um genau zu sein,
die frühen Morgenstunden danach)

KAPITEL 28

über neue Entwicklungen bei der Sicherheit von Autos und Ehrlichkeit

In der Dunkelheit des Kofferraums schüttelte ich den Kopf gegen einen plötzlichen Anflug von Schwindel. Ich hatte das Gefühl, dass sich das Auto drehte, und krallte mich mit den Fingern in das Polster.

»Ist das ihr Ernst?«, fragte mich Schroeder heiser.

»Ich glaub schon«, krächzte ich schwach, als die Welt endlich aufhörte, hin und her zu schwanken. Was auch immer da gerade passiert war, ich war froh, dass es vorbei war.

»Das ist doch verrückt.«

Er hatte ja keine Ahnung, wie verrückt. »Ich weiß.«

»Das können die doch nicht machen. Warte –« Er drehte sich neben mir, wodurch ich einen Moment lang hart gegen die Wand gepresst wurde. »Muss es hier nicht so einen Notfallhebel geben? Falls man sich selbst versehentlich im Kofferraum einsperrt?«

»Ja, ich glaube, das stimmt.«

»Fühl mal umher.«

Vorsichtig streckte ich die Fingerspitzen aus, damit ich mich in der Dunkelheit nicht an etwas Unerwartetem verletzte. Das Innere des Kofferraums war überraschend glatt. Auf dem Boden und an den Seiten lag fusseliger Teppich, der Deckel bestand aus glattem Metall und Hartplastik. Viel konnte ich nicht spüren, weil ich gegen die Innenwand gepresst war, aber ich gab mir Mühe. Zum Glück war ich barfuß, sodass ich sogar mit den Zehen herumtasten konnte, aber da war kein Griff.

»Hast du ihn gefunden?«, fragte Schroeder.

»Nein.«

»Warte! Ich glaube, ich hab was. Guck mal hier.«

»Hier drin ist es stockfinster. Wie soll ich mir das denn angucken?«

»Leg deine Hand auf meine Schulter.«

Ich tat es, berührte dabei aber kaum seinen Ärmel. Er nahm meine Hand in seine und streckte meinen Arm über seinen Körper, bis ich an die gegenüberliegende Wand stieß. Ich musste mich auf die Seite und fast auf ihn drauf rollen, damit ich überhaupt so weit kam, aber es klappte. Zusammen drückten wir an einem kleinen Plastikstück herum, aber auch unter größtem Druck ließ es sich nicht bewegen.

»Ich glaube, das ist er doch nicht.« Ich seufzte.

Er auch. »Vielleicht stammt das Auto ja noch aus der Zeit, bevor sie diese Hebel eingebaut haben.«

»Da haben sie wahrscheinlich sogar drauf geachtet.« Unsere Freunde hatten diesen idiotischen Plan offensichtlich sehr sorgfältig vorbereitet. Auf eine schräge Art und Weise bewunderte ich sogar ihr Engagement.

»Das ist doch verrückt«, sagte er noch einmal.

»Ich weiß.«

»Dann lass uns einfach sagen, dass wir uns vertragen haben und sie uns rauslassen können.«

Ich verzog im Dunkeln das Gesicht und war froh, dass er nicht sehen konnte, wie sehr ich mich bemühte, normal zu klingen: »Aber wir haben uns nicht wieder vertragen.«

»Willst du hier raus oder nicht?«

»Schon, aber ich will auch, dass du mit mir redest.«

Stille. »Das hier war doch nicht deine Idee, oder?«

»Nein! Ich schwöre! Ich hatte keine Ahnung, was sie vorhaben.«

»Unsere Freunde sind Idioten.«

»Ich glaube, sie wollen uns helfen.« Und seien wir ehrlich, für solche Späße waren sie immer zu haben. Besonders auf Kosten anderer. Der ganze Abend war im Prinzip ein einziger Witz auf meine Kosten gewesen. Wenn man es genauer betrachtete, war das hier eigentlich das passende Ende. Alles, was mir jetzt noch fehlte, war, dass sich ein echter Psychokiller hinters Steuer setzte und uns in seinen roten Raum der Schmerzen entführte.

»Das ist nicht gerade die Art von Hilfe, die ich brauche, *vielen Dank auch*!« Er hob die Stimme am Ende des Satzes, damit sie ihn draußen auch hörten.

Als Antwort hörten wir Gekicher und einen Schlag auf den Deckel.

»Die lassen uns nicht raus«, sagte ich.

»Ja, das hab ich verstanden. Danke.«

»Warum bist du denn so gemein zu mir? Ich bin nicht schuld, dass wir hier eingeschlossen sind.«

»Ich auch nicht.«

»Du bist doch derjenige, der sich den ganzen Abend über widerlich benommen hat. Die hätten uns nie eingesperrt, wenn wir uns nicht gestritten hätten.«

Wütend drehte er sich neben mir. »Du bist diejenige, die uns im Stich gelassen hat. Das alles wäre nie passiert, wenn du einfach mit uns gekommen wärst, wie wir es geplant hatten.«

»Ja, vielleicht hätte ich das sogar gemacht, wenn ich gewusst hätte, dass du dich sonst wie ein Baby aufführst.« Puh, ich hätte so gerne die Arme verschränkt und ihm meinen besten

Kind-des-Zorns-mit-Kraft-zur-Entflammung-Blick zugeworfen, aber ich konnte nicht mal wirklich einen meiner Arme freibekommen.

»Ich führe mich nicht wie ein Baby auf!«

»Ha! Wie soll man denn dein Verhalten sonst bezeichnen?«

»Du bist doch diejenige, die sich bei unseren Freunden beschwert hat.«

»Ich hätte keine Beschwerden gehabt, wenn du netter zu mir gewesen wärst.«

»Soll ich etwa dafür dankbar sein, dass du nicht mit mir zum Prom gehen wolltest?«

»Du hast mich doch überhaupt nie eingeladen!«, rief ich.

Er holte tief Luft, aber es folgte keine schlagfertige Antwort.

Draußen bestätigte erneutes Gelächter, dass uns alle zuhörten. Super. Ich sprach leiser. »Du hast nie auch nur ein Wort gesagt. Wie sollte ich denn wissen, dass du mit mir hingehen wolltest? Ich hab nicht mal gewusst, dass du … mich magst.« Es ging mir total gegen den Strich, dass ich das sagen musste, und ich verzog im Dunkeln das Gesicht.

»Jetzt weißt du es, bist du nun zufrieden?«, fragte er.

»Nein.«

»Ach ja? Ich auch nicht. Dann bin ich ja richtig froh, dass ich es dir gesagt habe.«

Das Herz klopfte mir bis zum Hals und mein Bauch füllte sich mit mutierten Schmetterlingen vom Mars. Das waren nicht die von der harmlosen Sorte, sondern die völlig durchgedrehten, zappeligen. Jetzt oder nie. Ich streckte den kleinen Finger aus, bis ich seinen Arm berührte, was vermutlich nach nicht viel klingt, aber eine Menge Mut erforderte. »Ich bin froh darüber«, flüsterte ich.

Er versteifte sich. »Weil du mir jetzt aus dem Weg gehen kannst?«

»Nein«, sagte ich schnell. »Ich … ich weiß noch nicht, wie ich damit umgehen soll, aber ich bin froh, dass du es mir gesagt hast.«

»Gott, ich bin so blöd«, murmelte er. »Warum musstest ausgerechnet du es sein?«

Sofort zog ich den kleinen Finger zurück. Wenn ich gekonnt hätte, wäre ich so weit wie möglich weggerannt. So viel zum Thema Mut. »Es … äh … tut mir leid?«

»Du bist die am wenigsten erreichbare Person, die ich kenne. Warum musste ich mich ausgerechnet in dich verknallen?«

Die marsianischen Schmetterlinge zappelten in meinem Magen. Am besten fuhr ich wahrscheinlich mit der klassischen Strategie aus Humor und Sarkasmus. »Wenn du dich dadurch besser fühlst, ich komme offenbar über Johnny Depp nicht hinweg. So viel zum Thema unerreichbar.«

»Das ist nicht mal ansatzweise – du bist manchmal so ein Blödspaten.« In seiner Stimme hörte ich unterdrücktes Gelächter und die marsianischen Schmetterlinge pausierten ihren Kriegstanz.

Ich nahm jedes verfügbare Fitzelchen Mut zusammen und streckte meinen kleinen Finger wieder in Richtung seines Arms aus. Als ich ihn fand, legte ich auch meine anderen Fingerspitzen an seinen Ärmel. »Wenn ich wie geplant mit der Gruppe gekommen wäre, hättest du dann was gesagt?«

»Ich … weiß nicht. Ich wollte … Ich dachte, vielleicht … keine Ahnung.«

»Falls es dich tröstet, ich wäre wahrscheinlich durchgedreht.«

»Super.« Er seufzte. »Da fühle ich mich gleich viel besser.«

»Das hat nichts mit dir persönlich zu tun.«

»Ich weiß, ich weiß. Dein verdammtes Grundprinzip.«

»Man hat mir erklärt, dass mein Keine-Dates-Grundsatz womöglich ein wenig bescheuert ist. Potenziell.«

Stille.

Ich biss mir auf die Lippe und wartete darauf, dass er etwas sagte.

Endlich tat er es. »Aha. Wer denn?«

»Och … du weißt schon … alle, die ich kenne.« Ich zuckte mit den Schultern, auch wenn nur eine Schulter sich bewegen ließ.

»Was hat das überhaupt für einen Grund?«

Ich seufzte und erzählte ihm von meiner Mom. Es war komisch, dass er das nicht wusste, aber ich sprach normalerweise nicht darüber.

Ich dachte nicht mal viel an sie. Ganz bestimmt hielt ich mich nicht für jemanden, der bemitleidet werden musste. Höchstens für meinen Namen. Ich sah mich selbst nicht als jemanden, der seine Mom verloren hatte, weil ich mich nicht daran erinnern konnte, je eine gehabt zu haben. Mein ganzes Leben lang hatte ich mir geschworen, so was meinen eigenen Kindern nicht anzutun. Aber vermutlich dachte ich über meine Eltern nur genau so, wie eben alle über ihre Eltern denken. Wie Lisa, die nicht Lehrerin werden wollte, nachdem sie gesehen hatte, wie schwer ihre Mutter arbeiten musste. Oder Cassidy, die ihren Vater für verrückt hielt, weil er sich so sehr für Zahlen und Mathe interessierte, dass er Finanzbuchhalter geworden war. Absichtlich! Bei mir war es einfach ein wenig umfassender. Gründe keine Familie, bevor du dafür bereit bist, oder du läufst am Ende noch fort, um Flugbegleiterin zu werden. Es schien doch so leicht zu sein. Aber vielleicht hatte ich das Ganze ein wenig übertrieben.

»Es tut mir leid, dass deine Mom euch verlassen hat«, sagte Schroeder, als ich fertig war. »Das ist ätzend.«

»Sie fehlt mir ja nicht oder so«, sagte ich und legte die Finger um seinen Arm. »Ich schwör's. So ist das nicht. Ich bin nicht traumatisiert und todunglücklich.«

»Wenn du's wärst, wäre es auch okay.«

»Ich ...« Die Worte blieben mir im Halse stecken. »Ich bin's nicht. Ich will es eben besser machen. Ich weiß, dass ich es besser kann als sie.«

»Offensichtlich.«

»Und ich fang damit an, dass ich meinen Kindern total normale Namen gebe. Wie Mary oder John.«

Er lachte. »Mir gefällt dein Name.«

»Du nennst mich Milz.«

»Du nennst mich Schroeder.«

»Glaub mir, Heart ist ein schrecklicher Name.«

»Er passt zu dir. Du bist keine Mary.«

»Und wie wäre es mit Marilyn?«

»Nein. Vielleicht eine Lunge ...«

Ich zwickte ihn in den Arm, was ihn laut auflachen ließ, und dann legte er seine andere Hand auf meine Finger. Meine Zehen kringelten sich und gruben sich in die fusselige Wand zu meinen Füßen. Mein Puls verdreifachte sich schlagartig.

»Das ist jedenfalls der Grund für die Keine-Dates-Regel. Ich will nur sichergehen, dass ich nicht so ende wie meine Mom.«

»So, du bist also der Meinung, dass es keine Zwischenstufe gibt zwischen *keine Dates* und *zwei Kinder haben*, ehe man zwanzig ist?«

»Ja, das ist der Teil, den die meisten nicht verstehen.«

»Da gehör ich auch dazu.«

»Ich hab mir einfach gedacht, dass es leichter wäre, die Sache insgesamt zu vermeiden, statt mir darüber Gedanken zu machen, wie ernst es mir mit jemandem ist. Wenn man keinen Freund hat, kann man auch nicht schwanger werden.« Ich schluckte und war dankbar, dass er in der Dunkelheit nicht sehen konnte, wie peinlich es mir war, über solche Sachen mit ihm zu reden.

»Du weißt schon, dass das ein bisschen anders funktioniert, oder?« Seine Finger auf meiner Hand zuckten.

»Als ich mir diesen Grundsatz auferlegt hab, war ich viel jünger, okay?«

Er lachte.

Es war an der Zeit, das Thema zu wechseln, ehe er noch meine mangelnde Erfahrung mit Dates genauer untersuchen wollte. »So, was ist mit dir? Warum hast du nicht früher was gesagt?«

»Du meinst abgesehen davon, dass du keinen Zweifel daran gelassen hast, dass du nicht interessiert bist?«

Ich versuchte, meine Hand zurückzuziehen, aber er ließ seine Finger auf meinen liegen und streckte sogar seine andere Hand aus, bis sie an mein Bein stieß. Von der Stelle stieg plötzlich eine Wärme in mir auf, als hätte dort die Sonne hingeschienen.

»Ich, äh, ich war vor der Highschool so eine Art Loser.«

»Häh?« Ich konnte ihn mir als keinen anderen vorstellen als der, der er war.

»Lass es mich mal so sagen – auf der Middle School sind die Mädchen von einem Typ, der Standardtänze kann, deutlich weniger beeindruckt als auf der Highschool.«

Ich lächelte die Schwärze zwischen uns an. »Warum hast du es denn dann gelernt?«

»Meine Mom hat eine Tanzschule.«

Verständnis machte sich in mir breit. »Und sie hat dich gezwungen.«

»Genau.«

»Wieso weiß ich davon gar nichts?«

»Weil ich nicht herumlaufe und es allen erzähle. Ich weiß auch nicht, was dein Dad arbeitet.«

»Er verkauft und verlegt Teppiche und Bodenbeläge. Der glamouröseste Job aller Zeiten.«

Er lachte kurz. »Deshalb auch der Van, oder?«

Ich hatte plötzlich wieder dieses Schwindelgefühl und meine Ohren klingelten. Ich kniff die Augen zu, als ob es noch dunkler werden könnte.

»Ja«, flüsterte ich, als das Gefühl langsam nachließ. Ich glaube, der Entzug aller Sinnesreize bekam mir nicht.

»Alles okay?«

»Ja.« Ich öffnete die Augen, aber es gab nach wie vor nichts zu sehen. »Was wolltest du gerade über deine Mom sagen?«

»Sie hat geschworen, dass ich ihr eines Tages dankbar sein würde. Aber einige Mädchen aus meiner Klasse hatten bei ihr Tanzunterricht – Jazzdance, Contemporary und so weiter. Sagen wir es mal so, sie haben das Ganze nicht unbedingt für sich behalten.«

Ich hatte eine ziemlich genaue Vorstellung davon, wie sie ihn gequält haben mussten. Die Middle School war weder der Ort noch die Zeit fürs Anderssein. Als jemand namens Heart war ich geradezu eine Expertin in diesem Thema. Komisch, wie man mit jemand befreundet sein konnte, ohne die dunklen Ecken seines Lebens zu kennen. Ich schätze, wir haben alle unsere Geheimnisse.

»Das tut mir leid.«

»Frank Blanchard war besonders grausam.«

»Oh.« Und wir waren jetzt hier bei ihm zu Hause. Genauer gesagt, in seiner Einfahrt. Kein Wunder, dass Schroeder keine Lust auf die Party gehabt hatte.

»Wenn man das Klavierspielen dazunimmt, war ich nicht gerade der Beliebteste. Ich habe gelernt, mich unauffällig zu verhalten.«

»Aber jetzt bist du … du.« Ich rieb meinen Daumen gegen seinen Bizeps. »Ich halte dich für … Warum war es bloß so schwer, jemandem ein echtes Kompliment zu machen? Mir fiel nie etwas ein, das nicht künstlich oder unpassend klang. »Also, du bist … toll.«

»Aber nicht toll genug, um an deinem Grundprinzip zu kratzen«, sagte er mit Bestimmtheit.

Der Puls dröhnte mir in den Ohren und meine Hände zitterten. Ich leckte mir zweimal über die Lippen, ehe ich endlich sprechen konnte. »Ich weiß nicht. Das würde ich nicht sagen.«

Seine Fingerspitzen drückten sich in meinen Handrücken. »Was?«

»Ich glaube …«, stieß ich keuchend hervor, weil mein Herz kurz davorstand, mir die Rippen zu sprengen. »Ich glaube, für dich würde ich meinen Grundsatz vielleicht ändern.«

Er drehte sich ganz zu mir um und zwang mich dadurch, meine Knie näher an die Brust zu ziehen. Seine lagen eingequetscht unter meinen. »Ist das dein Ernst?«

»Aber du musst mir was versprechen.« Mein Puls raste so sehr, dass ich schon Pünktchen vor meinen Augen tanzen sah.

»Was?«

Ich lachte ein merkwürdiges, keuchendes Lachen, aber zu mehr war ich in meiner Atemlosigkeit einfach nicht fähig. So viel Angst hatte ich noch nie in meinem Leben gehabt. »Du musst mir versprechen, dass du nicht mehr so ein Ekel bist.«

Mit der Hand traf er mich erst an der Schulter, ehe er sie mir seitlich an den Hals legte. Warm und nicht verschwitzt, so wie immer. Eine knisternde elektrische Spannung durchlief mich, vom Kopf bis zu den Zehenspitzen. »Tut mir leid. Ich war heute Abend wirklich gemein zu dir.«

»Und du musst mir versprechen, dass wir es langsam angehen lassen.«

»Langsam.« Er nahm die Hand von meinem Hals, deshalb ergriff ich sie und legte sie wieder zurück an ihren vorherigen Platz. Ich wollte den Hautkontakt nicht aufgeben. Selbst so zusammengedrängt, wie wir waren, brauchte ich das Gefühl von Haut an Haut, um zu begreifen, was gerade passierte. Ich hätte alles darum gegeben, sein Gesicht sehen zu können.

»Wie langsam?«

Ich konnte an nichts anderes als an meine Mutter denken und platzte heraus: »Na ja, Hauptsache wir kriegen nicht gleich Kinder, okay?«

Er lachte lauthals. »Kein Problem!«

»War das jetzt zu viel? Tut mir leid, ich weiß überhaupt nicht, was ich hier mache. Ich wollte nicht … Ich sollte nicht …«

»Heart.«

Beim Klang seiner Stimme beruhigten sich meine Nerven. »Ja?«

»Es ist alles in Ordnung.«

»Okay. Tut mir leid. Ich glaube, ich werde mich ganz fürchterlich anstellen, nur dass du es weißt.«

»Ist gut. Wir lassen es langsam angehen.«

Mein Herz klopfte und einen langen Moment sagte keiner von uns beiden etwas. Ich war mir sicher, dass er meinen Puls an seiner Handfläche spüren konnte.

»Kann ich dich was fragen?«, begann er.

»Na klar.«

»Hast du schon mal jemanden geküsst?«

Ich wurde rot. »Äh, ja. Vorhin.«

»Nein, ich meine richtig geküsst.«

In der siebten Klasse, bevor ich beschlossen hatte, allen romantischen Verwicklungen aus dem Weg zu gehen, war ich mal bei Sophie Middleworths Geburtstagsparty mit einem passabel aussehenden Jungen namens Dylan in einen Schrank geschickt worden. Wir spielten *Sieben Minuten im Himmel*, eines der unangenehmsten Kussspiele in der langen Geschichte der unangenehmen Kussspiele. Ich schwankte damals zwischen absolutem

Horror davor, dass wir uns sieben Minuten lang ausschließlich anstarren würden, und absolutem Horror davor, dass er versuchen würde, mich zu begrapschen, ehe die Zeit um war. Irgendwann fragte er mich, ob ich ihn küssen wollte, ich sagte Ja und wir verbrachten dreißig merkwürdige Sekunden mit aufeinandergepressten Lippen. Dylan küsste jedoch eher wie ein Blutegel als ein Junge und hing an meinem Mund, als ob er mir das Blut aussagen wollte. Ich war überglücklich, als die Zeit endlich um war.

Seit meinem ekligen ersten Kuss hatte ich zweimal einen Jungen auf der Bühne geküsst, einer davon war Neel. Und einmal hatte ich die Warnzeichen eines sich anbahnenden Kusses von einem übereifrigen Tanzpartner beim Homecoming-Ball in der neunten Klasse übersehen. Und das war's.

Um Schroeders Frage zu beantworten, sagte ich: »Äh … definiere ›richtig‹.«

Er sagte nichts, sondern zog mich zu sich heran und fand im Dunkeln meine Lippen. Er hatte so überhaupt nichts von einem Blutegel. Als er den Kopf neigte und den Winkel veränderte, in dem sein Mund auf meinem lag, schloss ich die Augen. Der Kuss war weich, warm und ließ meine Finger und Zehen kribbeln. Ohne überhaupt zu wissen, was ich da tat, öffnete ich die Lippen. Er schmeckte nach etwas Süßem.

Also darum wurde so viel Wirbel gemacht.

Ich legte ihm eine Hand auf die Brust und griff mit der anderen in den losen Stoff an der Seite seines Hemdes. Er sollte näher bei mir sein, als unser beengter Platz zuließ. Mein Atem beschleunigte sich und ich fragte mich abwesend, ob das normal war, aber es interessierte mich nicht genug, um aufzuhören.

Schließlich zog er sich zurück und versuchte, mich in seine Arme zu ziehen, aber unsere Knie lagen immer noch eingequetscht zwischen uns. »Wir können aufhören«, sagte er. »Es langsam angehen lassen.«

»Nein«, sagte ich. »So langsam nun auch nicht.«

Er lachte, küsste mich erneut und ich schmolz dahin.

Ein Klicken kündigte an, dass der Kofferraum gleich geöffnet werden würde, und wir fuhren auseinander und keuchten beide in der kühlen Luft, die durch den Spalt hereinströmte, als der Deckel angehoben wurde.

Obwohl es mitten in der Nacht war, war das Umgebungslicht draußen im Vergleich zum tiefen Dunkel des Kofferraums geradezu grell. Ich blinzelte und sah in den Halbkreis von Gesichtern, die auf uns herabsahen.

»Alles in Ordnung mit euch?«, fragte Lisa. »Wir haben euch nicht mehr gehört, deshalb hatten wir schon Angst, ihr wärt ohnmächtig geworden.«

»Uns geht's gut.« Schroeder grinste sie an und ich lächelte und drückte mir die Hand gegen die heiße Wange.

»Und?«, fragte Neel. »Müssen wir euch noch ein bisschen länger da drin einschließen oder vertragt ihr euch wieder?«

»Mach wieder zu«, sagte Schroeder.

Cassidy seufzte und schickte sich an, den Kofferraum zuzuklappen.

»Stopp!« Ich hielt die Hand hoch, damit sie uns nicht wieder einsperrte. »Das war nur ein Scherz.«

Alle sahen Schroeder erwartungsvoll an. »Ja, es ist ziemlich stickig hier drin. Wir wollen raus«, bestätigte er.

»Und?« Diesmal war es Becca, die fragte, als ich meine Hände ausstreckte, damit mir jemand aus dem Kofferraum half. »Seid ihr jetzt wieder Freunde?«

Ich stand mit beiden Füßen auf dem Asphalt und drehte mich zu Schroeder um, der gerade aus dem Auto kletterte. Mein Herz klopfte laut und glücklich, obwohl die marsianischen Schmetterlinge in meinem Magen nervös Pirouetten drehten. »Alles okay«, bestätigte ich.

»Wir haben das geklärt«, stimmte er zu und strich sich mit den Händen glättend über seine Klamotten.

Alle starrten uns erwartungsvoll an. Ich starrte zurück. »Was ist denn?«

Niemand sagte etwas.

Ich ließ meinen Blick auf unseren Freunden ruhen, beugte mich aber hinüber zu Schroeder und sagte in meinem besten Bühnenflüsterton: »Ich glaube, die sind in eine Art Trance verfallen.«

»Komm, Heart.« Er hielt mir die Hand hin und ich verschränkte lächelnd meine Finger in seinen. »Gehen wir lieber, ehe wir uns womöglich damit anstecken.«

Er legte einen flotten Schritt vor, sodass ich neben ihm hertraben musste, um mitzuhalten. Meine nackten Füße machten dabei leise Klatschgeräuse auf dem Bürgersteig. Als wir etwa vier Autos weit gegangen waren, hielt er plötzlich an und zog mich für einen Kuss in seine Arme.

Die Begeisterungsrufe unserer Freunde dauerten noch an, nachdem wir längst wieder aufgehört hatten.

KAPITEL 29

über nackte Frauen und kindische Streiche.
Und Küsse.

Die Party, die mir zuvor verwirrend und überfüllt und nervig erschienen war, kam mir inzwischen fast belanglos vor, als ich an Schroeders Hand durch den Garten zum Pool ging. Die Dramafrei-beim-Prom-dabei-Crew klebte uns an den Fersen, obwohl wir ihnen nicht gesagt hatten, dass sie uns folgen sollten.

Cassidy rannte zu mir und klopfte mir mit der Hand auf die Schulter. Ich drehte mich um, um ihr einen bösen Blick zuzuwerfen. Sie machte große Augen und deutete auf Schroeder. »Oh mein Gott!«, sagte sie lautlos.

Ich bemühte mich, ärgerlich auszusehen, aber mein Lächeln ruinierte den Versuch. Ich hatte einfach keinen Platz für Ärger vor lauter marsianischen Schmetterlingen, die in meinem Körper umhertollten wie ein wild gewordenes Eichhörnchen mit Nusskoller.

Als wir an den Pool kamen, war dort bereits eine Handvoll Leute im Wasser, die meisten davon in Unterwäsche. Ich hatte weder vor, nackt oder in meiner Unterwäsche zu baden, aber meine Füße ins Wasser zu tauchen, hielt ich für eine großartige Idee, und so ging ich in einer Ecke die erste Stufe ins Wasser hinunter. Das kühle Gefühl an meinen Füßen, die heute Abend so viel durchmachen mussten, ließ mir die Augen wie von selbst zufallen. Zu lange in Riemchenpumps gelaufen, zu lange barfuß auf den verschiedenen Oberflächen von Frank Blanchards Grundstück.

»Oh, ich auch!«, rief Lisa und machte einen Schritt ins Wasser. Weil sie ein kürzeres Kleid anhatte, konnte sie sogar auf der zweiten Stufe stehen, ohne ihre Klamotten nass zu machen. Kurz danach waren auch Ally und Cassidy mit uns im Pool, während die Jungs auf den danebenstehenden Klubsesseln saßen. Schroeder war der Einzige, der seine Schuhe auszog und die Hosenbeine hochrollte.

Bevor er uns Gesellschaft leisten konnte, hakte mich Cassidy unter und zog mich zu sich, damit sie mit mir und den anderen Mädchen flüstern konnte. »Willst du dich wirklich ernsthaft mit Chase verabreden?«, fragte sie.

Mit hämmerndem Herzen sah ich über die Schulter zu ihm hin. »Ich denke schon, ja.« Das war alles, was ich rausbrachte.

»Endlich!«, rief Lisa.

»Jaja. Pst!«, zischte ich sie an.

»Oh mein Gott, das ist so toll!«, sagte Cassidy. »Er fährt schon so lange auf dich ab.«

»Ich weiß.« Ich blinzelte und hatte das Gefühl, als ob die Welt kurz wackelte und sich gleich wieder ausrichtete. So als ob mein Gehirn Achterbahn fuhr. Ich presste mir die Hand gegen die Schläfe, bis ich wieder klar sehen konnte. Ich glaube, in meinem ganzen Leben war ich noch nie so müde gewesen.

»Warte mal – heißt das, dass du auch auf ihn gestanden hast?«, fragte Ally.

»Ich hab mir das nie so klargemacht – oder besser gesagt, ich wollte es nicht eingestehen, aber ich schätze schon –, ja, hab ich.«

Cassidy und Ally machten gleichzeitig »Aaaah«, während Lisa mit den Augen rollte.

»Hey«, sagte Schroeder und stellte sich neben mich auf die Stufe. Mit den Fingern strich er auf dem Weg hinunter zu meiner Hand über die Innenseite meines Arms und ich erschauerte. An diese Berührerei musste ich mich erst gewöhnen. Es war viel intensiver, als ich mir vorgestellt hatte. »Ich kann nicht glauben, dass ich in Frank Blanchards Pool stehe.«

»Ja, genau«, bestätigte Ally. »Wer hätte gedacht, dass wir heute Abend hier landen.«

»Ich hätte nicht gedacht, dass ich überhaupt jemals hier lande«, sagte er.

»Wir wollten ihm doch einen Streich spielen …«, sagte ich gedankenverloren und kniff die Augen zusammen.

»Wollten wir das?«, fragte Cassidy.

»Wollten wir das?«, fragte Schroeder mit ebenfalls zusammengekniffenen Augen.

»Ich glaube …« Mir drang eine hohe, weinerliche Stimme in die Ohren und ich schüttelte den Kopf. »Wow, ich bin so müde, dass mir schon die Ohren klingeln.«

»Jemand redet gerade über dich«, verkündete Cassidy. »Welches Ohr war es, rechts oder links?«

»Beide.«

»Oh.« Sie wirkte ratlos.

»Wann fahren wir denn zu Neel?«, fragte Schroeder.

»Bald«, antwortete Ally. »Ich würde jetzt gern was Bequemeres anziehen.«

»Geht mir auch so. Gehen wir.« Schroeder stieg aus dem Wasser, hielt aber weiterhin meine Hand fest. »Wir suchen die anderen. Ihr könnt solange hierbleiben.«

Barfuß gingen wir über die Pooleinfassung. Eigentlich fehlten uns nur noch Kim und Dan, dann konnten wir los.

»Haben die beiden nicht vorhin Billard gespielt?«, fragte ich und sah hinüber zur Kellertreppe. »Oder warte mal – waren die nicht im Pavillon?« Ich blinzelte ein paarmal und war mir nicht sicher, was nun stimmte.

Schroeder sah mich an. »Ist alles in Ordnung mit dir?«

Ich nickte, war mir aber selbst nicht ganz sicher.

»Lass uns zuerst im Keller nachsehen.«

Dort fanden wir sie nicht, dafür aber Phil, Doug, Tara, Randi und Austin.

»Da ist ja meine Schwester!«, rief Phil. »Alles okay bei dir? Du siehst aus, als hätte dich jemand in einen Kofferraum gesteckt.« Er lachte und ich spürte schon wieder einen Anflug von Schwindel.

Ich griff nach Schroeders Arm. »Ich fahre jetzt mit meinen Freunden los. Bei euch alles klar?«

»Jaja, geh ruhig. Wir schlafen wahrscheinlich einfach hier.«

Als ich mich umsah, bemerkte ich, dass ein paar Leute fehlten. »Wo ist denn Troy?«

Austin lachte. »Du wirst es nicht glauben, aber Amy ist aufgetaucht – total verheult und so.«

Randi verdrehte die Augen. »Sie will ihn wiederhaben und er war sofort dabei. Echt armselig.«

»Oh!« Ich war mir nicht sicher, ob ich jetzt erleichtert oder enttäuscht sein sollte. »Hm, na ja, okay dann.«

Plötzlich stand Tara auf und umarmte mich kurz. »Es hat Spaß gemacht mit dir.«

In meinem Kopf zuckten verwirrende Bilder umher – Taras Kleid, das in der Nachmittagssonne glitzerte, die Krönung des Prom-Hofstaats, wie sie mit meinem Bruder tanzte, wie ich vor Blanchards Haus herumstand.

»Mit dir auch«, entgegnete ich, weil ich das Gefühl hatte, dass das die richtigen Worte waren.

Ich winkte allen zu und Schroeder ging wieder zurück zur Treppe.

»Hey, Heart, wart mal einen Moment!«, rief Phil mir hinterher. Ich drehte mich zu ihm um. »Ist das jemand, über den ich Bescheid wissen sollte?«, fragte er, nickte in Richtung Schroeder und versuchte, einschüchternd zu wirken.

»Also bitte, Phil.« Ich verdrehte die Augen.

»Sei anständig zu meiner Schwester«, sagte er und drohte dem armen Schroeder mit dem Finger.

»Und sei du anständig zu Tara«, entgegnete ich und stieß ihm den Finger in die Brust. »Vielleicht kannst du ja heute Abend mal die Sauferei lassen. Dann muss sie sich nicht ständig um dich kümmern.«

»Jaja.« Er klang herablassend, aber dann sah er mir in die Augen. »In Ordnung.«

»Ich nehme Persönliche Entwicklung für zweihundert, Alex«, frotzelte ich.

»Gleichfalls.«

»Wir sehen uns zu Hause.« Ich grinste ihn an und folgte Schroeder aus dem Keller hinaus.

»Worum ging's denn da?«, fragte er, als wir uns die überfüllten Stufen hochquetschten.

»Lange Geschichte. Irgendwann erzähl ich's dir mal.«

Wir suchten im Erdgeschoss, fanden aber keine Spur unserer fehlenden Promcrew-Mitglieder.

»Oben?«, fragte Schroeder zweifelnd.

»Lass uns nachsehen.«

Die meisten Türen im Obergeschoss waren geschlossen, genau wie beim letzten Mal, als ich hier gewesen war, aber diesmal schienen nicht alle Zimmer belegt zu sein. Wir öffneten die meisten und fanden mehrere besinnungslose Partygänger. Es war unmöglich zu sagen, ob sie schliefen oder ohnmächtig waren, aber ich war schon lange über den Punkt hinweg, wo ich für jemanden verantwortlich sein wollte, der zu viel getrunken hatte.

Das letzte Zimmer, das wir überprüften, hatte ein Schild an der Tür, auf dem »BLEIB DRAUSSEN ODER ICH BRING DICH UM« stand.

»Halt mich für verrückt, aber ich glaube, das hier ist das Zimmer von Frank«, sagte ich.

»Ich wette fünf Dollar, dass er irgendwo mindestens ein Poster mit einer nackten Frau hängen hat.«

»Igitt.«

»Wollen wir's rausfinden?« In Schroeders Augen sah ich einen schadenfrohen Ausdruck, den er nicht hätte verleugnen können.

»Auf geht's.« Ich drehte den Griff und war überrascht, dass nicht abgeschlossen war. Vermutlich hielt Frank Blanchard seine Worte für ausreichend abschreckend. Der einzige Lichtschein im Zimmer kam von einem Aquarium. Als wir jedoch näher rangingen, sah ich, dass es eigentlich ein Terrarium mit einer großen Echse war.

Ich konnte nicht anders. »Eklig«, sagte ich schaudernd.

»Huch. Ich hätte dich glatt für eine Tierfreundin gehalten«, sagte Schroeder.

»Tiere mit Pelz? Ja. Tiere mit Schuppen? Nein.«

Er lächelte und ließ meine Hand los, um sich schnell umzusehen. Ich starrte wie gebannt auf die hervortretenden Augen der Echse und schaffte es nicht, meinen Blick loszureißen.

»Aha!« Schroeder machte die Zimmertür zu und enthüllte so das erwartete Poster einer vollbusigen Blondine an der Wand.

»Das ist einfach traurig«, verkündete ich.

»Traurig?«

»Weil es so vorhersehbar ist. Was finden Männer nur an

Blondinen mit unmöglichen Proportionen?« Ich hielt mir die Hände vor die Brust, um anzudeuten, wie viel Busen mir fehlte, um mich mit Little Miss Nackedei zu vergleichen.

»Ich persönlich bevorzuge eh Brünette«, sagte er.

Ich verdrehte die Augen. »Den Spruch hab ich ja noch nie gehört.«

»Aber es stimmt!« Er kam zu mir herüber und legte mir die Hände um die Taille. »Dunkelbraune Haare haben etwas, das mir gefällt …« Er küsste mich und zum ersten Mal hatten wir kein Publikum oder lagen irgendwo eingequetscht. Ich schlang ihm die Arme um die Schultern und er seine um meine Taille und wir atmeten synchron, während sich unsere Lippen bewegten.

Überall in meinem Körper wurden plötzlich Nervenenden lebendig und überschütteten mein Gehirn mit unzähligen Reizen. Ich drückte mich so fest an ihn, dass er einen Schritt zurückmachen musste. Und noch einen und noch einen, bis er mit dem Rücken an Blanchards Bett stieß. Ohne den Kontakt zu unterbrechen, sanken wir gemeinsam auf die Plüschdecke.

Oh Gott, was hatte ich nicht alles verpasst. War Küssen immer so berauschend? So intensiv? Ich war wie benommen und wollte doch immer mehr. Bereitwillig hätte ich ihn geküsst, bis ich unter Sauerstoffmangel litt, aber er machte sich los.

»Langsam«, erinnerte er mich. »Du hast gesagt, wir wollen es langsam angehen lassen.« Ächzend und schwer atmend rollte er sich auf den Rücken.

»Stimmt.« Ich hielt mir meine zitternde Hand vor den Mund. »Wir sollten die anderen suchen.«

»Genau.«

Trotzdem blieben wir beide noch ein paar Minuten lang atemlos liegen.

»Wir sollten hier verschwinden«, sagte ich.

»Ja.«

Ich stand zuerst auf und prüfte kurz, ob irgendwo etwas herausschaute. Mal abgesehen von dem großen Spalt auf meinem Rücken, in dem man das Panzertape sehen konnte, natürlich. Schroeder kam nur langsam hoch, räusperte sich ein paarmal und holte tief Luft, bevor er endlich stand.

»Alles in Ordnung?«, fragte ich.

»Ja, alles gut.« Er sah sich um. »Ich bin auf eine merkwürdige Weise zufrieden mit mir, dass ich in Frank Blanchards Schlafzimmer herumgeknutscht habe.«

Ich grinste. »Schön, dass ich behilflich sein konnte.«

»Gehen wir.« Er streckte mir die Hand hin, aber ich griff nicht zu. »Was ist?«

»Komm, wir falten seine Bettdecke so zusammen, dass sie zu kurz ist.«

»Ist das dein Ernst?«

Kichernd zuckte ich mit den Schultern. »Warum denn nicht? Du kannst ihn nicht leiden, oder?«

Er öffnete den Mund, als ob er protestieren wollte, aber brachte nur ein Grinsen zustande. »Na los.«

Gemeinsam falteten wir die Decke so in sich zusammen, dass man sie nicht mehr einfach ausbreiten konnte. Äußerlich sah man jedoch nichts. Dabei lachten wir, als wäre das der lustigste Streich aller Zeiten. Was er vermutlich auch war.

»Ich wünschte, ich könnte sein Gesicht sehen, wenn er sich reinlegt«, sagte ich.

»Wenn ich nur etwas hätte, damit er mich verdächtigen könnte, aber sich trotzdem nie ganz sicher wäre.« Schroeder klopfte sich mit dem Finger ans Kinn.

Welche Möglichkeiten hatten wir denn? »Ich könnte eine Tablette gegen Sodbrennen auf sein Kissen legen, wie die Schokolade im Hotel.«

Er lachte und hielt mir die Hand hin. »Na los, verschwinden wir.«

Ich ergriff seine Finger und folgte ihm in Richtung Tür. Plötzlich hielt er an und wühlte in seiner Tasche.

»Warte! Ich hab's.« Als seine Hand wieder auftauchte, lag darin ein ganz klein zusammengefalteter Zwanzigdollarschein.

»Was ist denn das?«

»Das hat mir meine Mom mitgegeben, für Notfälle.«

Ich verdrehte die Augen. »Und was hab ich dagegen als Notfallausrüstung bekommen?«

Lächelnd ließ er mich los, um den Schein auseinanderzufalten. Darin lag etwas. »Um es zu beschweren, damit er mir nicht aus der Tasche fällt«, erklärte er auf meinen fragenden Blick hin. Als der Schein komplett abgewickelt war, erkannte ich die goldene Chuck-E.-Cheese-Wertmarke, die er mir im Chemieunterricht geborgt hatte.

»Perfekt!«

Er ging wieder hinüber zum Bett und legte die Marke auf Franks Kissen, wie ein Pfefferminz im Hotel.

Wir schlichen uns in den Flur und waren froh, dass niemand unsere Flucht mitbekommen hatte. Schroeder nahm mein Gesicht in die Hände und küsste mich sanft.

»Wofür war das denn?«, fragte ich.

»Ich muss das ausnutzen, ehe du wieder klar denken kannst und deine Meinung änderst.«

»Chase!«

Er stutzte, die Fingerspitzen immer noch an meinem Kinn. »Wow, das klingt echt schräg.«

»Entschuldige, soll ich … nicht?«

»Nein. Ich weiß nicht.« Er lächelte langsam. »Mir war gar nicht klar, dass ich mich an diesen blöden Spitznamen schon so gewöhnt hatte.«

»Ich nenne dich wenigstens nicht Bauchspeicheldrüse«, warf ich ihm mit gerunzelter Stirn vor.

Er grinste. »Das war einer meiner Lieblingsnamen.«

Ich verdrehte die Augen. »Na los. Lass uns die anderen suchen und hier verschwinden.«

KAPITEL 30

über Sonnenaufgänge, Zimtröllchen und Schicksal

Mit der Zeit ist es komisch. Wenn man in einer langweiligen Unterrichtsstunde sitzt, vergehen die Minuten so langsam, dass man das Gefühl hat, alles Leben wird aus einem herausgesaugt. Wenn man im Wartezimmer beim Zahnarzt sitzt, sind fünfzehn Minuten vorbei, ehe man tief Luft holen kann.

Der Prom hatte für mich eine gefühlte Ewigkeit gedauert und trotzdem war er so schnell vorbeigegangen, dass ich kaum glauben konnte, dass der Himmel sich schon von Vor-Morgenröte pink färbte, als der Tagesstätten-Schrägstrich-Serienmörder-Van vor Blanchards Haus auf die baumgesäumte Straße fuhr. Bis zu Neel war es weniger als eine Meile, aber ich konnte spüren, wie mir die Augen zufielen, und lehnte hinten im Van meinen Kopf an Schroeders Schulter. Unsere Finger waren auf dem Sitz zwischen uns verschränkt und sein Knie berührte meins, wenn wir über ein Schlagloch fuhren.

Ein paar Stunden früher hätte ich nie gedacht, dass mein Abend so enden würde, und trotzdem erschien es mir jetzt wie die natürlichste Sache der Welt.

»Neel? Ob uns deine Mom vor dem Frühstück ein bisschen schlafen lässt?«, murmelte Ally aus der Reihe vor uns.

»Wir sollten erst frühstücken und dann schlafen«, sagte Ryan.

»Der Mann ist ein Genie!«, rief Neel und deutete auf Ryan, der neben ihm saß.

Schroeder lachte, wodurch mein Kopf vibrierte, und ich brummte und schmiegte mich enger an ihn.

»Ich werde jetzt schlafen bis zu meinem fünfundvierzigsten Geburtstag«, verkündete jemand.

»Ach Quatsch, da musst du doch vorher aufs Klo«, antwortete jemand anderes.

»Wir sind gleich da!«, rief, wer auch immer hinter dem Steuer saß.

»Super.« Irgendjemand gähnte. Die Stimmen formten ein schwindelerregendes Muster in meinem Kopf. Ich konnte nicht mehr erkennen, wer sprach und wie viel Zeit zwischen den einzelnen Sätzen verging.

»Wir sind da«, sagte jemand und ich versuchte, mich zum Augenaufmachen zu zwingen. Das war keine leichte Aufgabe.

»Alle Mann von Bord«, befahl Neel.

Stöhnend und gähnend verließen wir den Bus.

Anfang der Woche hatten wir alle Neel Taschen mit Schlafanzügen und normalen Klamotten für die Promnacht mitgegeben. Selten hatte etwas so einladend auf mich gewirkt wie jetzt mein weicher Schlafanzug.

Schroeder legte mir den Arm um die Schultern. »Du siehst fix und fertig aus.«

»Ich fühle mich, als hätte ich zwei Proms hinter mir.«

»Das Gefühl kenne ich.«

Neels Mom begrüßte uns mit verstörender Munterkeit. Sie war schon seit halb fünf auf und hatte auf uns gewartet. Sie schickte uns in zwei verschiedene Zimmer zum Umziehen. Ally legte sich in dem uns zugeteilten Zimmer sofort mit dem Gesicht nach unten auf das Bett.

»Steh auf«, wurde sie von Cassidy angestubst. »Du willst bestimmt noch den BH ausziehen.«

»Den hab ich längst ausgezogen«, murmelte Ally in die Decke hinein.

»Wo ist er denn?«, fragte ich.

»Keine Ahnung.« Ally gähnte. »Ist mir auch egal.«

»Leute, ich brauch Hilfe.« Ich drehte mich herum, um sie an mein repariertes Kleid zu erinnern, und Cassidy lachte.

»Ach ja! Das hatte ich fast vergessen.« Sie kam näher. »Oh mein Gott, das sieht inzwischen ganz schön eklig aus.«

»Hilf mir einfach beim Ausziehen.«

Cassidy und Kim versuchten es gemeinsam und legten mir die Hände auf den Rücken, während sie die Klebebandstreifen vom Stoff abzogen. Als endlich eine Seite frei war, fiel mein Kleid wie ein Bündel Stoff runter zu meinen Füßen, sodass ich nur in Unterwäsche dastand.

»Ach, du liebe Zeit, was ist denn mit dem Reißverschluss passiert?« Ich drehte mich, um den Schaden zu inspizieren. Irgendwann im Laufe der Nacht hatte sich das Reißverschlussband komplett vom Panzertape gelöst. Es war ein Wunder, dass das Klebeband das ganze Ding überhaupt noch zusammengehalten hatte.

»Hast du ein Glück, dass das nicht auf dem Ball passiert ist«, sagte Cassidy.

»Wem sagst du das.« Ich hob die kläglichen Überreste meines Granatenkleids auf und bemerkte den ganzen Kram auf dem Klebeband. »Was ist denn das alles?«

Es war ein Mosaik aus allen möglichen Fusseln und Stückchen. Ich erkannte die Farbe der Stühle beim Abendessen wieder, den grauen Teppich aus Beccas Kofferraum und sogar den bronzebraunen Plüsch von Franks Bett. Außerdem sah ich kleine Stückchen von getrockneten Blumen, ein paar Muscheln, ein Stück Papier, etwas, das wie ein Teil einer Strohhalmverpackung aussah, Glitter, eine Feder und verschiedene Dinge, die ich überhaupt nicht zuordnen konnte.

»Igitt«, sagte Cassidy.

»Als ob sich der Prom auf dir übergeben hätte«, behauptete Kim.

»Eklig«, nuschelte Ally vom Bett aus.

Wir zogen unsere Schlafanzüge an und gingen in die Küche. Ally blieb genau da, wo sie sich hatte fallen lassen. Es war sinnlos, sie zum Bewegen überreden zu wollen. Die Jungs waren bereits unten, wie wir entdeckten, und saßen bei Orangensaft und großen Zimtschnecken zusammen.

»Neel, deine Mom ist die beste.« Ich nahm mir ein warmes Zimtröllchen vom Tablett auf der Theke.

»Ja, nicht wahr«, stimmte er mir mit einem Mund voll Zimtschnecke zu.

»Lasst uns runter zum Dock gehen.«

Wir gingen die Holzstufen zum Bootshaus hinunter und an der Seite vorbei zum Dock, bis zum Ende, wo wir alle sitzen und mit über dem Wasser hängenden Füßen den Sonnenaufgang beobachten konnten. Der Himmel glitzerte bereits golden und versprach, dass wir nicht mehr lange warten müssten.

Der Prom-Abgesang begann, mit schläfrig nacherzählten Episoden des Abends.

»Habt ihr gesehen, als die Aufsichtspersonen Karen Lewis rausgeholt haben? Sie mussten sogar ihre Eltern anrufen.«

»Mann, der Ausdruck in deinem Gesicht, als du Foley beim Flitzen gesehen hast!«

»Oh mein Gott, ich kann nicht glauben, wen sie da zum Hofstaat gekrönt haben. Total vorhersehbar. Das müssen wir nächstes Jahr unbedingt ändern, wenn wir in der Zwölften sind.«

»Schon klar, viel Glück dabei.«

»Heart, ich hätte gewettet, dass dein Bruder Prom-King wird.«

»Ne, nicht wenn Austin und Olivia dabei sind.«

»Weshalb hat Olivia denn beim Essen so geschrien?«

»Wegen einer künstlichen Kakerlake«, antwortete ich, ohne nachzudenken.

»Wo hast du denn das aufgeschnappt?«

Ich blinzelte und hatte wieder dieses Gefühl, dass die Welt kurz wackelte. »Ich … hab's gesehen … oder nicht? Aber, nein, oder?« Ich sah Schroeder um Bestätigung suchend an.

»Keine Ahnung, du hast nicht bei uns gesessen«, erinnerte er mich.

»Halt die Klappe.« Ich stieß ihn mit der Schulter an. »Lässt du das denn überhaupt nie ruhen?«

»Nein. Du schuldest mir einen Prom.«

»Falls du mich beim nächsten Mal tatsächlich einlädst, gehe ich vielleicht auch mit dir hin.«

»Heart, möchtest du mit mir zum Prom gehen?«

»Wann? Nächstes Jahr?«

»Ich bin mir ziemlich sicher, dass das der nächste ist, ja.«

»Auauauau!«, johlte Cassidy. »Chase Schaefer am Zug!«

»Auauauau!«, stimmten Neel und Ryan fröhlich in ihr anerkennendes Gejohle ein.

»Und?« Schroeder stieß mich sanft an.

»Lädst du mich wirklich gerade für den Prom im nächsten Jahr ein?«

»Ja.«

Ich starrte ihn ungläubig an, aber innerlich schrie ich »JAAA!«.

Was ich dann tatsächlich sagte, war: »Okay.«

»Prima, dann ist das jetzt abgemacht.«

»Auauauau!« Diesmal brachen alle in anerkennendes Gejohle aus.

»Ihr seid echt blöd«, sagte ich.

In diesem Moment kam das erste helle Stückchen Sonne hinter den Bäumen hervor. Wir verstummten und die Vögel stimmten ein begeistertes Lied an.

Schroeder – Chase – legte den Arm um meine Taille und ich legte ihm eine Hand aufs Knie. Ein paar Meter weiter seufzte Cassidy zufrieden.

»Das hier ist gut«, sagte sie.

»Sehr gut«, stimmte Dan ihr zu.

»Danke, dass ihr mich für den Abend adoptiert habt«, sagte Ryan leise.

»Ohne dich wäre es nicht dasselbe gewesen.« Neel ließ sein Bein näher zu Ryan hinübergleiten und hakte sich mit dem Fuß hinter Ryans Knöchel ein.

Die Sonne musste immer noch einen ziemlich weiten Weg zurücklegen, aber davon sah ich nicht mehr besonders viel, weil Chase beschlossen hatte, mich zu küssen. Mir wurde schwindlig, als mein übermüdeter Körper versuchte, das schöne Gefühl seiner Lippen auf meinen zu verarbeiten. Ich war mir nicht hundertprozentig sicher, wie wir an diesen Punkt gelangt waren, aber ich wusste, dass mein Platz genau hier war.

Und vielleicht, nur vielleicht, gibt es ja tatsächlich so was wie Schicksal?

DANKSAGUNG

Ich möchte mich bei allen bedanken, die mir geholfen haben, Hearts Geschichte zu erzählen. Mein Dank geht an alle Mitarbeiter von HarperTeen, die das Wagnis mit einer Debütautorin eingegangen sind, besonders Erica Sussman, meiner wunderbaren Lektorin und furchtlosen Bekämpferin von Satzellipsen. Mein Dank geht auch an die Superagentin Laura Bradford für ihre Geduld, liebevolle Strenge und dafür, dass sie all die Angst einflößenden Aspekte des Verlagswesens beherrscht.

Meine Kritikpartner sind die Größten und ich kann mir gar nicht vorstellen, ohne sie zu arbeiten. Mein Dank geht an Jessica Souders, für ihre unvergleichlichen Einblicke, dafür, dass sie mich führt und leitet und immer daran geglaubt hat, dass ich es bis hierhin schaffe, als ich mir selbst nicht sicher war. Ohne sie wäre ich nicht da, wo ich heute bin. Mein Dank geht auch an Heather Whitley, die problemlos eine Praxis als Therapeutin für Romanfiguren eröffnen könnte. Ihre Begeisterung und ihr Engagement haben mir immer Mut gemacht.

Ich danke auch der Mittwochabendcrew bei Barnes & Noble, die mir immer Feuer unterm Hintern gemacht und mich bei jedem neuen Schritt angefeuert hat. Mein Dank geht auch an die Inkslinger, besonders an MJ Heiser, James McShane, Nancy Keel, Ryan Hunter und John Crumpley, ohne die ich mich vermutlich immer noch hinter einem albernen Pseudonym verstecken würde. Und ich danke all meinen Autorenfreunden on- und offline, die mich inspirieren und ermutigen, ob sie sich dessen bewusst sind oder nicht.

Ich danke meiner Familie, allen voran Lindsay Maruszewski, meiner größten Cheerleaderin. Meiner Mom, von der ich die Liebe zu Büchern geerbt habe, und meinem Stiefvater, der ohne zu zögern alles unterstützt, was ich tue. Und allen anderen Familienmitgliedern, die auf meinen Wunsch, Schriftstellerin zu werden, mit »Natürlich!« und »Wie können wir dir dabei helfen?« reagiert haben. Danke, dass ihr immer, immer, immer an mich geglaubt habt.

Danke, Jack, dass du immer so geduldig warst, wenn ich schreiben musste. Ich verspreche dir, eines Tages bist du alt genug, um dieses Buch zu lesen. Danke, Joe, dass du mich immer wie einen Profi behandelt hast. Danke für die vielen Abendessen, die ich nicht kochen musste, für die Kinderbetreuung, wenn ich Zeit brauchte, und für die goldmedaillenverdächtige Finanzgymnastik. Danke dafür, dass du mich nur für ein bisschen verrückt hältst, und dafür, dass du nie überrascht warst, wenn wir gute Neuigkeiten erfahren haben. Eines Tages lasse ich dich vielleicht sogar mein Buch lesen.